Jørgen Gunnerud

# HATZ

Jørgen Gunnerud

# HATZ

Kriminalroman

Aus dem Norwegischen von
Andreas Brunstermann und Gabriele Haefs

Rotbuch Verlag

Die Übersetzung wurde gefördert durch NORLA.

ISBN 978-3-86789-063-2

Deutsche Erstveröffentlichung, 1. Auflage

Titel der Originalausgabe: »Høstjakt«

Umschlaggestaltung: Rotbuch Verlag, Katharina Fuchs
Druck und Bindung: CPI Moravia Books GmbH

Ein Verlagsverzeichnis schicken wir Ihnen gern:
Rotbuch Verlag GmbH
Neue Grünstraße 18
10179 Berlin
Tel. 01805/30 99 99
(0,14 Euro/Min. aus dem deutschen Festnetz,
abweichende Preise für Mobilfunkteilnehmer)

*www.rotbuch.de*

# 1

Knut Moen richtete sich mit einem Ruck in seiner Schlafkoje auf. Es kribbelte in den Fingerspitzen. Er versuchte, den Körper unter Kontrolle zu bekommen, doch die Angst saß überall, vom Haaransatz bis in die Zehen. Es war derselbe Albtraum. Im Traum kam ein Mann mit erhobenem Messer auf ihn zu, und wie immer wachte Moen starr vor Schreck auf, kurz bevor das Messer eindrang. Er langte nach den Streichhölzern und entzündete den Kerzenstumpf auf dem Nachttisch. Der Wecker zeigte halb vier. Es war kalt im Raum, doch sein wollenes Unterhemd war schweißdurchtränkt. Er stand auf und machte Feuer in dem alten Holzofen.

Als es halb sechs geworden war, saß er am offenen Fenster und schaute über die Almwiese. Der Vollmond hing über dem Waldrand und beleuchtete ein Reh mit zwei halbgroßen Kitzen. Er griff nach seinem Gewehr, legte gegen den Fensterrahmen gestützt an und bekam die Ricke ins Fadenkreuz. Lange saß er so da, bevor er abdrückte. Es machte klick. Das Reh hob den Kopf und nahm Witterung auf. Im nächsten Augenblick waren die drei Tiere verschwunden. Er lächelte. Es war der erste Tag der Herbstjagd, und er war bereit.

Im Haupthaus der Alm wurde das Licht angemacht. Dort oben saß der Lensmann, ein alter Freund von der Polizeihochschule, der die Jagdrechte im Grenzwald zwischen Romerike und Toten innehatte. Moen zwängte sich in die grüne Militärjacke und ging hinaus. Es war jetzt endgültig Herbst geworden. Moens Atem ähnelte weißen Dunstschwaden, die aus seinem

Mund strömten, während er über die Almwiese und hinein in die Küche lief. Der Lensmann war schon mit dem Frühstück beschäftigt. Moen setzte sich und sah seinen Freund dankbar an, als er ihm die erste Tasse Kaffee des Tages einschenkte. Auf dem Fußboden der Küche lief der Elchhund im Kreis herum. Er war bereit, er auch, doch sein Besitzer hatte es nicht eilig.

»Bloß keinen Stress heute! Du hast doch gestern schon gearbeitet«, sagte Asbjørn Gihle und setzte sich ebenfalls. »Da draußen steht ein Elch und wartet auf uns, so oder so.«

Moen nickte und studierte seinen Freund. Der dunkle Schopf Gihles war seit ihrer letzten Begegnung grauer geworden, registrierte er, doch die Haare waren dicht und fest wie zuvor. Der Lensmann sah Moen prüfend an.

»Du bist wohl in Kristiansand gewesen, schätze ich mal«, sagte der Mann aus Toten vorsichtig.

Moen nickte. Die Rede war von einem ungewöhnlich komplizierten Kindermordfall, der sowohl die Polizeibeamten als auch die Öffentlichkeit stark beschäftigt hatte.

»Ich sehe schon, darüber reden wir besser an einem anderen Tag.« Gihle streckte die Hand aus. »Gibst du mir eine Zigarette?«

»Hast du nicht aufgehört?«

»Doch, sicher, aber jetzt sind Ferien.«

Moen stand auf und ging zu seiner Feldjacke, die neben der Küchentür an der Wand hing. Sie hörten das Geräusch eines Autos, das schnell auf den Hof gefahren kam. Auf den letzten Metern knirschte es im Kies und die Bremsen stotterten. Moen und Gihle blickten sich an.

»Gib mir die Zigarette«, sagte Gihle und zündete sie an, als draußen die Autotür zuknallte. Ein großer blonder Kerl stürmte in die Küche und rannte Moen fast über den Haufen. Der Elchhund spürte die Aufregung und sprang auf. Der Mann blieb abrupt stehen, als Gihle knurrte:

»Das ist hoffentlich wichtig, Sørli.«

»Anne, meine Cousine, ist ermordet worden«, sagte der Mann und schlug die Hände vors Gesicht. Dann ließ er die Arme herabsinken und atmete langsam aus. »Tut mir leid, Chef. Ich soll Sie abholen. Die anderen sind schon am Tatort.«

»Und wo?«

»Sie war Nachtwache in Lundby.«

»Sie sollten sich einen Moment hinsetzen.« Gihle deutete auf einen Stuhl. »Das ist mein Mitarbeiter, Odd Sørli«, sagte er zu Moen gewandt.

»Ich hab keine Ruhe, Asbjørn. Ich muss zurück. Kommen Sie?«

»Fahren Sie, ich komme nach.«

Sørli verschwand auf demselben Weg wieder nach draußen. Moen setzte sich und schaute zu Asbjørn Gihle hinüber, während draußen auf dem Hof die Wagenräder im Kies durchdrehten. Der Lensmann zerdrückte seine Zigarette.

»Das ist doch wirklich ausgemachte Scheiße. Ich hab das Handy abgestellt, aber vergessen, mich zu verstecken.« Der Lensmann stand auf und schwieg einen Moment. Er starrte auf seine Hände, öffnete und schloss ein paarmal die Faust.

»Ich nehme an, ich kann dich nicht bitten, mitzukommen.«

Moen brachte ein vages Lächeln zustande. Er sah einen Mann, der etwas anderes meinte, als er sagte, und er dachte an die Lebensweisheit der Vorfahren: Man soll seinem Freund ein Freund sein.

»Die Abteilung weiß, wo ich bin. Sie haben ohnehin kaum Leute in Bereitschaft. Ich werde auf die Sache angesetzt, egal wie du es auch drehst und wendest. Ich ruf an und melde mich gleich.«

Asbjørn Gihle murmelte ein Dankeschön. Sein Blick war niedergeschlagen. Er nahm die Jacke vom Haken und öffnete den Mund, um etwas zu sagen. Dann schüttelte er den Kopf und hielt Knut Moen die Küchentür auf.

## 2

Nach zwanzig Minuten Fahrt lichtete sich der Wald, und eine der schönsten Kulturlandschaften Norwegens lag vor ihnen. Umgepflügte Äcker und gelbe Stoppelfelder badeten in der tief stehenden Morgensonne. Breite Hügel erstreckten sich wellenförmig über den ländlichen Bezirk Toten. Gihle hielt in einer Kurve an.

»Gibst du mir noch was zu rauchen?«

Sie zündeten ihre Zigaretten an, und Moen ließ den Blick über die Landschaft schweifen, vom hoch oben gelegenen Vestre Toten über Lena in Østre Toten bis hinunter nach Skreia und den Höfen bei Balke. Auf den Höhenzügen lagen gut sichtbar die größten Höfe mit den kurzen, uralten Namen und intakten Grabstätten der Vorfahren. Ein paar weiß angemalte Kirchen waren ebenfalls gut erkennbar und zeugten von der legendären Gottesfürchtigkeit der Totener. Moen gehörte dem Nachbarvolk an. Er stammte aus Hadeland und lächelte in sich hinein bei dem Gedanken, den er eben formuliert hatte: *Die legendäre Gottesfürchtigkeit der Totener.* Sein Freund, der gottesfürchtige Totener, unterbrach die Gedankenfolge.

»Dort liegt Lundby, oder Store Lundby, um genau zu sein.« Asbjørn Gihle deutete auf die nächstgelegene Anhöhe. »Siehst du das lange, zweistöckige Gebäude mit dem Walmdach?«

Moen nickte und studierte die Anlage; ein enormes, rot gestrichenes Wirtschaftsgebäude mit Glockenturm, ein breites, gelbes Vorratshaus, Gesindestuben und Holzschuppen.

»Sieh mal nach rechts, dort, vor den Grabhügeln.«

Moen lenkte den Blick auf eine Häusergruppe. Siedlungshäuser aus den 70er-Jahren. Er nickte.
»Internat und Personalwohnungen.« Gihle legte den Gang ein und fuhr weiter.
»Eine Anstalt?«
»Aus der Bahn geworfene Jugendliche.«
»Jugendhilfe oder Psychiatrie?«
»Um ehrlich zu sein, ich bin nicht ganz sicher.«
Und dann, als er den Wagen nach rechts lenkte und die lange Ulmenallee nach Store Lundby hinauffuhr, murmelte Gihle: »Mein Bruder betreibt den Nachbarhof, Lille Lundby. Meine Schwägerin leitet diese Einrichtung.« Er drehte sich zu Moen: »Ich hoffe, ich gelte deswegen nicht als befangen.«
»Das klären wir dann später.«
Als sie angekommen waren, gingen sie vom Auto zum Haus, in dem das Verbrechen stattgefunden hatte, eine dunkel gebeizte, großzügige Siedlungsvilla aus den 70er-Jahren mit Souterrain. Auf der Treppe saß Gihles Kollege, Odd Sørli. Ein rundlicher Typ Mitte vierzig, in T-Shirt und Flanellhemd gekleidet, saß daneben und hatte den Arm um die Schultern des weinenden Riesen gelegt.
»Das ist mein Bruder Harald«, sagte der Lensmann und hob den Arm zur Begrüßung. Harald Gihle stand auf und fühlte sich deutlich unbehaglich.
»Ich vertrete Sissel. Sie ist vollkommen zusammengeklappt, als sie von dieser Geschichte hier erfahren hat. Du weißt ja, wie das ist«, sagte er zu seinem Bruder. »Tut mir wirklich leid.«
Lensmann Gihle schnitt eine Grimasse und ergriff die Türklinke.
»Dann schauen wir mal, was passiert ist.«
Die Tür war verschlossen.
»Ist jemand hier?«, fragte er Sørli.

»Ein Junge und ein Sozialtherapeut. Die anderen sind auf einem Ausflug. Gehen Sie von der anderen Seite rein. Jenny hält Wache und der Arzt ist noch da.«

Vor dem Souterrain lag eine große Thermopenscheibe. Sie war aus dem Fensterrahmen herausgeschraubt worden und lag ordentlich auf dem Rasen. In der Fensteröffnung stand eine Polizeibeamtin in dunklem Overall. Sie hatte eine gedrungene Nase und helles Haar. Ihr war sichtlich unwohl, und Asbjørn Gihle legte die Hand auf ihre Schulter und drückte sie vorsichtig. Dann drehte er sich zu Moen:
»Das ist Jenny Kammerstuen.« Ihr erklärte er, wer Knut Moen war. Moen nickte und blickte sich um.
»Wollen wir reingehen?«
Die Polizeibeamtin reichte ihnen vier Überzüge. Die streiften sie sich über ihre Schuhe, und Moen warf einen Blick auf die Uhr. Die zeigte fast 08:00. Er kletterte durch die Fensteröffnung in den kahlen Kellerraum. Der Boden war mit Couronnesteinen übersät. Das Brett lag in einer Ecke zusammen mit dem Tisch, auf dem es gelegen hatte. Die Tür zum Kellerzimmer stand offen, und Moen schaute hinein. Er brauchte einen Moment, um zu begreifen, was er da sah. In gerader Linie von seinem Standort über das verschlissene Vinyl und weiter bis zur nächsten Tür zog sich eine etwa einen halben Meter breite Blutspur. Sie endete bei zwei Turnschuhen. Moen atmete tief durch. Er blickte zum Lensmann und ging vorsichtig weiter zur anderen Tür. Er hatte den Kellerflur erreicht. Dort lag eine Frau, die er auf Ende zwanzig tippte. Ihr Kopf ruhte auf der untersten Treppenstufe. Das viele Blut war durch ihre auf den Bauch gepressten Finger herausgelaufen, und Moen konnte sehen, dass sie arge Schmerzen gehabt hatte. Er beugte sich über sie, warf einen kurzen Blick auf die Wunde, rich-

tete sich wieder auf und musterte die Frau aus geringer Entfernung.
Dunkles, kurz geschnittenes Haar. Sonnengebräunt. Die Brüste spannten das enge T-Shirt. Motorradhosen aus Leder. Als Moen die schreckliche Verletzung für einen Augenblick außer Acht ließ, die Augen zusammenkniff und den Menschen betrachtete, der da lag, musste er feststellen, dass es eine ziemlich attraktive Frau war. Es gab etwas Raubtier- oder Katzenähnliches an ihrer ganzen Erscheinung.
Er ging zurück in den Kellerraum, wo Asbjørn Gihle stand und verloren aussah. Moen ließ den Blick ein weiteres Mal prüfend durch den Raum gleiten. Ein schmutziges Viereck an der Holzverkleidung über dem verschlissenen Hüttensofa zeugte davon, dass etwas verschwunden war. Der Fernsehhocker in der Sofaecke stand einsam und verlassen da. Am Anfang des blutigen Streifens, den Anne Sørli hinterlassen hatte, sah er einen halben Fußabdruck. Asbjørn Gihle räusperte sich und zeigte auf etwas.
»Da liegt ein Handy unter dem Sofa. Ob es wohl ihr gehört?«
»Lass es liegen. Ist dir noch was anderes aufgefallen?«
»Das hast du bestimmt schon gesehen. Ihr Schlüsselbund hängt am Gürtel.«
Moen legte die Hand auf Gihles Schulter und sagte:
»Wollen wir nach oben gehen und nachsehen, was wir dort finden?«
Sie stiegen vorsichtig über Anne Sørlis Kopf hinweg und kamen hinauf in einen Gang innerhalb des Eingangsbereichs. Zur Linken führte eine offen stehende Tür in einen großen Aufenthaltsraum, auf der rechten Seite gab es eine Küche. Am Küchentisch saß ein Mann mit gebeugtem Kopf, die Hände vors Gesicht geschlagen. Beim Anblick der Polizisten zuckte

er zusammen und erhob sich. Dann entdeckte er den Lensmann. »Gott sei Dank«, sagte er und ergriff Gihles Hand. »Ich heiße Reidar Olsby. Ich habe sie gefunden.«

»Gihle«, antworte der Lensmann. »Das ist Knut Moen, Kommissar von der Kripo-Zentrale. Sind noch andere hier?«

»Einer der Bewohner, Per Erik Henriksen. Er saß auf der Treppe bei Anne und war voller Blut. Aus einer Verletzung an der Hand floss das Blut wie in Strömen.«

»War er alleine mit ihr?« Gihle stand auf. »Wo zum Teufel ist der Junge jetzt?«

»Er ist im Wachraum, zusammen mit dem Arzt. Er hat was zur Beruhigung bekommen.«

Gihle ging zum Eingang, schloss die Tür auf und schrie Odd Sørli an, er solle seinen Hintern in Bewegung setzen. Sørli stolperte fast in den Flur hinein und erhielt den Befehl, auf den Arzt aufzupassen. Sørli und Gihle verschwanden in dem Zimmer, das Olsby als Wachraum bezeichnet hatte. Die Hälfte der Tür war aus Verbundglas, mit einem sternförmigen Sprung in der Mitte.

Moen setzte sich an den Küchentisch, zündete sich eine Zigarette an und wurde gleich darauf hingewiesen, dass es eigentlich nicht erlaubt sei, innerhalb des Internats zu rauchen.

»Vielleicht könnten Sie uns etwas Kaffee machen?«, erwiderte Moen freundlich. Reidar Olsby lächelte zum ersten Mal. Er stand auf und machte sich an der Kaffeemaschine zu schaffen, während Moen ihn betrachtete. Er war ein gut aussehender, dunkelhaariger Typ, etwas älter als Moen zunächst gedacht hatte. Er hatte einen hellblauen Jeansanzug mit weißem T-Shirt an, à la James Dean, und trug Holzschuhe, etwas, das Moen seit vielen Jahren nicht mehr gesehen hatte. Die glatte Olivenhaut wurde nur durch eine hässliche Narbe am Kinn verunstaltet.

»Ich muss Sie etwas fragen: Was ist das hier eigentlich? Ist es ein Jugendheim?«
Reidar Olsby schraubte am Kaffeefilter herum und lehnte sich rücklings gegen die Arbeitsplatte.
»Nein, wir sind hier in der Jugendpsychiatrie, oder besser gesagt, einer psychiatrischen Einrichtung für Jugendliche. Zwölf bis achtzehn. Ein Jugendheim ist Teil der Jugendhilfe. Wir gehören zum Gesundheitswesen.« Olsby grinste schwach. »So steht es auf alle Fälle in den Papieren.«
Moen fragte nicht, was er damit meinte, und rauchte weiter.
»Wollen Sie mich nicht fragen, was passiert ist?«
»Wenn Gihle hier ist. Schenken Sie ihm auch was ein.«
Moen hatte dies in breitestem Oppland-Dialekt von sich gegeben, sodass Olsby ihn erstaunt ansah und fragte, ob er aus Toten komme. Moen erwiderte wahrheitsgemäß, dass er aus Hadeland stamme. Daraufhin lächelte Reidar Olsby schwach und sagte:
»Die Prügelei verschieben wir dann wohl auf später.«

»Es war sieben, als ich zur Arbeit kam. Wir fangen um acht Uhr an, aber ich bin gerne rechtzeitig hier.« Reidar Olsby blickte auf seine Hand, in der er die Tasse hielt. Sie zitterte, und mit einem Klappern stellte er die Tasse ab. »Können Sie nicht einfach nur Fragen stellen? Ich bin etwas aufgeregt.«
»Nehmen Sie sich Zeit«, gab Gihle zurück.
»Also, ich habe gleich bemerkt, dass irgendwas nicht stimmte. Jemand hatte versucht, das Verbundglas der Tür zum Wachraum einzuschlagen. Die Tür war verschlossen, ich habe einen Schlüssel, aber Anne war nicht da drin. Ich hab eine Weile hier oben gesucht, und dann fand ich sie im Keller.« Er seufzte schwer, und seine Stimme klang ein wenig gebrochen.
»Per Erik saß mitten auf der Treppe. Er war blutüberströmt.

Ich weiß nicht, ob es sein Blut war oder das von Anne, denn er hatte sich ziemlich übel die Hand verletzt.«

Moen unterbrach: »Wie hat er sich benommen?«

»Er wiegte sich hin und her und war völlig in seinen eigenen Gedanken versunken.« Reidar Olsby zuckte leicht mit den Schultern.

»Er hat ja große Probleme. Das Einzige, was er mir gesagt hat, war, dass er es getan hat.«

Das war erst mal eine Erleichterung, dachte Moen und sah zu Gihle, der mit Olsby beschäftigt war.

»Was haben Sie dann gemacht?«, fragte der Lensmann. »Sie hatten alleine Wachdienst, nicht wahr?«

»Per Erik saß ruhig auf der Treppe, während ich einen Rettungswagen rief. Danach telefonierte ich mit der Dienststelle des Lensmanns und wurde zu Sørli durchgestellt. Er sagte, Sie seien auf Jagd und Ihr Telefon sei abgestellt. Er meinte, dass man Sie holen müsse, und er fragte mich, ob ich solange die Stellung halten könne. Er werde so schnell wie möglich eine andere Kollegin herschicken, sagte er, und die kam dann gleichzeitig mit dem Arzt.«

»Hatten Sie keine Angst, dass der Junge eine Waffe bei sich haben könnte?«

»Ich hab's überprüft und alles durchsucht. Nichts gefunden.«

»Aber war das nicht riskant? Ihre Kollegin wurde umgebracht.«

»So hab ich's immer gemacht. Wenn Sie Zeit haben, können Sie ja mal unsere Messersammlung begutachten.«

Moen überhörte die Einladung.

»Hatten Sie denn bemerkt, dass in den Keller eingebrochen wurde?«

Reidar Olsby sah Moen erstaunt an. »Wir sind gleich nach oben in die Abteilung gegangen.«

Während Moen die Auskünfte auf sich wirken ließ, fragte Gihle: »Wo sind die anderen Jugendlichen?«

»Die sind auf einem Ausflug in Schweden, zusammen mit dem restlichen Personal. Per Erik durfte nicht mitfahren. Ich kümmere mich in einer Doppelschicht um ihn, und Anne hat die Nachtwachen übernommen.«

»Weshalb durfte er nicht mitfahren?«

»Das ist eine lange Geschichte. Wollen Sie sie jetzt hören?«

»Wie lautet die Kurzfassung?«, warf Moen ein.

Reidar Olsby überlegte einen Moment.

»Er hat eine Praktikantin angegriffen.« Er zuckte mit den Schultern. »Das klingt nicht besonders toll, ich weiß, aber die Geschichte ist nicht so einfach. Soll ich was darüber erzählen?«

Moen schüttelte den Kopf.

»Das kann warten. Alle werden ihre Aussage machen können, aber verraten Sie mir eins: Wie alt ist der Junge?«

»Er ist fünfzehn.«

»Was ist mit den Erziehungsberechtigten? Wir würden ihn gerne vernehmen.«

»Die Mutter ist mit dem Stiefvater und zwei neuen Kindern irgendwo im Süden im Urlaub. Der Vater wohnt in Nordnorwegen, und ich weiß auch nicht, ob er uns überhaupt helfen kann.«

»Ist es möglich, den Vater zu kontaktieren, sodass er jemandem eine Vollmacht erteilen kann?«

»Das müssen Sie mit der Leitung klären. Da habe ich nicht genügend Einblick.« Reidar Olsby blickte verstohlen zu Asbjørn Gihle. »Aber das ist vielleicht leichter gesagt als getan, mehr will ich dazu nicht sagen.«

Ohne eine Miene zu verziehen, sagte Asbjørn Gihle: »Sagen Sie, was Sie auf dem Herzen haben, Olsby. Sie werden mich sowieso nicht schockieren können.«

»In einer solchen Situation sollte die Leiterin der Einrichtung hier sein und nicht zu Hause liegen. Das ist kein Zufall, um es so auszudrücken.«
Moen sah auf die Uhr.
»Gibt es jemand anderen, der sich um diese Angelegenheit kümmern kann?«
»Das wäre dann der Abteilungsleiter hier, Kjell Mannsåker, aber der hat eine Besprechung in der Stadt.« Nach einer Pause fügte Olsby hinzu: »Also Oslo meine ich, nicht Gjøvik.«
»Haben Sie seine Telefonnummer?«
Reidar Olsby bejahte, und Moen bat ihn, Gihle die Nummer zu geben. »Schaff ihn so schnell wie möglich her.«
Gihle ging hinaus in den Aufenthaltsraum. Moen und Olsby blieben zurück und sahen einander an, bis Olsby einwarf:
»Niemand hier in der Abteilung kann Per Erik in seine Obhut nehmen, wenn Sie das glauben.«
»Warum denn nicht?«
»Das ist eine lange Geschichte.«
Moen lächelte: »Okay. Gibt es jemanden in Per Eriks Nähe, der diesen Job machen kann? Jemand, der nicht hier arbeitet und nicht erst um die halbe Welt fliegen muss?«
»Wir haben hier eine Schule, und er hat ein ziemlich gutes Verhältnis zu seinen Lehrern, besonders zu einem.« Reidar Olsby sank in sich zusammen.
»Kann ich bald gehen? Ich fühle mich nicht gut.«
»Nein, Sie müssen noch bleiben und uns helfen.«

# 3

Sie kontaktierten die Schule. Asbjørn Gihle und Reidar Olsby gingen in den Keller hinunter, um zu überprüfen, ob etwas gestohlen worden war. Die Polizeidirektion von Vestoppland war mit einer Einsatztruppe unterwegs. Ebenso die Kripo-Zentrale. Reidar Olsbys Abteilungsleiter hatte sein Handy abgestellt, was ganz natürlich war, da er mit aller Wahrscheinlichkeit in einer Besprechung saß. Moen ging hinaus in den Gang und betrat den Wachraum. Odd Sørli, groß und finster, stand gleich an der Tür. Der Junge saß zusammengesunken auf einem Sofa, die verbundene Hand im Schoß. Er schaute nicht einmal auf, als Moen in der Türöffnung erschien. Der Arzt war dabei, seine Sachen zusammenzupacken. Moen winkte ihn mit dem Finger heraus. Sie begrüßten sich per Handschlag und Moen zog ihn außer Hörweite.

»Haben Sie Erfahrung mit Stichwunden?«

Der Arzt antwortete kurz angebunden: »Durch die Ambulanz in Oslo.«

»Irgendeinen Kommentar?«

»Ein Stich. Direkt in den Bauchbereich. Die Wunde war tief und breit. Muss ein großes Messer gewesen sein. Ein samisches oder irgend so ein verdammtes Ding.« Sein Gesicht war abgewandt, und er schaute Moen nicht an. »Gibt's noch was? Ich muss weiter.«

Moen schüttelte den Kopf und ging hinein zu dem Festgenommenen, denn als solchen betrachtete er ihn. Ein Sonnenstrahl drang durch einen Schlitz in den Gardinen. Der Raum roch nach einer Mischung aus kaltem Rauch, Körperausdünstungen und billigem Waschmittel. Der Eindruck wurde durch die keineswegs neu erscheinenden Möbel verstärkt. Man hatte sie sicher auch nicht für sonderlich vornehm gehalten, als sie gekauft wurden. Das einzig Moderne war ein Notebook, das Moen ziemlich elegant vorkam. Dann fiel sein Blick auf eine Damenhandtasche, und ihm wurde klar, dass sich die Nachtwache hier aufgehalten hatte. Er scheuchte alle hinaus in die Küche.

»Per Erik Henriksen, nicht wahr?«

Es kam keine Antwort. Der Junge schaute auf und sah Moen unter zusammengewachsenen Augenbrauen einige Sekunden lang an. Er nickte knapp und senkte den Blick. Moen erklärte, dass sie auf seinen Lehrer warteten, und fragte, ob er ihn als stellvertretenden Vormund akzeptiere.

»Du bist nicht mündig. Wir versuchen, deinen Vater zu erreichen, damit er eine Vollmacht geben kann.«

Der Junge antwortete nicht.

»Bist du einverstanden, eine Erklärung darüber abzugeben, was du hier letzte Nacht erlebt hast?«

Der Junge wiegte sich mit dem Oberkörper hin und her und presste schließlich ein Ja hervor.

»Akzeptierst du diesen Lehrer als stellvertretenden Vormund?«, wiederholte Moen. Der Junge rieb sich mit der bandagierten Hand die Wange.

»Ja, in Ordnung.«

Das ist ja schon mal was, dachte Moen. Er bat den Polizeibeamten Sørli, sich nach dem Verbleib des Lehrers zu erkundigen, und fragte ganz unschuldig, warum der Junge nicht mit allen anderen Jugendlichen zusammen in Schweden sei. Der Junge sagte, dass sie ihn aus der Einrichtung werfen wollten und dass er deshalb nicht hatte mitfahren dürfen. Moen fragte, welchen

Grund dies habe, wenngleich ihm klar war, dass er sich hier, rechtlich gesehen, auf dünnem Eis bewegte. Der Junge gab zur Antwort, er habe sich mit einer Praktikumskraft geschlagen. Er führte nicht weiter aus, welches Geschlecht die Kraft hatte, und Moen fragte nicht weiter nach.

Sørli steckte den Kopf zur Tür hinein, er glaubte, der Lehrer sei gekommen.

»Holen Sie ihn her.«

Moen sah Per Erik Henriksen unverwunden an.

»Steht das, was du mir erzählt hast, in irgendeinem Zusammenhang mit den Geschehnissen von heute Nacht?«

»Vielleicht«, gab der Junge zurück.

Sørli musste den Mann mit dem kurz geschnittenen grauen Haar und der Brille beinahe in den Raum hineinschieben. Er sah sich mit seinen betrübten grauen Augen etwas unsicher um. Seine Lippen waren angespannt und die Mundwinkel hingen herab.

»Bitte setzen Sie sich«, sagte Moen. Er deutete mit einer schnellen Geste auf einen Hocker.

Moen fragte, ob der Lehrer über die Situation informiert worden war. Ja, Lensmann Gihle habe ihm eine kurze Übersicht verschafft, und er stehe zur Verfügung, sofern Per Erik dies wünsche. Sein Name sei Stein Hovelsrud.

Moen setzte sich neben den Jungen aufs Bett, der daraufhin etwas zur Seite rutschte.

»Kannst du mir erzählen, was hier heute Nacht passiert ist?«

»Wie jetzt? Wollen Sie mir keine Fragen stellen? Ich kann mich nicht so gut erinnern.«

Moen bat ihn, mit eigenen Worten zu erzählen, woran er sich erinnerte, doch der Junge wollte wissen, wo er anfangen solle. Moen schlug die Ruhezeit vor, und der Junge überlegte eine Weile. Der Sozialtherapeut Reidar Olsby hatte ihn um elf Uhr ins Bett geschickt und die Tür abgeschlossen. Eine Weile später hatte er Anne Sørlis Stimme gehört. Es war oft so, dass das Abendpersonal der Nachtwache einen Bericht erstattete. Irgendjemand – er nahm an, dass es Reidar war – hatte die Tür später wieder aufgeschlossen, da es nicht erlaubt war, die Jugendlichen ohne Grund einzuschließen. Aber niemand hatte die Tür geöffnet, um nach ihm zu sehen. Als er glaubte, dass Reidar gegangen war und Anne schlief, denn das tat sie immer, ging er hinaus in die Abteilung. Er nahm einen Schraubenzieher mit, den er versteckt hatte, und ging durch die Eingangstür nach draußen. Dann war der Junge um das Haus herum bis zum Kellerraum gelaufen. Dort hatte er das große Fenster herausgeschraubt und den neuen Flachbildschirm und einen nicht mehr ganz so neuen DVD-Spieler herausgetragen. Die hatte er dann draußen unter ein paar Büschen versteckt. Als er zurückkam, stand Anne Sørli in der Fensteröffnung, zerrte an ihm herum und zog ihn in den Kelleraum hinein. »Da hab ich sie mit dem Messer erstochen.«

Es wurde still im Raum. Knut Moen sah zu Odd Sørli und Stein Hovelsrud herüber, die ihrerseits Per Erik anstarrten.

Moen fragte, welches Motiv er für die Plünderung der Einrichtung hatte. War es wegen des Geldes? Er bekam zu hören, dass es aus Rache geschehen sei, da sie ihn aus der Einrichtung werfen wollten. Moen nickte mitfühlend angesichts der verbrecherischen Logik der Aussage.

»Können wir noch mal zu dem Punkt zurückgehen, wo die Nachtwache im Fenster steht und du auf sie zugehst? Habt ihr miteinander gesprochen?«

»Sie sagte, dass sie endlich Gelegenheit hätte, mir die Hammelbeine langzuziehen, nach dem, was mit Cathrine passiert war.«

»Wer ist Cathrine?«

»Die Praktikantin, von der ich erzählt habe. Anne sagte, wenn sie mir jetzt kein Benehmen beibringen könnte, würden sie mich rauswerfen.« Er blickte die Männer im Raum hilfesuchend an, bekam aber keine Unterstützung. Er blickte wieder zu Boden, und Moen fragte, ob noch mehr Worte gefallen waren.

»Ich fragte sie, ob sie in Cathrine verliebt sei, wo sie sich doch so schrecklich um sie kümmerte. Da ist Anne völlig ausgeflippt und hat mich angegriffen.«

Moen sah den Jungen ganz ruhig an. »Was hast du dann gemacht?«

Der Junge sprang vom Bett auf. Die Augen leuchteten, als er die Hände über den Kopf hob und aus vollem Halse schrie: »Come on, bitch!«

Odd Sørli trat einen Schritt vor und hob die Arme, doch Moen winkte ihn zurück. Der Junge blieb auf einem Bein stehen wie ein hilfloses Vögelchen, mit einem idiotischen, steifen Grinsen im Gesicht.

Nun äußerte sich Stein Hovelsrud zum ersten Mal.

»Hör mit diesem Unsinn auf, Per Erik. Das hier ist eine ernste Sache.«

Der Junge setzte sich, doch seine Grimasse saß wie angenagelt. Sie verschwand nicht, und plötzlich verstand Moen auch, dass der Junge ernstlich gestört war.

Hovelsrud fuhr fort: »Ich habe Informationen, die Licht auf das werfen, was er sagt, wenn Sie erlauben?«

Moen wollte ihn am liebsten bitten, die Klappe zu halten, war aber nach dem Ausbruch des Jungen nicht ganz auf Draht.

»Diese Konfrontation, die Per Erik hier beschreibt, geschah in Wirklichkeit in der Nacht zu Freitag letzter Woche. Er hat sich im Dunkeln im Keller herumgetrieben, und Anne, die Nachtwache, hat ihn erwischt. Über diesen Vorfall wurden wir Freitagmorgen in der Schule informiert, er wurde vermerkt, abgesehen von den persönlichen Beleidigungen, aber so hat Per Erik es mir an jenem Freitag erzählt.«

»Ich möchte gerne Per Erik zu Ende anhören, dann können Sie Ihre Einwände später vorbringen.«

Stein Hovelsrud bekam starke rote Flecken an den Wangenknochen.

»Ich weiß wirklich nicht, ob ich das verantworten kann. Ich kann hier nicht sitzen und zuhören, wie er sich selbst einen Mord andichtet. Die Nachtwache war eine resolute Dame, die Motorrad fuhr und Kampfsport betrieb, auf hohem Niveau. Unter normalen Umständen hätte sie Per Erik mit einer Hand zusammengefaltet.«

Moen unterließ es, die Bemerkung *unter normalen Umständen* zu kommentieren, und versuchte es erneut: »Das hier ist kein Prozess. Hier fällt kein Urteil. Falls Per Eriks Aussage falsch ist, so ist es die Aufgabe der Polizei, auch das herauszufinden. Ihre Aufgabe ist es, dafür zu sorgen, dass wir das Ganze hier so durchführen, dass es die Rechte des Jungen nicht verletzt. Tut es das etwa?«

Stein Hovelsrud schluckte zweimal und zuckte mit den Schultern. Seine Mundwinkel fielen herab. Moen wandte sich wieder dem Jungen zu. Es wirkte so, als ob er nach seinem Ausbruch in ein Koma gefallen wäre.

»Nun, Karate Kid. Was ist passiert?«

»Anne hat mir den Daumen verdreht, bis ich auf den Knien lag«, erwiderte der Junge tonlos. »Ich dachte, sie wollte ihn mir brechen, da hab ich zugestochen.«

»Womit denn? Mit dem Schraubenzieher?«, fragte Moen mit unschuldigster Miene.

»Mit dem Messer.« Die Augen leuchteten wieder.

»Messer? Welches Messer?«

Der Junge grinste höhnisch und schwieg. Moen sah ihn eine Weile an.

»Kannst du was über das Messer erzählen?«

»Ich hatte ein Messer, das ich in der Küche gestohlen habe. Es war in meinem Zimmer.«

»Kannst du das Messer beschreiben?«

»Ein kleines Küchenmesser mit schwarzem Griff.«

»Wo ist es jetzt?«

»In den Büschen, unten am Gartenzaun.«

# 4

Knut Moen saß am Esstisch im Aufenthaltsraum des Internats. Der Lehrer bestand darauf, mit ihm allein zu sprechen. Moen konnte ihn schlecht abweisen, denn wenn Stein Hovelsrud nicht einbezogen würde, dürften sie den Jungen nicht vernehmen. Moen stand auf.

»Ich werde noch auf Ihre Aussage zurückkommen. Alle werden vor Abschluss der Untersuchung angehört werden.«

Asbjørn Gihle kam zusammen mit dem Sozialtherapeuten Olsby herein.

»Hovelsrud kommt mit mir und dem Jungen am besten kurz nach draußen. Ich bin mit Reidar Olsby ein bisschen herumgeschlichen. Wir brauchen Antworten auf ein paar einfache Fragen bezüglich des Einbruchs. Wenn er sie nicht beantworten kann, gerät sein Geständnis womöglich ins Wanken. Sind Sie interessiert?«

Ohne zu zögern stand Stein Hovelsrud auf, und Asbjørn Gihle ging los, um den Verdächtigen sowie Odd Sørli zu holen.

Eine gute halbe Stunde später war Moens Hoffnung auf eine schnelle Klärung etwas dahingeschmolzen. Er saß auf einem Stein am Gartenzaun und beobachtete Stein Hovelsrud und seinen Schüler, die mit Reidar Olsby den Weg durch den Garten hinauf den Schulgebäuden entgegengingen. Moen meinte den Lehrer lächeln zu sehen, wenngleich er ihm den Rücken zugewandt hatte. Mit beiden Händen massierte er kräftig sein Gesicht.

»Na, was meinst du?«, fragte Lensmann Gihle vorsichtig.
Moen antwortete nicht, denn er hatte nichts zu sagen. Vom ersten Moment an hatte der Junge Antworten gegeben, die darauf hindeuteten, dass der Einbruch in seiner Fantasie stattgefunden hatte.
Gihle fasste Moens Schweigen als Widerstand auf. Er macht eine ausladende Geste mit den Armen. »Als wir ihm unten auf der Treppe die Handkurbel der Wanduhr zeigten, wusste er nicht einmal, was das war. Er wusste nicht, dass die Uhr gestohlen war. Er hat uns gesagt, wo er den Fernseher versteckt und wo er das Messer hingeworfen hat, aber wir finden nichts. Seine Erklärungen waren von Anfang an falsch. Er sagte, dass er durch die Eingangstür hinausging. Als ich mit Reidar Olsby darüber gesprochen habe, sagte der, dass die Tür verschlossen war, als er zum Tatort kam. Er war sich bombensicher.«
Moen antwortete auch diesmal nicht. Er dachte an die ersten beiden Fragen, die er dem Jungen gestellt hatte. *Wo ist der Schraubenzieher, mit dem du das Fenster losgeschraubt hast? Wo sind die Schrauben?* Dem Jungen hatte es die Sprache verschlagen. Fragte man einen Mörder nach so etwas?
Der Lensmann unterbrach seine Gedanken. »Warum sollte er irgendwas verstecken, wenn er zusammen mit dem Opfer auf der Treppe sitzen bleibt?«
»Ab einem gewissen Punkt werden die Menschen von Schuldgefühlen überwältigt. Ich erlebe so etwas zum ersten Mal.«
Gihle war in Fahrt gekommen und unterstrich jeden Punkt mit einer kräftigen Handbewegung. »Ist es so merkwürdig, dass er sitzen blieb? Ein menschenleeres Haus und draußen dunkle Nacht. Das Telefon ist im Wachraum eingeschlossen. Sein Handy war auch da drin, eingeschlossen. Die Jugendlichen bekommen es nur, wenn sie sich außerhalb der Einrichtung befinden. Vielleicht hat er genau deswegen versucht,

das Verbundglas zum Wachraum einzuschlagen? Um zu telefonieren?«

Moen stand auf und fasste seinen Freund am Arm. »Wir müssen jetzt einen kühlen Kopf bewahren. Du vergisst, dass die Nachtwache ihre Schlüssel am Gürtel hängen hatte. Der Junge hätte aufschließen können.«

Gihle schüttelte den Kopf. »Bei so einer Sache bin ich ein ziemlicher Amateur, aber ich kann nicht glauben, dass er es getan hat. Ich verstehe nicht, wieso du so sicher sein kannst.«

»Vielleicht ist es Wunschdenken, aber wir haben ein Geständnis. Erinnerst du dich nicht an die Zeit auf der Polizeihochschule? Andenæs: ›Das Geständnis ist die Königin der Beweise.‹« Moen ließ seinen Arm los.

»Die Nachtwache wurde umgebracht. Das ist nicht irgendwas, das der Junge erfunden hat. Jetzt müssen wir vielleicht auch da draußen suchen.« Moen zeigte auf die Ortschaft, die in der Herbstsonne badete.

»Das kann eine schwierige Arbeit werden. Wenn du einverstanden bist, nehme ich deine Polizisten mit und schnüffle etwas herum. Du übernimmst die Mannschaft aus Gjøvik. Ihr müsst Haus und Hof auf den Kopf stellen.«

# 5

Moen lief hinter Odd Sørli und der Polizeibeamtin Jenny Kammerstuen her. Er blieb stehen, die Sonne im Rücken, saugte die Wärme in sich ein und ließ den Blick auf der Kirche von Kolbu ruhen, die auf dem nächsten Hügel thronte. Im Augenwinkel sah er, dass Sørli sich hinunterbeugte und auf etwas zeigte. Jenny beugte sich ebenfalls hinunter. Moen steckte die Hände in die Taschen der Feldjacke und schlenderte zum Steinzaun hinüber, der den Garten des Internats vom Besitz dahinter trennte. Die Polizeibeamtin wies auf eine Vertiefung im Boden unterhalb des Zauns. Es war der Abdruck eines Cowboystiefels. Jenny hatte gleich in der Nähe das Untergestell eines Fernsehgeräts gefunden. Moen kletterte über den Zaun und blickte auf den Acker hinaus, atmete die raue Oktoberluft ein und machte ein paar Grimassen, um die Gesichtsmuskeln zu entspannen.

Die Strohrollen warfen lange Schatten in der Morgensonne. Der Boden war nach einem warmen, regenarmen September hart und trocken, und Moen konnte in keiner Richtung Spuren entdecken.

Sørli räusperte sich: »Die Hauptstraße geht da vorne entlang, am Pächterschuppen. Vielleicht haben sie sich in diese Richtung bewegt.«

Moen nahm sich Zeit, den ganzen Horizont abzusuchen, bevor er schließlich nickte.

»Ist das Haus bewohnt?«

»Aus dem Kamin kommt Rauch«, hörte er Jenny sagen.

Moen wandte sich um und belohnte Jenny mit einem keineswegs sparsamen Lächeln.
»Das muss zu Store Lundby gehören. Vielleicht haben die Bewohner ja etwas gehört oder gesehen?«
Sørli blickte fragend zu Moen, der nur einfach losging. Sie liefen eine Weile weiter, mit ein paar Metern Abstand zwischen sich, den Blick auf den Boden geheftet, bis Sørli stehen blieb. Sie waren ungefähr hundert Meter vom Haus entfernt. Die rote Bemalung an den Wänden war fast verblichen, das Blechdach rostig. Der einzige Schmuck bestand aus einer alten Hagebuttenhecke. Sørli schnupperte prüfend in die Luft.
»Merken Sie das? Es riecht nach verbrannter Wolle.«
Moen ging weiter auf das Haus zu und stoppte an der Treppe. Er wandte sich zu Sørli um. »Sie wissen also nicht, wer hier wohnt? Es sieht nicht nach einem Personalgebäude aus.«
»Hab nicht die leiseste Ahnung.« Sørli antwortete zögernd.
»Manchmal vermietet die Kommune ja schlecht verkäufliche Häuser an irgendwelches Gesindel, aber ich weiß nicht.«
Jenny unterbrach ihn. »Vielleicht wohnen ja die Praktikanten hier oder so etwas.«
Moen überließ Sørli den Vortritt. Von seinem Standort aus hatte er einen Ausblick auf den Garten der Einrichtung. Der Polizeibeamte klopfte ein paarmal an die Tür und die Fensterscheibe nebenan, dann drückte er vorsichtig die Türklinke herunter, und die Tür öffnete sich nach innen. Sørli rief ein paarmal Hallo, ohne eine Antwort zu bekommen, dann kam er wieder heraus. Er schüttelte den Kopf. »Verdammter Dreck, da drinnen riecht's wie im Schweinestall.«
Moen setzte sich auf die Steintreppe und zündete sich eine Zigarette an. Sørli fragte, was sie jetzt tun sollten. Moen wollte gerade sagen: Nichts, doch bat stattdessen um Bedenkzeit. Eine Zeit lang hatte er sich solch einen Ort gewünscht, und er ver-

schwand in einem kleinen Tagtraum, während Sørli vor dem kleinen roten Häuschen hin und her stolzierte und Tatendrang verkörperte. Dieser führte Sørli schließlich zu einer angelehnten Kellertür. Sørli konnte gerade noch mitteilen, dass ein geschlachtetes Reh da drinnen hing, als ein Toyota Pick-up von der Hauptstraße einbog und so scharf bremste, dass sich das Heck des Wagens anhob und die Vorderräder eine tiefe Spur in den Kies gruben. Moen sprang auf und sah flüchtig, wie Sørli sich umdrehte und sich zwei Schritte nach vorn bewegte.

Aus dem Auto stieg ein Mann mit roten Haaren und Pferdeschwanz. Sein Bart war bis zu den Augen hinaufgewachsen. Er blieb einen Moment stehen, wie um das Gleichgewicht zu finden, und als er hinter dem Auto hervorkam, sah Moen sofort, dass er unter Drogen stand. Moen nahm Blickkontakt zu Sørli auf. Der Polizeibeamte nahm sein Funkgerät und rief Gihle. Er gab durch, dass sich eine Situation ergeben habe, und bat um Unterstützung. Jetzt stolperte der Mann in seinen abgetragenen Cowboystiefeln auf sie zu. Er trug einen orangefarbenen Overall, der mit Firmenabzeichen eines amerikanischen Motorradherstellers dekoriert war.

Dann zeigte sich, dass der Mann auch sprechen konnte. Es klang wie ein Erdrutsch in einer Kiesgrube. Ein merkwürdig grobes Gebrumm, das Moen nicht einordnen konnte. Sørli ging einen Schritt auf die Erscheinung zu und bat ihn, stehen zu bleiben. Moen war überrascht, dass der Mann gehorchte, doch sein derbes Gedröhne verwandelte sich in Gewaltandrohungen für den Fall, dass sie nicht schnurstracks von seinem Eigentum verschwinden würden. Moen warf einen Blick auf das schwere Messerfutteral, das mit einem Lederriemen am Schenkel befestigt war. Es war leer. Moen zeigte seinen Dienstausweis und blickte dem Mann direkt in die Augen. Diese Augen waren schmale, runzelige Öffnungen, und Moen sah einen Funken Überraschung darin. Der Mann hatte geglaubt, sie seien Jäger. Nur Jenny war in Uniform, doch die hatte er noch nicht zur Kenntnis genommen. Er versuchte, in einem Bogen um Moen herumzugehen, der zwischen ihm und der Kellertür stand.

Moen wich zurück und sagte: »Bleiben Sie stehen. Wir haben ein paar Fragen an Sie.«

Der Mann murmelte, dass sie das auch drinnen besprechen könnten, und setzte seine Kreisbewegung in Richtung Kellertür fort. Moen schnitt ihm den Weg ab: »Haben Sie eine Waffe da drinnen?«

In der nächsten Sekunde wusste Moen, dass der Angriff kommen würde. Der Mann beugte sich vor, hob das rechte Bein an und schlug mit der linken Hand zu. Reflexartig sprang Moen zur Seite, und aus dem Augenwinkel sah er, wie Odd Sørli sich nach vorne warf. Der Angreifer hatte kaum den rechten Fuß wieder auf den Boden gesetzt, als der Polizeibeamte ihm von hinten in die Kniekehle trat, sodass er auf den Boden fiel. Als er sich aufzurichten versuchte, packte Sørli ihn mit dem Polizeigriff und hielt ihn am Hals umklammert fest. Plötzlich erschienen zwei uniformierte Polizisten auf dem Acker. Als Sørli sah, dass Handschellen zum Einsatz kommen sollten, verlor er für einen Augenblick die Konzentration. Sein Griff löste sich und der Festgenommene stand in einem Kreis von Polizeibeamten. Er stolperte herum, und in seiner scheinbar nicht zu bremsenden Aggression drehte er sich zu Jenny hin, die Hüften vorgeschoben, und machte mit der Hand eine lang gezogene, obszöne Geste.

»Bist du 'ne Lesbe, oder fickst du mit Ausländern?«

Im nächsten Moment überwältigten ihn die beiden Beamten aus Gjøvik und fesselten seine Arme auf dem Rücken.

Moen stand im Keller des kleinen Häuschens. Das geschlachtete Reh hing von der Decke herab. Die Eingeweide lagen in einem alten Zinkkübel vor der Tür, doch der Tierkörper war noch nicht gehäutet. Auf dem Rand eines Steinbeckens stand eine leere Colaflasche. Moen schnüffelte vorsichtig daran. Der Alkoholgeruch war stechend. Die Flasche war offenbar für Schwarzgebrannten wiederverwendet worden. Im Becken lag ein großes samisches Messer, das ungesäubert war, obwohl Reinigungsmittel auf dem Rand des Waschbeckens standen. Moen hielt nach einer Messerscheide Ausschau, doch die oberflächliche Suche führte zu keinem Ergebnis. In der Ecke fand er einen schmutzigen Lappen mit etwas darauf, das nach Blut aussah. Er schüttelte sich beim Anblick der Pumpgun hinter der Tür, dann trat er wieder ins Licht hinaus. Der Angreifer lag immer noch mit der Nase am Boden und spuckte Gift und Galle. Jenny fragte, ob sie ihn nicht knebeln könnten. Moen tätschelte ihren Unterarm, ging die Stufen hinauf und betrat das Haus.
Es gab zwei offene Türen in dem kleinen Vorbau. Geradeaus, in einer kleinen Kammer, stand ein ungemachtes Bett. Links war die Küche. Moen verschaffte sich einen raschen Überblick. In dem kleinen Raum roch es verbrannt, der Geruch kam von einem kleinen Ofen an der Tür. Ohne Umschweife füllte er ein schmutziges Küchenglas mit Wasser aus dem Hahn und öffnete die Ofentür. Er schaute hinein, bevor er das Wasser in den Ofen schüttete. Undeutlich hatte er erkannt, dass es dem Ärmel eines Pullovers zu gleichen schien, was da im Ofen verkohlt war. Als er das Glas zurück auf die Arbeitsplatte stellte, entdeckte er ein schweres amerikanisches Bowiemesser. Es lag blitzrein und glänzend auf einem Holzbrett, das schon lange kein Wasser und keine Seife mehr gesehen hatte.
Die Tür zum letzten Zimmer war angelehnt, und Moen schob

sie mit dem Zeigefinger auf. Im Wohnzimmer war für eine Party gedeckt worden. Das dominierende Möbelstück war ein Esstisch, übersät mit leeren Bierdosen und Colaflaschen. Er schnupperte an einer Colaflasche. Sein Blick fiel auf eine Tablettenschachtel. Er schob ein paar Dinge zur Seite und las auf der Schachtel: Rohypnol. Er legte sie auf den Tisch, und als er den Kopf hob, sah er in der Ecke ein Bündel liegen. Er lief hinaus und winkte Sørli herbei.

Auf dem Sofa lag ein junger Typ. Er trug kurze enge Hosen und eine schwarze Bomberjacke, die mindestens vier Nummern zu groß für ihn war. Er hatte eine große blaue Schwellung an der Schläfe. Sørli blickte Moen erschrocken an. Eine Hand hielt das Funkgerät, mit der anderen fuhr er sich über die Kehle. Das internationale Zeichen für plötzlichen Tod. Es knackte im Funkgerät, Sørli drückte auf den Knopf und sagte lakonisch: »Wir haben hier wieder etwas.«

»Wieder« war das richtige Wort, dachte Moen, während er sich davon überzeugte, dass der Mann tot war. Es war nicht nur der Schlag an der Schläfe. Er hatte auch eine Verletzung am Hinterkopf. Das Sofakissen war voller Blut.

»Rettungswagen und Arzt sind unterwegs«, sagte Sørli, »aber das ist wohl nur eine Formalität. Hoffentlich ist es nicht derselbe Arzt, der bei Anne war.« Sørli trat einen Schritt näher. »Ich glaub, ich weiß, wer der Typ ist. Er wohnt in einer Einrichtung außerhalb von Kolbu. Der ist so dumm, dass er nicht strafmündig ist. Wurde unzählige Male bei Einbrüchen in Kindergärten und anderen Einrichtungen erwischt. Er klaut die Kaffeekasse der Betreuer.« Sørli schüttelte resigniert den Kopf und ging zur Tür. Moen, der in seinen existenziellen Betrachtungen unterbrochen worden war, blieb zurück und knirschte mit den Zähnen, und wie immer, wenn er nicht wirklich wusste, was er machen sollte, zündete er sich eine Zigarette an, dann setzte er sich auf die Treppe.

Auf dem Boden vor ihm drehte Sørli den Festgenommenen auf den Rücken. Moen blickte zu seinen Kollegen. Wenn sie an Ort und Stelle eine Abstimmung über ein Todesurteil gefällt hätten, wäre sie einstimmig ausgefallen. Vielleicht begriff der Mann auf dem Boden das, denn er schwieg, als Sørli sich quer auf seine Brust setzte.

»Da liegt ein toter Mann im Haus. Du wirst mindestens eines Mordes verdächtigt.«

»Er lebte, als ich heute Morgen weggefahren bin.«

»Jetzt ist er tot.«

»Ich war es nicht.«

»Wer sollte so jemandem wie dir schon glauben?«

Moen verfolgte den Auftritt wie einen Film.

»Wenn du es nicht warst, wer war es dann?«

»Die Lesbe hat ihn umgebracht.«

»Von welcher Lesbe schwätzt du jetzt?«

»Du kennst sie gut.«

»Redest du von meiner Cousine?« Sørli packte den Mann am Kragen seines Overalls. Der öffnete den Mund und lachte.

Sørlis Kollegen schielten unsicher zu Moen, doch er rauchte einfach weiter.

Der Festgenommene kniff fröhlich die Augen zusammen. »Sie hat ihm den Kopf eingeschlagen. Jetzt ist er tot.« Er lachte wieder, und Sørli gab ihm einen kurzen Kinnhaken mitten ins Gesicht. Der Mann öffnete die Augen. Es kam nicht ein Laut über seine Lippen, obwohl das Blut herabströmte wie ein Bach. Er raunte Sørli etwas zu, was Moen nicht verstand. Sørli hob die Faust, um noch einmal zuzuschlagen. Moen erhob sich von der Treppe und kommandierte: »Es reicht.«

# 6

Moen ließ die Schultern herabsinken. Es saß in der Internatsküche mit einer Tasse dünnem Kaffee zwischen den Händen und fantasierte von Elchsteaks und Aquavit. Sein Gastgeber an diesem ersten Urlaubstag, Asbjørn Gihle, unterbrach die Stille.

»Ich bin dir zu großem Dank verpflichtet, Knut, aber bist du ganz sicher, dass wir den Täter haben?«

»Seine Äußerungen im Zusammenhang mit der Festnahme waren genauso gut wie ein Geständnis. Ich habe Schrauben und einen Schraubenzieher in seiner Hosentasche gefunden, außerdem zwei große Messer. Eines davon war blutig.«

Moen massierte seine steifen Kiefergelenke.

»Wenn die Presse fragte, könnte ich das so nicht sagen, aber ich glaube an eine rasche Aufklärung. Wie heißt er noch mal, sagst du?«

Gihle sah auf seinen Zettel.

»Tore Hakksveen. Was meintest du damit, seine Äußerungen seien wie ein Geständnis?«

»Er sagte, es war Selbstverteidigung, aber er war so zugedröhnt, dass es nicht möglich war, etwas Vernünftiges aus ihm herauszubekommen. Er sagte, Anne Sørli habe seinem Kumpel den Kopf eingeschlagen.«

Gihle nickte.

»Dann hat also der Junge nicht zugestochen. Ist ja fast eine Erleichterung. So ein bedauerlicher kleiner Vogel.«

Moen dachte ein wenig an den bedauerlichen kleinen Vogel,

bevor er antwortete. Dass jemand so sehr in seinem eigenen Kopf leben konnte, war eine neue Erfahrung für ihn.

»Es sieht am ehesten so aus, dass die Nachtwache sie überrascht hat, als sie gerade das Diebesgut hinaustrugen. Wahrscheinlich hat sie den Kleinen getreten oder geschlagen, sodass er hinfiel und sich den Kopf aufschlug, und der andere Typ hat sie dann während der Rangelei erstochen. Wahrscheinlich war der Kleine noch am Leben, als er zurück ins Haus kam. Solche Kopfverletzungen sind unberechenbar. Natürlich besteht auch die Möglichkeit, dass Hakksveen ihn erledigt hat.« Moen breitete die Hände aus. »Ich betone, dass das Spekulationen sind. Die Leute aus Gjøvik werden für Hakksveens Haus Zeit brauchen, und meine Leute werden hier die ganze Abteilung durchkämmen. Das ist doppelt so viel Arbeit wie gedacht. Es gibt Spuren an zwei Tatorten, und es wird Tage und Wochen dauern, bis die analysiert sind. Auf der anderen Seite: Unsere beiden Drogenfreunde haben wenig getan, um ihre Spuren zu verwischen.«

»Was glaubst du, was hat der Junge mit der ganzen Geschichte hier zu tun?«

»Der Junge sagte, er wurde in seinem Zimmer eingeschlossen, als Olsby zusammen mit Anne Sørli hier war, doch dass die Tür wieder aufgeschlossen wurde, als Olsby ging. Es war irgendwas mit den Brandschutzvorschriften. Das Problem ist, irgendwer hat die Tür wieder abgeschlossen.«

»Aber wie ist er dann die Treppe hinuntergekommen, wo Reidar Olsby ihn fand?«

Moen zuckte mit den Schultern.

»Das Fenster im Zimmer war offen. Das Erdgeschoss auf der Eingangsseite ist erhöht. Der Eingang zum Keller liegt auf der anderen Seite.«

Gihles Gesicht legte sich in Sorgenfalten:

»Was machen wir mit dem Jungen? Der arme Lehrer sitzt immer noch mit ihm da drinnen.« Gihle schwieg einen Moment, doch fuhr dann fort: »Müssen wir ihn in Untersuchungshaft nehmen? Der Abteilungsleiter ist vorhin da gewesen, als du weg warst. Er hat mit Olsby gesprochen und ist davon ausgegangen, dass die Polizei für Per Erik Henriksen zuständig ist.«

»Was für ein Typ ist dieser Abteilungsleiter?«

»Er heißt Mannsåker. Kjell Mannsåker. Er war nicht sonderlich kooperationsbereit. Tauchte zur gleichen Zeit auf wie deine Leute aus Oslo. Ihm ging es hauptsächlich darum, in sein Büro zu kommen, und da hat er sich dann mit der Einsatzgruppe gestritten. Mannsåker hat als Einziger Schlüssel für das ganze Haus, und der Einsatzleiter hat sie sofort beschlagnahmt. Ich dachte schon, sie müssten Gewalt anwenden, als er sein Büro nicht betreten durfte. Einer von deinen Leuten musste ihn beinahe bis zum Verwaltungsgebäude eskortieren, und das Gespräch über Per Erik verlief dabei im Sand.«

Gihle wurde von seinem Handy unterbrochen. Kommentarlos hörte er zu und antwortete kurz: »In Ordnung.« Er legte das Handy auf den Tisch und blickte aus dem Fenster. »Das war Harald, mein Bruder. Die Heimleitung ist oben im Hauptgebäude versammelt. Sie wollen wissen, wie sie sich jetzt in dieser Situation verhalten sollen. Ich glaube, ich muss wohl selbst mit den Angehörigen von Anne Sørli sprechen – oder möchtest du tauschen?«

Die Sonne stand tief im Westen. Ihre kraftlosen Strahlen erhellten gerade noch die schmutzig gelben Holzwände des Dienstgebäudes, das die Verwaltung der Einrichtung beherbergte. Moen warf einen Blick hinauf in die erste Etage. Zwei

Fenster waren erhellt. Hinter einem standen Per Erik Henriksen und sein Lehrer. Moen stieg die Treppe hinauf und kam in einen Flur. Geradeaus gab es eine Doppelschwingtür, rechts und links waren Bürotüren. Auf der einen stand *Verwaltung*, auf der anderen *Konferenzraum*. Moen nahm die Tür zur Verwaltung, doch war sie verschlossen. Er probierte die andere, sie öffnete sich.

Moen ging hinein und baute sich auf, breitbeinig und mit verschränkten Armen. Am anderen Ende des Raums, über die Seiten eines langen Konferenztisches verteilt, saßen vier Personen. Ein Mann und eine Frau in den Dreißigern links, auf der rechten Seite Reidar Olsby. Moen nickte ihm zu, konzentrierte seine Aufmerksamkeit jedoch auf den Mann, der vor Kopf saß, ein rotgesichtiger Mann in einer Tweedjacke. Seine Augen lagen hinter Falten versteckt, und er betrachtete Moen, als sei er ein Haar in der Suppe.

»Was können wir für Sie tun?«

»Ich habe es eher so verstanden, dass ich etwas für Sie tun kann.«

»Wer sind Sie?«

Moen fühlte Unmut in sich aufsteigen. Sein Blutzucker war niedrig und der Kaffee schwappte durch sein System.

»Ich könnte Sie eigentlich dasselbe fragen.«

Olsby warf ein: »Das ist der Mann von der Kripo.«

Für einen Augenblick wurde es still, und die drei anderen starrten Moen an. Der Mann am Tischende verwandelte seinen Gesichtsausdruck in etwas, was einem jovialen Lächeln ähnelte.

»Tut mir leid. Ich heiße Arve Nerseth und arbeite für den Gesundheitsbezirk Ost. Wir diskutieren die Maßnahmen vor dem Hintergrund der entstandenen Situation. Wir hätten ein paar Fragen an …?«

»Knut Moen, Einsatzleiter der Kriminalpolizei. Wer sind die anderen?«
»Olsby kennen Sie ja.« Er deutete auf die Frau. »Das ist Marita Mæhlum, Psychologin und fachverantwortlich für die Behandlung, und Kjell Mannsåker, Leiter der Abteilung, in der der Mord geschah.«
Moen registrierte knapp zwei steife weiße Gesichter, die ihn anstarrten, und Nerseth fuhr fort: »Wir sind hier in einer schwierigen Situation. Sie wissen vielleicht nicht, dass die Leiterin der Einrichtung einen Zusammenbruch hatte. In einer Stunde kommen die Jugendlichen von einem Ausflug zurück, in eine Abteilung, die von der Polizei besetzt ist. Zu meiner Verwunderung muss ich auch feststellen, dass der Schüler, der den Mord gestanden hat, ohne Aufsicht der Polizei in der ersten Etage sitzt.«
»Das waren jetzt mindestens drei Probleme, die in Ihrer Verantwortung liegen, nicht in meiner«, sagte Moen.
»Die Polizei hat die halbe Einrichtung geschlossen. Wir können ja wohl eine Antwort erwarten, wie wir damit umgehen sollen und wie lange diese Situation andauern wird.« Es war die Psychologin, die sich äußerte.
Moen erwiderte ruhig:
»Die Abteilung bleibt so lange geschlossen, wie die Untersuchungen der Polizei es erfordern. Die Abteilung wird versiegelt und bewacht. Es wird ein paar Tage dauern, vielleicht eine Woche.« Er versuchte, etwas versöhnlicher aufzutreten, und fügte hinzu: »Wir sind uns der Unannehmlichkeiten bewusst, doch Gesetz und Ermittlung lassen uns keine andere Wahl.«
Der Abteilungsleiter hob den Arm als wäre er in einer Schulklasse. Er hatte zurückgekämmtes, lockiges Haar und lächelte sardonisch mit ebenmäßigen, weißen Zähnen. Arve Nerseth nickte.

»Ja, Kjell.«

»Ist es wirklich wahr, dass ich nicht in mein eigenes Büro gehen kann, um Dinge zu holen, die ich in den nächsten Tagen hier für meine Arbeit brauche? Nicht einmal in Begleitung?«

»Ja. So ist es.«

»Das Büro war abgeschlossen, als ich es zuletzt verlassen habe, und niemand sonst hat Schlüssel. Das hat mit dem Fall doch nichts zu tun.«

»Das wissen weder Sie noch ich, und hier gilt es Regeln zu folgen, nicht dem, was Sie oder ich denken.«

»Das kann ich schlichtweg nicht akzeptieren.« Der Abteilungsleiter appellierte an Arve Nerseth.

Moen hatte sich während dieser Unterhaltung hingesetzt, stand aber wieder auf. »Wir haben wohl alle ein paar Dinge, um die wir uns kümmern müssen. Auf Sie wartet eine Busladung mit Jugendlichen, und ich muss eine umfassende Untersuchung leiten.«

Moen sah Reidar Olsby an. Er starrte verdrießlich auf seine Hände.

Arve Nerseth stand auf, streckte die Arme aus, ließ sie aber wieder herabsinken:

»Bitte setzen Sie sich einen Moment. Ich muss mich für uns alle entschuldigen, wir sind erschüttert und etwas ratlos. Eins müssen Sie uns beantworten. Was sollen wir mit Per Erik Henriksen machen? Reidar sagt, er habe den Mord gestanden. Stimmt das?«

»Was Reidar Olsby sagt oder meint, möchte ich nicht kommentieren. Die Polizei hat eine verdächtige Person, die sich nun in Untersuchungshaft befindet. Mehr kann ich zum gegenwärtigen Zeitpunkt nicht sagen.«

Am Tisch wurde es still. Die Überraschung stand ihnen in die Gesichter geschrieben, nicht zuletzt Reidar Olsby.

»Persönlich bin ich ziemlich überzeugt davon, dass Per Erik Henriksen ein verstörter junger Mann ist, und überlasse ihn Ihrer fachkundigen Obhut.«

Draußen auf dem Wirtschaftshof war es feucht und kalt. Unten am Hügel strahlte der Tatort wie ein Weihnachtsbaum in der Oktobernacht. Moen steckte Reidar Olsbys Schlüssel in die Tasche und bereute für einen Moment seine Arroganz. Er musste aufpassen, dass sich die Verbitterung über den abgebrochenen Urlaub nicht auf die Untersuchung auswirkte, aber er war und blieb allergisch gegenüber dem Abschieben von Verantwortung. Ein Volkswagen-Transporter brauste mit eingeschaltetem Fernlicht auf den Hof, und durch die Autofenster starrten ihn weiße Gesichter an. Gleich dahinter folgte ein älterer Ford Transit. Er eilte weiter in Richtung Abteilung, öffnete mit Olsbys Schlüssel und verschloss die Tür hinter sich.

In der Küche saß Asbjørn Gihle, tief versunken über einem Teller Tomatensuppe mit Makkaroni. Er sah auf, als Moen hereinkam. Er deutete auf den Teller. »Kriegsbeute. Bedien dich. Du musst ja völlig ausgehungert sein.«

Moen plumpste auf einen Stuhl und Gihle stand auf, um die Suppe zu servieren. Er stellte sie vor Moen hin.

»Du siehst nicht gut aus«, sagte Gihle. »Iss eine Kleinigkeit.«

Moen blickte ihn an:

»Du siehst auch nicht besonders glücklich aus. Hast du mit den Eltern gesprochen?«

»Ja, hab ich.«

»Was für Leute sind Anne Sørlis Eltern?«

»Bauern. Sie haben einen mittelgroßen Hof in Vestre Toten.«

»Wohnte sie zu Hause?«

»Ja, sie bewohnt das Altenteil.«

Moen probierte einen Löffel voll Suppe. Sie schmeckte, und er nahm noch einen.
Als er wieder aufblickte, hatte Gihle das Gesicht in den Händen verborgen.
»Wirklich, gar nicht mal so schlecht.«
»Sie war ihr einziges Kind.«
»Wir müssen wohl bald an die Presse.«

Was Moen den Journalisten zu erzählen hatte, war nicht viel. Es war der erste Tag der Untersuchung, und wenn es nach Moen gegangen wäre, hätte er kein einziges Wort gesagt. Sein Publikum kannte das und war daran gewöhnt. Eine weibliche Nachtwache in einer psychiatrischen Einrichtung für Jugendliche war am Morgen ermordet aufgefunden worden, im Zusammenhang mit einem Einbruch.
Ein einunddreißigjähriger Mann, vorbestraft wegen Körperverletzung, Beschaffungskriminalität und Drogenbesitz, war in seinem Haus ungefähr fünfhundert Meter vom Tatort entfernt festgenommen worden. Dort hatte man einen weiteren Toten gefunden, doch die Umstände dieses Todesfalls waren noch ungeklärt.
Natürlich gab es Nachfragen vom Presselager. Die weniger Erfahrenen stellten ihm Fragen, die er selbstverständlich nicht beantworten wollte. Wie sie umgebracht worden war und so weiter. Die Geschickteren wollten, dass er eventuelle »Quellen« preisgab. Wer hatte die Verstorbene gefunden? Wie viele waren im Haus? Moen gelang es auszuweichen, indem er darauf hinwies, dass die Abteilung wegen eines Ausflugs »praktisch« leer gewesen war und dass er beim gegenwärtigen Stand der Ermittlungen nichts hinzuzufügen habe. Die Nachfragen erstarben alsbald, denn die Journalisten wussten, dass es nun an ihnen selbst lag, Leute auszugraben, die reden woll-

ten, wie zum Beispiel das Personal der Einrichtung oder – was Gott verhindern mochte – Moens eigene Kollegen. Als Moen ging, kreisten bereits die Journalisten von den großen Zeitungen um ihre Kollegen von den Lokalblättern, die hier einen Vorsprung hatten: Sie kannten die örtlichen Verhältnisse. Ein paar von ihnen hatten noch weitere Vorteile. Sie waren jung, sie waren Frauen, und sie waren blond.

Draußen wartete Asbjørn Gihle mit dem Wagen. Er hatte die Einquartierung der Mannschaft beordert. Es war dunkel wie in einem Sack und so kalt, dass Moen die Hände in die Taschen seiner Feldjacke stecken musste. Dort fand er etwas zu rauchen und zündete sich eine Zigarette an. Eine Weile zog er gierig daran, bis Gihle sagte:

»Du kannst im Auto rauchen.«

Es war dreiundzwanzig Uhr, als Gihle Knut Moen und seine Truppe in der kleinen Pension an der Landstraße außerhalb von Lena, Østre Toten verließ. Es war die einzig freie Unterbringungsmöglichkeit, abgesehen von den üblichen Rica/Clarion/Quality/Choice-Kästen in Gjøvik, und lag am nächsten. Moen hatte geglaubt, ein Zimmer in der ersten Etage zu bekommen, doch da wohnten die Wirtsleute, und er war etwas verdutzt, als er sah, dass die Zimmer unter dem Dach für eine einfache Unterbringung konzipiert waren. Schließlich wählte er ein Zimmer mit Doppelbett und eigenem Bad.

Seine Laune wurde etwas besser, als er herunterkam. Die Wirtsleute hatten versprochen, die Reste von einer Geburtstagsfeier zum Siebzigsten aufzutischen. Es gab nicht weniger als Elchsteak mit allem, was dazugehört. Die Einsatzgruppe aus Oslo setzte sich an den Tisch und blickte verstohlen zu Moen hinüber, als die Wirtin – vorsichtig – fragte, ob sie zusätzlich noch etwas haben wollten. Auf dem Tisch stand Wasser.

»Ein Bier vielleicht?«, fragte Moen die anderen. Alle nickten und lächelten einer wie der andere.
Dann sagte die Wirtin, ohne eine Miene zu verziehen: »Soll es außerdem noch was sein? Sie sehen aus, als ob Sie etwas Scharfes brauchen könnten.«
Die komplette Gruppe lächelte lautlos in sich hinein. Ja, das stimmte wohl. Sie brauchten einen Schnaps, und der kam auf den Tisch. Einige Minuten genossen sie ihr Glück in aller Stille, bevor die unumgängliche Nachbesprechung kam. Sie fiel kurz aus.
»Habt ihr etwas in seinem Zimmer gefunden?«
»Ein Kollege aus Gjøvik hat das gemacht. Wir haben die Sachen, die er gefunden hat, nur zur Dienststelle des Lensmanns gebracht.«
»Ihr habt nicht nachgehört, was es war?«
»Es ging alles etwas schnell.«
»Alles ist verschlossen und versiegelt?«
»Alles verschlossen und plombiert.«
»Auch bei Hakksveen?«
»Ich glaube, alles, was für die Untersuchung von Bedeutung ist, wurde weggebracht.«
»Und das ist auch alles verschlossen und plombiert?«
»Ay, ay, Boss.«
Die Wirtin trug den Tisch ab.
»Es ist spät, meine Herren, aber ich darf Sie fragen: Soll es noch etwas sein, bevor wir schließen?«

# 7

Knut Moen saß vor Kopf am Tisch des Konferenzraums in der Dienststelle des Lensmanns. Immerhin verfügte er über die größte Erfahrung als taktischer Fahnder in *Der nationalen Einheit für die Bekämpfung organisierter und anderer schwerwiegender Kriminalität,* was ein witziger Bursche einmal zu Dneboask verkürzt hatte, von den Behörden in ihrer Weisheit jedoch als Kripo bezeichnet worden war, da sich die Welt in ihrer Eigensinnigkeit geweigert hatte, den neuen Namen ernst zu nehmen, und das Tier bei seinem alten Namen nannte. Sein Hauptgebiet war allerdings weniger das prestigeträchtige Feld der organisierten Kriminalität oder eines der anderen Gebiete, welche zu jeder Zeit die besondere Aufmerksamkeit der Medien, der Politiker und der Bürokratie genossen. Seine Spezialität war der gute alte norwegische Mord. In nüchterner Prosa hatte es *Die nationale Einheit für die Bekämpfung organisierter und anderer schwerwiegender Kriminalität* im Rahmen ihres Jahresberichts so ausgedrückt: »Wie schon früher ist der typische norwegische Täter ein Mann im Alter zwischen einundzwanzig und dreißig Jahren, der keiner geregelten Arbeit nachgeht und das Opfer kennt. Die meisten Morde werden infolge einer Streiterei am Wohnort des Opfers oder des Täters verübt, wobei häufig Rauschmittel im Spiel sind. Das Messer ist immer noch die üblichste Mordwaffe in Norwegen.«

So wie er es beurteilte und ausgehend vom Kenntnisstand der Polizei zum momentanen Zeitpunkt, passte diese Sache gut in den Rahmen. Der Verdächtige, Tore Hakksveen, verfügte zusätzlich zu seinen Drogenproblemen über einen langen kriminellen Lebenslauf. Er war einunddreißig Jahre alt und als Sechzehnjähriger zum ersten Mal verurteilt worden. Die meisten Jahre zwischen seinem zwanzigsten und dreißigsten Geburtstag hatte er wegen zahlreicher Delikte im Bereich der Drogen- und Beschaffungskriminalität sowie aufgrund einer Verurteilung wegen Vergewaltigung im Gefängnis zugebracht. Sein verstorbener Kumpel, Arvid Jakobsen, genannt »Mini«, hatte sich, sofern überhaupt möglich, aufgrund noch viel mehr Straftaten zu verantworten. Die meisten betrafen Mundraub, Ladendiebstähle und Einbrüche, doch er war niemals verurteilt worden. Jakobsen wurde als vollzugsuntauglich eingestuft und als derart geistig zurückgeblieben beurteilt, dass man ihn so gut wie überhaupt nicht für seine Taten zur Verantwortung ziehen konnte. Er hatte seine Karriere in der Jugendhilfe begonnen und in einem Jugendheim gewohnt. Beide waren also in den polizeilichen Archiven vermerkt, mit Bildern und Fingerabdrücken. Von den gefundenen Messern kam mindestens eines als Mordwaffe infrage, eines wies Blutspuren auf. Viele hätten den Fall als aufgeklärt betrachtet.

Genau deswegen und nicht zuletzt auch, weil er einen schlechten Start gehabt hatte, war Knut Moen alles noch einmal in Ruhe durchgegangen. Selbst wenn der Mörder anscheinend gefasst war, gab es mehrere Umstände, die die Ermittler berücksichtigen mussten. Die Gewalt war gegen eine Außenstehende gerichtet worden, wie so oft, und ein Elternpaar hatte sein einziges Kind verloren. Die Sache würde in den Medien große Aufmerksamkeit erregen. Daher würde sie auch versierte Verteidiger anziehen, die alle Schwächen der Ermittlung aufdeckten. Drittens waren die Anklagevertretung und die Justizbehörde durch mehrere Fälle erschüttert worden, bei denen die Polizei ihren Verdacht und ihre Ermittlungen auf Personen konzentriert hatte, die bereits im polizeilichen Suchscheinwerferlicht standen und derer man sich so bei dieser günstigen Gelegenheit entledigt hatte, wobei sich jedoch nach Absitzen der Strafe herausstellte, dass sie unschuldig waren. Sowohl der vorsitzende Richter als auch die Beisitzer würden sehr auf der Hut sein. Kämen Zweifel auf, würden sie leicht den Beschuldigten zugutekommen. Mit anderen Worten, man brauchte eine hieb- und stichfeste Beweisführung, und es war Moens Aufgabe, genau diese zu liefern.

Was Zeugen und Geständnisse betraf, war die Situation nicht sehr verheißungsvoll. Sie hatten ein von einem psychiatrischen Patienten abgelegtes Geständnis, ohne Verankerung in den Gegebenheiten des Tatorts. Man konnte unmöglich wissen, was aus dem Jungen, der fast psychotisch wirkte, herauszubringen war. Tore Hakksveen war vollkommen zugedröhnt, als er eingeliefert wurde, und das erste Anzeichen eines Geständnisses ergab lediglich, dass er am Tatort gewesen war. Arvid Jakobsen war tot. Anne Sørli war tot. Zwei der vier Personen, die sich in der Mordnacht am Tatort befunden hatten, waren tot und die anderen beiden nahezu unzurechnungsfähig und als Tatzeugen vollkommen unglaubwürdig. Die Königin der Beweise, das Geständnis, hatte ein Zipfelchen ihres Gesichts gezeigt und es wieder zugedeckt.

Moen konzentrierte seine Aufmerksamkeit daher auf das, was eigentlich nicht seine Domäne war, die technische Untersuchung. Er war tatsächlich so weit gegangen, die versammelte Truppe zu ermahnen, mit der Arbeit am Tatort nicht nachlässig umzugehen. Nicht nur das. Er hatte darauf bestanden, Techniker aus dem Labor in Oslo sowie von der Abteilung für Fingerabdrücke zu bekommen. Sie sollten mit ihm zusammen das Material von den Tatorten durchgehen und abschätzen, was an Ort und Stelle erledigt werden könnte und was nach Oslo geschickt werden sollte. So wollte er sichergehen, eine hieb- und stichfeste Kette technischer Beweise zu erhalten oder besser gesagt: Er hatte große Hoffnungen, genau dies zu erreichen, als er das Meeting beendete und sich erhob. Er blieb stehen, als die Polizisten zur Tür hinauszogen und sich an ihren jeweiligen Tatort begaben. Einen der Polizisten aus Gjøvik hielt er zurück.

»Waren Sie es, der das Zimmer des Jungen untersucht hat?«

Ein Raum in der Dienststelle des Lensmanns war für die am Tatort gefundenen Gegenstände eingerichtet worden, das heißt für diejenigen, die bis jetzt geordnet und katalogisiert waren. Das Neonlicht glänzte auf all den durchsichtigen Plastiktüten mit erklärendem Text auf den Etiketten. In der Ecke stand das angebliche Diebesgut. Der Polizist aus Gjøvik ging zu einem Tisch am Fenster und zeigte darauf.

»War das alles?«, fragte Moen.

»Der arme Junge. Fast alle Kleider waren entweder abgetragen oder schmutzig. Außerdem hatte er Essen zwischen diesen Fetzen versteckt. Ein langweiliger Kleiderschrank. Das Einzige, was ein wenig Interesse hervorrufen könnte, waren diese Gegenstände. In den anderen Tüten sind die Kleider und Schuhe, die er gestern Nacht anhatte.«

»Und sonst im Zimmer?«

»Schulsachen, ein paar Magazine und ein PC etwas älteren Jahrgangs.«

»Ist er hier?«

»Ich war mir nicht sicher, was wir damit machen sollten. Was meinen Sie?«

»Ich denke darüber nach.«

Moen zog ein Paar Einmalhandschuhe über und nahm die Sachen aus der kleinsten Tüte. Er erschrak leicht beim ersten Ge-

genstand, einem ungewöhnlich dicken Schlüsselbund. Er zog das andere hervor, das beim Abteilungsleiter beschlagnahmt worden war, und verglich sie miteinander. Viele der Schlüssel waren identisch, soweit Moen es sehen konnte. Die anderen Gegenstände waren ein kleines Gemüsemesser mit schwarzem Plastikgriff, eine kleine Plastiktüte mit ein paar Tabletten sowie ein Mobiltelefon. In dem angeblichen Geständnis hatte der Junge angegeben, er hätte ein kleines Küchenmesser verwendet. Es gab also einen Kern von Wahrheit. Er habe ein Messer versteckt. Moen wandte sich an den anderen:

»Die Tabletten. Haben Sie eine Ahnung, was das sein kann?«

»Die sehen genauso aus wie ein paar Tabletten, die wir vor einigen Wochen in Gjøvik beschlagnahmt haben. Das war Amphetamin.«

Moen nahm das Handy und betrachtete es.

»Waren diese Sachen am selben Ort versteckt?«

»Die Schlüssel lagen für sich allein ganz unten im Schrank, in einer alten Skisocke. Die anderen Sachen waren an der Rückwand hinter den Unterhosen.«

Moen nahm das Handy, das mit seinem eigenen Modell identisch war. Er drückte auf den Knopf mit dem grünen Telefonhörer und rief die Liste mit den zuletzt angerufenen Nummern auf. Am Tag zuvor war dreimal dieselbe Nummer angerufen worden. Das letzte Mal um 00:12. Die beiden anderen Gespräche hatten früh am Nachmittag stattgefunden. Unten in der Liste tauchten ein paar Vornamen auf, die aus einem Adressbuch stammen mussten. Er wählte »Kontakte«, drückte auf »Namen« und las sie durch. Er hatte den vagen Eindruck, dass das Handy einem älteren Menschen gehörte, vielleicht einem Rentner. Es gab viele Einträge von Ärzten, Apotheken und Ähnlichem.

Zum Schluss drückte Moen auf die »letzte angerufene Nummer«. Kaum eine Sekunde später klingelte ein anderes Handy im Raum. Die beiden Polizisten sahen sich verwundert an und suchten in ihren Taschen. Es war der Standardklingelton eines der größten Mobiltelefonhersteller, und beide dachten, es sei ihr eigenes. Nachdem sich ihre Überraschung gelegt hatte, lokalisierte Moen den Klingelton. Er kam aus einer der Tüten am anderen Ende des Zimmers, dort, wo die Sachen von Tore Hakksveen und »Mini« Jakobsen lagen. Moen fand das Handy in einer der geräumigen Innentaschen von Jakobsens Bomberjacke, die außerdem kurioserweise noch zwei vakuumverpackte geräucherte Würstchen aufwiesen. Moen zog Jakobsens Handy hervor, drückte auf den grünen Knopf und sagte: »Hallo!«

Das Hallo wurde an Moens anderem Ohr wiedergegeben, an das er das Handy von Per Erik Henriksen hielt. Es gab gar keinen Zweifel. Die beiden hatten in der Mordnacht miteinander telefoniert.

»Shit!«, entfuhr es Moen. Diese jugendliche Ausdrucksweise hatte er vor einigen Jahren angenommen. Der Polizist aus Gjøvik sah ihn fragend an. Er hatte zwei tiefe Furchen in der Stirn, und zum ersten Mal bemerkte Moen sein Haar, das rabenschwarz und zurückgekämmt war. Moen war bemüht, sich von seiner Überraschung zu erholen, und als Erstes legte er die beiden Telefone zurück an ihren Platz.

»Der Junge hat den verstorbenen Jakobsen kurz vor dem Mord angerufen. Ich habe ihn zu früh abgeschrieben«, konstatierte Moen, mehr zu sich selbst. Er dachte an seine eigenen Ermahnungen während der morgendlichen Zusammenkunft und schüttelte lächelnd den Kopf. Leicht desorientiert, erwiderte der Polizist aus Gjøvik vorsichtig sein Lächeln.

»Wie heißen Sie eigentlich? Ich hab mein Benehmen wohl zu Hause gelassen«, sagte Moen und streckte die Hand aus.

»Svein Solvold. Wir sind uns schon mal begegnet, aber daran erinnern Sie sich bestimmt nicht.«
»Ach ja? Wo denn?«
»Das ist lange her. In Hadeland. Eine Bäuerin war in den Fluss gegangen. Ich war bei der Suche dabei.«
Moen nickte nachdenklich.
»Ja, das ist lange her.«
»Damals hab ich mich entschieden, Polizist zu werden.«
»Und Sie haben es nicht bereut?«
Solvold zuckte mit den Schultern und blickte zu Boden.
»Sieht nicht so aus.«
Plötzlich klingelte Moens Handy. Solvold holte seins auch hervor, doch Moen fühlte die Vibration in der Tasche. Er sah, dass es der Leiter des Teams in Lundby war.
»Moen hier.«
»In der Nacht hat es am Tatort einen Einbruch gegeben.«

# 8

Asbjørn Gihle fuhr, Moen saß auf dem Beifahrersitz und Svein Solvold schweigend auf der Rückbank. Der kommissarische Polizeidirektor des Polizeibezirks Vestoppland hatte ihn gerade eben mit der Bemerkung »Scharf wie ein Rasiermesser, aber nicht unbedingt ein Teamworker« an Moen »ausgeliehen«. Moen hatte sein Augenmerk auf das Rasiermesser gerichtet. Solvold hatte nur stumm genickt, als er den Bescheid bekam. Jetzt wandte sich Moen an Gihle:

»Ich muss deine Mitarbeiterin haben, Asbjørn. Wie hieß sie noch gleich? Elvestuen?«

»Kammerstuen. Jenny. Sie und Sørli sind in Kapp. Ein größerer Diebstahl von Baumaterialien. Wie du weißt, konnten wir uns gestern nicht darum kümmern.«

»Lass sie sofort kommen. Sie soll rausfinden, wo sich der Junge aufhält. Stellt ihn unter Polizeiarrest, mit Foto und Fingerabdruck. Volles Paket.«

»Das wird wohl kaum nötig sein.« Gihle hielt das Steuer mit der linken Hand und zeigte mit der rechten. »Dort steht er«, sagte er, »auf der Schultreppe.«

Ganz richtig. Auf der Schultreppe saß Stein Hovelsrud und rauchte. Reidar Olsby zeigte Per Erik Henriksen gerade etwas, das einem Ringergriff ähnelte.

»Wollen wir ihn nicht gleich mitnehmen?«

»Fahr zum Tatort und mach es so, wie ich sage. Versuch, sie über Funk zu erreichen.«

Mit einem Ruck hielt der Wagen an, und Moen stieg gemein-

sam mit Svein Solvold aus, der noch immer kein Wort gesagt hatte. Gihle machte sich am Funkgerät zu schaffen.
An der Tür wurden sie vom Leiter des Teams in Empfang genommen. Er vollführte die uralte Armbewegung »Folgt mir, Jungs« und trottete voran. Wortlos zeigte er auf die Tür zum Wachraum. Moen verstand zunächst nicht, was der Mann ihnen zeigen wollte, daher trat er näher und starrte angestrengt auf die Tür. Es war nicht so einfach, den Riss im Klebeband gleich beim ersten Hinschauen zu erkennen, doch bei näherer Betrachtung war er unverkennbar. Er überprüfte die Versiegelung am Büro des Abteilungsleiters, sie war intakt.
»Was ist mit dem Zimmer des Jungen und all den anderen Türen?«
»Alles in Ordnung. Es ist nur dieser Raum und die Tür unten. Wer immer auch hier war, hat einen Schlüssel benutzt. Der Wachraum und die Tür unten waren abgeschlossen, als wir herkamen. Es muss jemand von den Angestellten sein.«
»Sie haben Handschuhe an. Schließen Sie bitte die Tür auf.«
Der Teamleiter tat, worum er gebeten wurde, und Moen ging hinüber zu dem Tisch, an dem er Per Erik Henriksen erstmals vernommen hatte. Zu seiner Erleichterung stand Anne Sørlis Handtasche an ihrem Platz, doch irgendetwas fehlte. Wie als Antwort auf die unausgesprochene Frage sagte der Teamleiter:
»Einer meiner Leute meint, dass ein Notebook fehlt. Ein weißer Mac. Er glaubt aber nicht, dass noch was anderes verschwunden ist.«
»Das können wir leider nicht mit Sicherheit sagen«, antwortete Moen lakonisch, »wir können nur hoffen. Was passiert ist, ist womöglich schon schlimm genug. Es muss ja gar nichts mit dem Mord zu tun haben. Wir wissen ja nicht mal, wem er gehört. Das hier ist eine ernsthafte Sache, und ich mache mir Vorwürfe, dass wir nicht genug aufgepasst haben. Das ist nicht

mein erster Fehler. Es sieht so aus, als ob Per Henrik Henriksen in weitaus größerem Maß in den Fall verwickelt ist, als wir gestern Abend dachten. Er muss festgenommen werden.«

Moen verließ den Raum, als er das sagte. »Asbjørn!«, rief er in die Küche hinein. »Ist diese Kampestuen endlich da?«

»Nein, Kampestuen ist nicht da, aber Kammerstuen kommt jeden Augenblick. Der Junge ist immer noch draußen auf dem Hof.«

Asbjørn Gihle erhob sich. »Ich habe mit Anne Sørlis Vater gesprochen. Er fragt nach seinem Auto. Anne hatte es in der Mordnacht geliehen, und ohne Auto ist es schwierig, dort, wo sie wohnen. Es soll sich um einen flaschengrünen Hyundai Accent handeln.«

Alle blickten sich fragend an.

»Sie hat ihn wohl für gewöhnlich versteckt, sodass man ihr nicht die Luft aus den Reifen lassen konnte«, setzte Gihle fort. »Das ist anscheinend mehrmals passiert.«

Moen ging zusammen mit Svein Solvold über den Wirtschaftshof von Store Lundby. Asbjørn Gihle war nach Gjøvik gefahren, um die Untersuchungshaft von Tore Hakksveen unter Dach und Fach zu bringen. Das Laub lag kreisförmig um den Hofbaum. Die Sonne schien, doch die Kälte der Nacht war noch zu spüren. Vor der Schule und dem Verwaltungsgebäude war es leer, doch hinter den Fenstern im Erdgeschoss und der ersten Etage brannte Licht.

Genau wie beim ersten Mal war das Büro verschlossen, doch nun war Moen klar, wo er hingehen musste. Er öffnete die Tür zum Konferenzraum, und dieses Mal war der Saal vollgepackt.

Kjell Mannsåker saß ganz hinten am Ende des Tisches und stand auf, als Moen und Solvold den Raum betraten.

»Wir sind mitten in einer wichtigen Besprechung. Könnten Sie vielleicht eine Stunde warten?«

»Was ist das für eine Versammlung?«, fragte Moen.

»Das ist das Personal von Lillebo.«

»Lillebo?«

»Die Abteilung, die Sie geschlossen haben. Sie verstehen sicher, dass wir hier Dinge zu regeln haben.« Mannsåker setzte sich wieder.

Moen betrachtete die Versammlung. Es waren zehn Leute. Ganz vorn saß Reidar Olsby, der kurz nickte und lächelte, bevor er seine Aufmerksamkeit wieder auf Mannsåker richtete.

»Dann möchte ich doch die Gelegenheit nutzen, die Versammelten daran zu erinnern, dass Ihre Kollegin Anne Sørli Freitagnacht im Keller ihrer Arbeitsstelle ermordet wurde, falls Sie es noch nicht getan haben.«

Mannsåker lächelte, oder vielmehr bleckte er die Zähne, ein perfektes Gebiss. An seine Kollegen gerichtet, schüttelte er den Kopf und breitete resigniert die Hände aus.

»Wir sind es, die einen Verlust erlitten haben, nicht Sie. Nichtsdestotrotz haben wir noch vier Jugendliche in der Abteilung. Die sind genauso schockiert wie wir und außerdem mit ihren eigenen Problemen beschäftigt. Sie müssen untergebracht werden und ihre Behandlung bekommen. Ich selbst bin seit gestern Abend kommissarischer Leiter der gesamten Einrichtung, und Lillebo hat eine neue Abteilungsleiterin. Da müssen wir doch wohl nicht um Entschuldigung bitten, wenn wir hier zusammensitzen?«

»Nein, das müssen Sie nicht. Aber der Grund, warum ich hier bin, ist nicht minder ernst. Jemand ist heute Nacht am Tatort eingebrochen und hat die Siegel der Polizei gebrochen. Das Vorgehen weist auf die Angestellten der Abteilung hin.« Moen ließ seine Worte nachklingen, während er die Versammlung betrachtete. »Das bedeutet nicht notwendigerweise, dass es einen Zusammenhang zwischen der Tat in der vorigen Nacht und diesem Einbruch gibt, aber wir müssen alle Unklarheiten beseitigen. Falls also jemand aus dieser Versammlung sich aus Gründen, die nichts mit dem Mord zu tun haben, heute Nacht Zugang zum Tatort verschafft hat, so würde uns der Betreffende einen großen Gefallen tun, wenn er sich meldet. So wie die Lage jetzt ist, muss ich jeden Einzelnen von Ihnen vernehmen. Möchte jemand von Ihnen bezüglich des Geschehens eine Erklärung abgeben?«

»Sie wissen ja selbst, wo meine Schlüssel sind«, antwortete Mannsåker.

»Man kann sich die Schlüssel von anderen ausleihen«, erwiderte Moen. »Ich fasse die Situation so auf, dass die Versammlung es vorzieht, sich in Vertraulichkeit zu äußern, unter vier Augen mit der Polizei. Ich respektiere das.« Er deutete auf Svein Solvold und stellte ihn der Versammlung vor. »Wir lassen eine Liste herumgehen, auf der Sie Namen, Adresse und Telefonnummer notieren können. Kjell Mannsåker wird hier im Erdgeschoss einen geeigneten Raum für uns finden, und Solvold wird die Erklärung der Anwesenden in alphabetischer Reihenfolge aufnehmen. Auf diese Weise kann die Versammlung ihre gemeinnützige Arbeit fortsetzen. Haben Sie irgendwelche Einwände?«

Die Frage war an Mannsåker gerichtet. Solvold stand über Reidar Olsby gebeugt, der schon damit beschäftigt war, sich auf der Liste einzutragen.

»Spielt es überhaupt irgendeine Rolle, welcher Meinung ich bin?«

»Eigentlich nicht, wenn ich ehrlich bin. Von unserer Seite betrachtet, haben wir keine andere Wahl. Es tut mir leid, wenn ich etwas unwirsch bin. Ich verstehe gut, dass Sie in der Klemme

sitzen und einen schwierigen Job haben, aber ich möchte auch gerne unterstreichen, dass nicht wir diese Situation geschaffen haben. Ich nehme an, dass Sie, so wie wir, eine schnellstmögliche Aufklärung der Angelegenheit wünschen.«
Alle Augen waren auf Moen gerichtet, als er dies sagte.
Viele murmelten in sich hinein und nickten. Ebenso Mannsåker. Moen griff zur Türklinke.
»Haben Sie vielen Dank.« Er lächelte Solvold zu, der mit ernstem Gesicht zurücknickte, dann schloss er die Tür hinter sich.

»Ich fürchte, dass Ihr Schüler mehr in diese Sache verwickelt ist, als wir angenommen haben. Ich kann nicht sagen, auf welche Weise, aber Sie wissen bestimmt schon, dass wir ihn festnehmen mussten, trotz seines Alters und seiner Situation. Es tut mir wirklich leid.«
Stein Hovelsrud zuckte mit den Schultern.
»Heute war er in erbärmlicher Verfassung, ganz gewalttätig. Da werden Sie Probleme bekommen. In letzter Zeit war er eigentlich viel ruhiger und besonnener, doch heute war er fast so wie bei der Aufnahme. Er wird in der Zelle rotieren wie eine Wespe im Herbst.«
»Wie hat er die Festnahme aufgenommen?«
»Ach wissen Sie, er fand es total klasse mit den Handschellen, als alle Schulkameraden am Fenster standen und zusahen, aber das wird wohl nicht lange andauern. Was wollten Sie eigentlich von mir?«
»Ich hab mit der Direktorin gesprochen. Sie befreit Sie vom Unterricht. Sie sollen Per Erik bei den kommenden Vernehmungen zur Seite stehen, wenn das für Sie in Ordnung ist. Sein Vater hat zugestimmt.«
Hovelsrud studierte seine Schuhspitzen.

»Ich finde, das ist eine ziemlich schwere Verantwortung. Gibt es denn da keine andere Lösung?«

»Dann müssen wir warten, bis die Mutter nach Hause kommt. Sie wohnt übrigens weit weg von hier.«

Hovelsrud ließ ein kleines Lächeln erkennen.

»Ja, schon gut. Dann machen wir es so. Was soll ich tun?«

»Wohnen Sie sehr weit weg von der Dienststelle des Lensmanns?«

»Ich wohne in Starum. Ungefähr eine Viertelstunde.«

»Bleiben Sie zu Hause und halten Sie sich zur Verfügung. Bekomme ich Ihre Handynummer? Schreiben Sie sie hier auf.«

Moen gab ihm seinen Notizblock und einen Kugelschreiber. Hovelsrud schrieb die Nummer auf und Moens Blick folgte dem Lehrer, während dieser auf den Parkplatz zuging.

Im Schatten des Hofbaums wurde ihm kalt. Moen trat in die Sonne hinaus, fühlte die warmen Strahlen und wünschte sich, er hätte am Abend zuvor einen Mann auf dem Sofa im Wachraum postiert. Die Schultermuskeln schmerzten ihn, und er hob und senkte die Schultern ein paarmal. Auf dem Weg zurück zur Abteilung sah Moen zwei Männer in weißen Overalls nahe einem kleinen Waldstück zwischen dem Garten von Lillebo und der Auffahrt nach Store Lundby. Er entdeckte das Auto, als er auf sie zulief. Es war grün. Seine Kollegen deuteten über das Dach des Wagens hinweg. Moen ging herum und schaute nach. Die Scheibe der Hecktür war wie pulverisiert, als wenn man einen Nothammer benutzt hätte.

»Ich weiß, dass es eine dumme Frage ist, aber das ist wohl nicht der Wagen von Anne Sørlis Vater?«

»Das ist der Wagen von Anne Sørlis Vater. Ein Hyundai Accent mit dem Kennzeichen JC 23551.«

# 9

»Es sind zwei Leute vom psychiatrischen Gesundheitsdienst bei ihm. Er ist furchtbar unruhig. In Store Lundby haben sie den Distriktsarzt gerufen. Er ist auf dem Weg von Gjøvik hierher.«

Jenny Kammerstuen schüttelte resigniert den Kopf.

»Ist es überhaupt möglich, ein Gespräch mit ihm zu führen? Na, meinetwegen. Ich rufe Stein Hovelsrud an, dann können wir's ja mal versuchen.«

In der Dienststelle des Lensmanns ging Moen zur Arrestzelle. Die beiden aus dem Gesundheitsteam hatten sich rechts und links von Per Erik Henriksen postiert und hielten ihn in einem soliden Griff fest. Einer der Pfleger blickte Moen mürrisch an.

»Er ist in schlechter Verfassung und hat heute Nacht nicht geschlafen, sagt er zumindest. Ihn hierzubehalten ist genauso schlimm wie Folter. Er sollte in die Klinik eingeliefert werden.«

»Tja, wenn Sie meinen. Wo denn? Haben Sie einen Akutplatz zur Verfügung, wo er rund um die Uhr beaufsichtigt werden kann?«

Der Blick des Pflegers wich Moen aus.

»Wir könnten ihm zumindest etwas geben, damit er schläft, aber das wird ihn für eine Weile außer Gefecht setzen.«

»Sollten wir nicht auf den Arzt warten?«

»Das können wir ihm auch ohne Genehmigung des Arztes verabreichen.«

Moen kannte das Mittel gut, das mit dem gängigen Namen »Psychofessel« bezeichnet wurde. Er blickte Per Erik Henriksen an. Er hing zwischen den Pflegern wie ein Boxer in den Seilen und starrte apathisch vor sich hin. Seine Unruhe manifestierte sich in den weit aufgesperrten Augen, die kaum blinzelten. Moen bezweifelte, dass er etwas anderes sah als seine eigenen Gedanken.

»Ich glaube, wir können auf den Arzt warten. Ich komme zurück, wenn er da ist.«

»Ich habe Medizin in meinem Zimmer. Sie könnten mich doch dorthin fahren.« Per Erik Henriksen starrte Knut Moen an. Erst jetzt registrierte er seine Anwesenheit im Raum.

»Was für eine Medizin?« Moen dachte an die Tabletten, die sie in seinem Schrank gefunden hatten und die Svein Solvold für Amphetamin hielt.

»Na, so Tabletten, die mich ruhiger machen.«

»Wie heißen die Tabletten?«

»Weiß nicht.«

»Von wem hast du sie bekommen?«

»Distriktsarzt.«

»Er kommt jeden Moment. Bist du sicher, dass er das bestätigen kann?«

Per Erik Henriksens Blick wurde unsicher und er nickte energisch.

»Ein bisschen seltsam, dass du dich nicht an den Namen des Medikaments erinnerst. Kannst du zumindest die Packung beschreiben?«

Per Erik Henriksen starrte auf den Fußboden.

»Sie liegen in einer Plastiktüte.«

»Wo denn?«

»Im Kleiderschrank in meinem Zimmer.«

Moen juckte es in den Fingern, weiterzumachen, doch Hovelsrud war nicht dabei. Genau in diesem Augenblick konnte er das Gespräch nur rechtfertigen, wenn er den Gesundheitszustand des Verdächtigen berücksichtigte. Dass Per Erik Henriksen die Aufmerksamkeit auf seinen Kleiderschrank lenkte, unterstrich nur den naiven oder verwirrten Eindruck, den der Junge von Anfang an gemacht hatte.

»Hallo, Per Erik!« Ein blonder junger Mann mit hohem Haaransatz und randloser Brille steckte den Kopf zur Zellentür herein. Moen ging hinaus und schob den Mann vor sich her.

»Sind Sie der Distriktsarzt?«

»Erik Ramberg«, erwiderte der Mann und streckte die Hand aus. »Ich bin schon über das Geschehen informiert worden.«

Moen schüttelte Ramberg kräftig die Hand und ging in den nächsten Raum. Dort saßen Stein Hovelsrud, Odd Sørli und Jenny Kammerstuen. Alle wollten sofort mit ihm sprechen. Moen legte einen Finger auf den Mund und sagte zu Jenny Kammerstuen:

»Erklären Sie dem Arzt die Situation.«

Jenny gab dem Arzt eine anschauliche Beschreibung von Per Eriks Verhalten in der Zelle. Ramberg hörte die Darlegung geduldig an, ohne zwischendurch etwas zu fragen oder zu kommentieren. »Glauben Sie, es liegt daran, dass er eingesperrt ist?« Jenny Kammerstuen blickte den Arzt mit ihren großen grauen Augen an. Er lächelte und schüttelte den Kopf.

»Das glaube ich nicht. Er ist daran gewöhnt, eingesperrt zu sein. Das hört sich vielleicht seltsam an, aber so ist es. Es liegt wohl eher daran, dass er ein ziemlich verstörter junger Mann ist, manchmal an der Grenze zur Psychose.«

»Er sagt, er hätte eine beruhigende Medizin von Ihnen bekommen. Was für ein Präparat ist das?«

»Es ist noch nicht entschieden, welche Medikation er bekommen soll oder ob überhaupt. Das wird noch untersucht.«

»Dann haben Sie ihm also keine Medikamente verschrieben?«
»Wie gesagt: Er wird noch untersucht.«
»Ich frage deshalb, weil wir eine Tüte mit Tabletten bei dem Jungen gefunden haben. Ein Polizist aus Gjøvik glaubt, es könnte sich um Amphetamin handeln. Ich weiß nicht, was solche Mittel, die das zentrale Nervensystem anregen, bei so einem Jungen ausrichten, doch sein Lehrer sagt, er sei seit Langem nicht mehr so ruhig gewesen.«
Der Arzt schaute Moen aufmerksam an.
»Er wird auf ADHD hin untersucht. Ihm fehlt die Impulskontrolle.«
Die Polizeibeamten sahen den Arzt fragend an.
»Hyperaktivität, wie man es für gewöhnlich nennt. Er macht so einen Eindruck, doch es kann andere Ursachen haben. Wir warten auf das Ergebnis einiger Untersuchungen. Wenn er ADHD hat, dann wirken Amphetaminpräparate paradoxerweise beruhigend. Dann bekommt er ein Medikament namens Ritalin verschrieben und wird es unter genauer medizinischer Aufsicht einnehmen. Wenn es Amphetamin ist, was er sich da besorgt hat, und es beruhigend auf ihn wirkt, so ist das an sich eine Indikation für eine ADHD-Diagnose.«
Kammerstuen und Sørli sahen ihn geradezu ungläubig an, da ihre Erfahrung mit Amphetaminkonsumenten so völlig anders war. Der Arzt lächelte:
»Normalerweise werden Leute von der Droge, sagen wir mal *stimuliert,* doch bei einigen Menschen regt die Droge die *Stopper* beziehungsweise die *Impulskontrolle* an. Sie werden ruhiger und besonnener, können sich besser konzentrieren. Einige finden es für sich selbst heraus und besorgen sich Präparate auf dem Schwarzmarkt. Leider führt dies häufig zu Missbrauch und zu Kontakt mit ernst zu nehmenden Krimi-

nellen. So wie ich es verstehe, kann das hier so passiert sein, wenn es denn Amphetamin war.«

Moen nickte. Der Arzt hatte hier unbestreitbar den Kern der Sache getroffen.

»Wenn der Junge zugibt, Amphetamin genommen zu haben und wenn er davon ruhiger wird, dann haben Sie doch wahrscheinlich die Berechtigung, dieses Arzneimittel Ritalin zu verschreiben?«

»Gerade weil die Droge im Prinzip nicht erlaubt ist und auf dem Schwarzmarkt gehandelt wird, ist das Verfahren streng geregelt. Ich muss auf die Ergebnisse der Untersuchung warten.«

»Wie lange wird das dauern?«

»Ein paar Wochen vielleicht.«

»Wie hoch schätzen Sie die Wahrscheinlichkeit ein, dass die Diagnose ADHD lautet?«

»Sehr hoch, aber der Junge hatte außerdem eine ziemlich schlimme Kindheit. Man kann auch von so etwas unruhig werden. Wenn er außerdem noch an ADHD leidet, hat er ziemlich viel Pech gehabt.«

»Ja, er hat ziemlich viel Pech gehabt. Deshalb möchte ich Sie fragen, ob Sie ein kontrolliertes Experiment mit Ihrem Medikament durchführen können. Sagen wir eine Woche, wenn er bestätigt, dass er Amphetamin genommen hat und es eine positive Wirkung hatte.«

»Das möchte ich lieber nicht, denn damit riskiere ich meine Zulassung.«

»Wie lange dauert es, bis die Wirkung der Droge einsetzt?«

»Das geschieht unmittelbar, vorausgesetzt die Diagnose stimmt.«

»Dann wäre ein Test also Teil der Diagnostizierung?«

»Ja, könnte man sagen«, erwiderte der Arzt zögernd.

Moen deutete auf Stein Hovelsrud.
»Das ist sein Lehrer, der momentan die Vormundschaft über den Jungen hat. Würden Sie in einen kontrollierten Versuch über, sagen wir mal, drei Tage bis eine Woche einwilligen?«
»Das könnte ich ohne Weiteres.«
»Ist eigentlich ein Risiko damit verbunden?« Moen breitete die Arme aus. »Wenn es Amphetamin war, das er genommen hat? Sie sind sein Arzt. Sie haben einen Rezeptblock.«
Ramberg sah zu Boden und überlegte.
»Lassen Sie mich erst mit ihm reden.«
Hovelsrud erhob sich mit einem Lächeln.
»Dann komme ich mal mit.«

Knut Moen und Odd Sørli teilten sich ein paar belegte Brötchen. Sørli trauerte noch immer um seine Cousine. Das helle, stattliche Jungengesicht spannte sich über den Wangenknochen, und er hatte dunkle Ringe unter den Augen.
»Wollen Sie mich nicht bei der Ermittlung dabeihaben, weil sie und ich verwandt waren?«
»Ich möchte Sie von den Verdächtigen fernhalten. Sie wissen ja selbst, wie es mit Hakksveen lief.«
»Gibt es etwas, das ich tun kann?«
»Das will ich meinen, es gibt mehr als genug Arbeit für uns alle.«
»Darf ich Sie nach dem Stand der Ermittlungen fragen?«
»Bitte sehr.«
»Ist es wahr, dass es letzte Nacht einen Einbruch am Tatort gegeben hat?«
»Ja. Jemand ist in den Wachraum eingedrungen, wo unter anderem Anne Sørlis Sachen standen, aber ihre Handtasche blieb anscheinend unberührt. Wir wissen nur, dass ein weißes Notebook fehlt.«

»Ich glaube, das könnte vielleicht Anne gehören. Sie hat so eins überall mit sich herumgeschleppt. Sie war doch ziemlich modern.« Er schlug sich mit der Hand auf den Schenkel. »Ich hab ihn doch gesehen, als wir gestern mit dem Jungen im Wachraum saßen. Da hätte ich es wohl sagen sollen, aber so weit habe ich gar nicht gedacht.«

»Machen Sie sich keine Gedanken. Das hätte keinen Unterschied gemacht. Es hat auch einen Einbruch in dem Auto gegeben, das sie fuhr. Die Frage ist nur, was jemanden daran hätte interessieren können.«

Odd Sørli starrte Moen mit offenem Mund an.

»Hat das etwas mit dem Mord zu tun?«

»Nicht unbedingt.«

»Wissen Sie, wann im Auto eingebrochen wurde? In der Mordnacht oder in der Nacht zu heute?«

»Das eben wissen wir nicht. Das Auto wurde heute gefunden. Sie kennen das Mädchen. Gab es etwas anderes, das sie immer bei sich hatte, etwas Wertvolles oder etwas, was jemanden vielleicht interessiert hätte?«

Sørli kratzte sich am Kopf. Moen hörte, wie es knirschte.

»Ich muss mal nachdenken. Haben Sie eine Kamera im Wachraum gesehen? Ich kann mich nicht daran erinnern.«

Moen überlegte, schaffte es aber nicht, sich das Bild klar genug vor Augen zu rufen. Er schüttelte den Kopf.

»Anne hat in ihrem Leben viele verschiedene Dinge gemacht, aber sie war immer begeistert von Fotografie, schon seit sie ein kleines Mädchen war. Ich meine, ihr Vater habe etwas von einer Ausrüstung für über hunderttausend Kronen gesagt. Alles ganz neu, wissen Sie. Digitale Kameras und das ganze Paket. Ich glaube, er wollte wissen, wo eigentlich das ganze Geld dafür herkam.«

»Gab es einen Grund, sich das zu fragen?«

»Nein, nein. Anne war überaus tüchtig und arbeitsam und hat alleine gelebt. Es ist wohl eher mein Onkel, der etwas knickrig mit dem Geld ist.«

»Sie sagten, Anne habe viele komische Dinge gemacht. Was meinten Sie damit?«

Odd Sørli überlegte eine Weile.

»Ich bin auf dem Hof zusammen mit ihr aufgewachsen, auch wenn ich etwas älter bin. Schon als sie noch ein kleines Mädchen war, gab es irgendetwas Besonderes an ihr. Sie hatte eine unglaubliche Motorik und Reaktionsfähigkeit. Mir schlug oft genug das Herz bis zum Hals, wenn ich sah, wie sie Purzelbäume schlug und herumtobte, aber sie ist immer sicher auf den Beinen gelandet. Es gibt nicht eine einzige Sportart hier in Toten, die sie nicht getrieben hat, und alle haben ihr eine glänzende Zukunft vorausgesagt. Handballmannschaft immerhin, aber sie wollte sich nie richtig entscheiden. Man muss ja ziemlich diszipliniert und angepasst sein, um heutzutage eine sportliche Karriere einzuschlagen. Es sind ja beinahe nur solche BI-Typen, die da weiterkommen. Anne war so frei und spontan. Gab es etwas Neues, das sie ausprobieren wollte, dann hat sie es einfach getan.«

Sørli machte eine Geste mit der Hand und erzählte, dass es nicht allen gefallen habe. Er selbst meinte, dass Anne ein ziemlich tolles Mädchen war, aber nicht alle hätten ihren direkten Stil geschätzt. Gab es etwas, das sie nicht mochte, hatte sie es klar und deutlich ausgesprochen. Sie hatte tagsüber als Sozialtherapeutin gearbeitet, war aber zu den Nachtschichten gewechselt, weil sie sich mit einigen Kollegen nicht verstand.

»Sie hatte auf einem Familienfest davon erzählt. Den wenigsten gefällt es, als *Furzklemme* oder *perverse Sau* bezeichnet zu werden. So ist nun mal die Welt.« Sørli gelang es, ein wenig zu lachen, als er dies sagte, und wiederholte, dass Anne immer ganz ordentlich und niemals ordinär gewesen sei. Sie sei gut mit Kindern und Tieren und mit alten Leuten zurechtgekommen, aber manchmal vielleicht etwas ungeduldig mit Leuten gleichen Alters gewesen.

»Hatte sie zurzeit noch andere Interessen als Fotografie? Jemand sagte, sie hätte Kampfsport betrieben.«

»Sie ist im Kudo-Institut in Gjøvik aktiv.« Sørli dachte nach. »Und dann sitzt sie noch im Vorstand vom Motorradklub Vestre Toten.«

»Das sind ja ganz maskuline Züge, die Sie da beschreiben. Wissen Sie, ob sie ein Liebesleben hatte? Ein Verhältnis?«

Sørli lächelte verlegen. Er wusste nicht so viel darüber. Sie hatte ein paar Freunde gehabt. Anne selbst hatte gesagt, dass ihr kein Mann das Wasser reichen könne. Wenn Moen herausfinden wolle, ob sie noch andere Interessen hatte, könne er ja vorsichtig bei Jenny nachfragen und dabei möglichst nicht erwähnen, dass er das gesagt hatte.

»Ich hätte es gerne, dass Sie zu ihren Eltern fahren und ihre Wohnung untersuchen und sie dann absperren. Schaffen Sie das? Halten Sie nach einer Kamera und einem Notebook Ausschau.«

»Ich wollte sowieso heute Abend dahin, mit Mutter und Vater. Jetzt muss ich wohl den Hof übernehmen«, sagte er und stand auf.

Es war sechs Uhr am Abend. Eine Leuchtstoffröhre flackerte über Moens Kopf, und die Fensterscheiben starrten ihn dunkel an. Asbjørn Gihle trat mit einer Tasse Kaffee in jeder Hand hinzu und ließ sich auf der anderen Seite des Tisches schwer auf einen Stuhl fallen. Er war beim Untersuchungsgericht in Gjøvik gewesen, wo Tore Hakksveen vier Wochen Untersuchungshaft mit Brief- und Besuchsverbot bekommen hatte.

Und das nicht, weil Tore Hakksveen irgendetwas zugegeben hatte. Nicht einmal den Einbruch. Wie Arvid »Mini« Jakobsen ums Leben gekommen war – dazu hatte er keine Meinung. Als der Staatsanwalt seine zahlreichen Beweisstücke vorgelegt hatte – Schrauben, Schraubenzieher, Fußabdruck, Diebesgut vom Tatort, ein blutbeschmiertes Messer, Drogen, schwarzgebrannten Schnaps und eine Leiche im Wohnzimmer –, hatte der vorsitzende Richter nicht viel Zeit gebraucht. Asbjørn Gihle grinste, als er den Richter zitierte:
»Die Fakten sprechen eine deutliche Sprache!«
Moen sollte sich an diese Worte noch erinnern, doch jetzt war er hauptsächlich erleichtert darüber, dass sich der Polizeidirektor in Vestoppland und Asbjørn Gihle für diesen Tag der Presse angenommen hatten. Sie hatten die Show aus Anlass von Hakksveens Verhandlung nach Gjøvik verlegt. Aus irgendeinem seltsamen Grund hatte die Presse von Per Erik Henriksen noch keinen Wind bekommen.
»Das ist eine richtig kleine Idylle da drinnen. Bald werden wir wohl ein paar vernünftige Antworten aus dem Jungen herauskriegen.« Gihle deutete mit dem Daumen auf die Tür hinter Moen.
Moen stand auf und schaute in den angrenzenden Raum hinein. Am Tisch saßen Jenny Kammerstuen, der Lehrer Hovelsrud und Per Erik Henriksen. Auf dem Tisch vor ihnen standen die Reste einer üppigen Burger-Mahlzeit sowie ein Laptop, der einen Film zeigte. Alle drei blickten wie hypnotisiert auf den Schirm. Moen ging herüber und sah nach. Ein Segelschiff feuerte eine Breitseite ab, und die Fetzen flogen über das ganze Bild. Jenny Kammerstuen erhob sich.
»Kann ich jetzt kurz mit Ihnen reden?«
»Asbjørn! Kannst du dich zwei Minuten hier reinsetzen?«, sagte Moen durch die Türöffnung. Asbjørn Gihle und Jenny

Kammerstuen wechselten den Raum, und Moen schloss die Tür.
»Muss ich hier das Kindermädchen spielen, weil ich eine Frau bin?«
Moen war etwas sprachlos. Er musste überlegen.
»Eher umgekehrt. Normalerweise würde Sørli da drinnen sitzen, aber der ist ja nicht zu gebrauchen, weil er mit der Verstorbenen verwandt ist. Sie erinnern sich doch noch, wie er auf Hakksveen losgegangen ist.«
Jenny Kammerstuens Gesichtszüge entspannten sich etwas.
»Okay, das kauf ich Ihnen ab.«
»Zum Ausgleich können Sie dabei sein, wenn wir den Jungen vernehmen. Sind Sie damit zufrieden?«
»Ja. Ich wollte auch nicht so ungehalten sein, aber ich bin jetzt hier für diesen Fall eingeteilt und möchte gerne an der Ermittlung mitwirken, nicht nur die Gefängnisaufseherin spielen.«
Moen lächelte versöhnlich und sagte ohne zu zögern, dass er es verstehe. Dann fügte er hinzu: »Wo wir schon mal miteinander sprechen. Kannten Sie Anne Sørli?«
»Nein. Warum fragen Sie danach?«
»Sie sind ja hier aus der Gegend, da dachte ich, dass Sie sich vielleicht in irgendeinem Zusammenhang mal begegnet sind.«
»Nein, sind wir nicht. Außerdem bin ich aus Elverum. Möchten Sie noch etwas wissen oder kann ich wieder reingehen?«

Alle waren bereit, den Abend zu nutzen. Die Spurensicherung hatte alle Funde des Tages zusammengetragen und geordnet, als Odd Sørli anrief und durchgab, dass Anne Sørlis weißer Mac und die Kameratasche bei ihr zu Hause nicht zu finden seien.
Der Leiter des Spurensicherungsteams, Svein Solvold und

Moen setzten sich mit den Bildern vom Tatort zusammen. Der Mann von der Spurensicherung blätterte zurück zu drei Bildern, die im Wachraum von Lillebo aufgenommen waren, am Abend vor dem Einbruch. Eine Kameratasche war nicht zu sehen, und Moen und Sørli, die beide an diesem Tag im Raum gewesen waren, konnten sich auch nicht erinnern, etwas Ähnliches bemerkt zu haben. Moen, der über ein außergewöhnliches fotografisches Gedächtnis verfügte, war nahezu bombensicher, dass sie nicht da gewesen war. Somit bestand eine große Wahrscheinlichkeit, dass sie in dem Auto gewesen war, das Anne Sørli am Abend ihrer Ermordung benutzt hatte, um zur Arbeit zu fahren, und in das ebenfalls eingebrochen worden war. Der Leiter der Spurensicherung war ein wenig skeptisch, dass sich die Kamera im Auto befunden haben sollte, da die junge Frau über eine teure Profiausstattung verfügte. Nur Amateure ließen teure Geräte im Auto liegen.

»Eine Sache muss ich Ihnen noch zeigen.«

Der Mann von der Spurensicherung klickte seine Bilder mit der Maus an. Er vergrößerte die Aufnahme einer geöffneten Schreibtischschublade. Sie war voller Messer. Moen erinnerte sich an Olsbys »Möchten Sie meine Messersammlung sehen«. Olsbys Sammlung war in der Tat beeindruckend. Das Schlimmste war ein Klappmesser mit einem schlagringartig geformten Schaft. Moen schüttelte sich. Es gab Rambo-Messer, Leatherman's Tools, Schnitzmesser jeder Art, Gemüsemesser, ein Brotmesser und inmitten all dessen thronte die leere Scheide eines großen samischen Messers.

»Das liegt hier im Wachraum?« Moen legte die Hände über den Mund.

»Die Initialen des Besitzers sind auf der Rückseite eingebrannt.«

Der Mann von der Spurensicherung machte eine dramatische

Pause, bevor er zum nächsten Bild klickte, auf dem die Rückseite der Scheide zu sehen war. Ganz richtig, dort standen drei große Buchstaben. Noch ein Klick, eine Nahaufnahme. Dort stand PEH.

# 10

Es war halb sieben am Montagmorgen. Draußen vor dem Fenster im Speisesaal war es stockdunkel. Knut Moen und Svein Solvold beugten sich über ihre Kaffeetassen. Der neue Tag lag schwer über Moen. Heute sollte er mit dem Verdächtigen Nummer zwei vor das Untersuchungsgericht. Der Richter würde bestimmt unruhig werden – insbesondere da der Junge erst fünfzehn Jahre alt und psychisch krank war. Der Ansturm der Presse würde sich verstärken. Für Hakksveen interessierten sich die Journalisten nicht besonders. So wie sich die Sache am Tag zuvor angehört hatte, waren es die Eltern sowie Familie und Freunde von Anne Sørli, die sie sich vornehmen würden.

Dann gab es noch diese Einbrüche im Wachraum und im Auto der Verstorbenen. Weder Tore Hakksveen noch Per Erik Henriksen konnten sie begangen haben, da sie in Untersuchungshaft saßen oder unter Aufsicht standen. Es waren Gegenstände der Ermordeten gestohlen worden, und damit war eine verdächtige dritte Person ins Spiel gekommen. Das war nicht nur verwirrend, sondern geradezu beunruhigend. Er hoffte, dass Svein Solvold eine Erklärung für das Phänomen hatte, doch die Hoffnung schwand schnell.

»Erstens: Niemand hat den Einbruch gestanden. Zweitens: Alle haben ihre Schlüssel abgegeben. Zwei Schlüssel hatten wir schon länger. Der eine gehörte Reidar Olsby, der andere Kjell Mannsåker, dem Abteilungsleiter. Alle anderen, oder fast alle, legten ihre Schlüssel gleichzeitig auf den Tisch. Es fehlte der Schlüssel eines Sozialtherapeuten, der in einer Dienstwohnung in der Gegend wohnt. Er ging nach Hause und holte den Schlüssel. Ich bin ihm natürlich gefolgt. Er hatte nichts dagegen, mich in sein möbliertes Zimmer hereinzulassen. Es dauerte fünf Minuten.« Svein Solvold blickte Moen fragend an. Moen sagte:

»Und drittens?«

»Drittens gab es niemanden, der seine Schlüssel ausgeliehen hatte oder darum gebeten wurde. So steht es auf alle Fälle im Protokoll.«

»Was heißt *auf alle Fälle*? Ist da irgendwas faul?«

»Nein, eigentlich nicht. Es war nur so eine seltsame Versammlung oder einfach etwas anders, als ich sie an einem solchen Ort erwartet hätte.«

»Fahren Sie fort!«

Solvold begann gewissermaßen, ein kleines Porträt des Personals abzugeben. In der Mordnacht waren vier der Angestellten mit der Abteilung auf Reisen, abzüglich Per Erik Henriksen. Sie hatten sich in Torsby in Schweden aufgehalten und die Nacht in zwei Campinghütten außerhalb der Stadt verbracht. Das Personal hatte sich aus einer Sozialpädagogin in den Dreißigern, die nun kommissarische Leiterin der Abteilung war, einem Musiker, der sich als Sozialtherapeut durchschlug, und einer männlich wirkenden Sozialarbeiterin in den Fünfzigern zusammengesetzt. Und dann noch die Hausmutter, ein freundliches Dickerchen Ende vierzig. So beschrieb Solvold sie.

Die fünf, die nicht mitfuhren, waren Reidar Olsby, Abteilungsleiter Kjell Mannsåker, Anne Sørli und Nachtwache Nr. 2, die gemäß Solvold »ein Hundenarr aus Lensbygda« war. Der Fünfte und Letzte war ein Mann und der Einzige der regulären Sozialtherapeuten, der nicht mit auf der Reise war, »ein abgestumpfter Typ mit langen Haaren« Anfang vierzig.

Er war derjenige, der seinen Schlüssel holen musste. Der Einzige, der keinerlei Alibi für die Nacht hatte, in der Anne Sørli getötet wurde, war Nachtwache Nr. 2, der allein mit seinen Hunden oben in Lensbygda wohnte. Auf Solvold hatte es gewirkt, als ob er völlig abseits allen Geschehens im Internat stand. Insgesamt neun Personen und neun Schlüssel.

»Reidar Olsby und Kjell Mannsåker haben ein Alibi und werden nicht verdächtigt«, fasste Solvold zusammen, »ebenso der Sozialtherapeut. Er war auf Sauftour in Gjøvik und hat bei einem Freund auf dem Sofa geschlafen. So viel zur Mordnacht. Irgendwelche Fragen?«

»Wo war Mannsåker?«

Solvold lächelte.

»Sie mögen ihn wohl auch nicht?«

Moen erwiderte nichts und Solvold fuhr fort:

»Er wohnte in einem Hotel in Oslo. Er sagt, er habe früh am Morgen einen Termin gehabt und tags zuvor Dinge in der Stadt erledigt.«

»Ich denke, das sollten Sie überprüfen.«

Solvold lächelte wieder.

»Das habe ich natürlich schon getan. Er wohnte im Hotel *Opera* am Hauptbahnhof. Daran gibt es keinen Zweifel. Soll ich gleich zum Einbruch kommen?«

Moen nickte.

»Welches Alibi hatte Olsby? Er war doch ziemlich nah am Geschehen.«

»Er ist verheiratet und hat zwei Kinder. Kam an beiden Tagen wie verabredet nach Hause, gemäß seiner Frau. Sie hat weder gezögert, noch war sie unsicher, hat ganz direkt geantwortet. Die Personen, für die sich in der Nacht zu Samstag niemand verbürgen kann, sind Kjell Mannsåker, der abgestumpfte Langhaarige und die Traktorlesbe. Kein Wunder, schließlich

leben alle drei alleine. Sie wohnen auch alle in Dienstwohnungen hier in der Gegend.«
Mannsåker war bei einem Abendessen anlässlich seines Aufstiegs zum Leiter der Einrichtung bei Arve Nerseth und Marita Mæhlum in Lena gewesen. Er war um ein Uhr zu Hause, fuhr mit dem Auto. Gewissenhaft hatte er hinzugefügt, Abstinenzler zu sein.
»Was ist mit Harald Gihle? Hat er nicht die Schlüssel für die gesamte Einrichtung?«
»Er war zu Hause bei seiner Frau, die wohl damit beschäftigt ist, sich bewusstlos zu trinken, wenn ich das richtig verstanden habe. Ich habe ihn zu dem Schlüsselbund befragt, das wir im Schrank des Jungen fanden. Es war sein Schlüsselbund, es ist genau vierzehn Tage vor dem Mord verschwunden. Er konnte sich gut daran erinnern. Er hatte es versehentlich auf dem Tisch an der Tür im Vorzimmer zum Leitungsbüro liegen lassen. Die Vorzimmerdame war nicht an ihrem Platz und er ist kurz auf die Toilette gegangen. Als er zurückkam, war der Schlüssel verschwunden. Leider war er nicht so geistesgegenwärtig, seine Frau drinnen im Büro zu fragen, wer gekommen und gegangen war.«
»Wie konnte er so sicher sein, dass es sein Schlüsselbund war?«
»Es waren insgesamt nur zwei komplette Schlüsselsätze in Gebrauch. Sissel Gihle hatte den anderen. Als Gihles Bund verschwand, übernahm er die Schlüssel seiner Frau und sie bekam einen einfachen Satz für die Verwaltungsräume. Genau genommen brauchte sie auch nicht mehr. Heute Morgen hat Kjell Mannsåker diesen Satz bekommen.«
»Wer verwaltet hier überhaupt die Schlüssel?«
»Das macht Harald Gihle. Er hat sein Büro und seine Werkstatt im Wirtschaftsgebäude. Ich habe seine Sammlung über-

prüft. Es gibt fünf Kästen: Abteilung 1, Abteilung 2, Verwaltung, Schule und Außengebäude. Er führt auch Protokoll über die verteilten und zurückerhaltenen Schlüssel. Ich habe es mitgenommen.«

»Die Praktikantin?«

»Sie hat ihre Schlüssel am letzten Freitag abgegeben und fuhr nach Oslo, wo sie wohnt. Ich habe ihre Adresse.«

Die anderen Ermittler trudelten zum Frühstück ein, und Moen blickte sich um.

»Was denken Sie, inwieweit ist das Personal mit Computertechnologie vertraut?«

»Die Einrichtung arbeitet mit Windows der letzten Generation. Und das ist nicht gerade sehr avanciert. Die meisten kennen sich mit dem Internet aus und haben es zu Hause, doch häufig ist das so ein Familiending, wobei die Kinder mehr interessiert sind als die Eltern. Nur die Hausmutter hat noch keinen Anschluss, doch die meisten benutzen das Internet wie die Gelben Seiten, das heißt, sie suchen nach Verbraucherinformationen oder vielleicht ab und zu nach Nachrichten. Nur der Typ, dem ich nach Hause gefolgt bin, erwies sich als eine Art Computerexperte. Bestimmt ist er es, der die Computerausrüstung der Abteilung in Ordnung hält. Er kam von der Tour zurück und wollte das Datensystem durchgehen, aber wegen der Sauferei ist er noch nicht so weit gekommen. Ich bin ihm nach Hause gefolgt und hab ein bisschen spioniert. Sein Computer war überhaupt nicht moderner als die in der Abteilung. Und ganz typisch haben weder Mannsåker noch die andere Frau, die in einer Dienstwohnung wohnt, einen Computer zu Hause. Sie benutzen bestimmt die Computer in der Abteilung und sparen so Geld.«

Solvold beendete seinen Vortrag und schob die Papiere zur Seite.

»Was denken Sie?«

»Ausgezeichnete Arbeit. Vielen Dank.«

»Sollen wir das weiterverfolgen? Gibt es eine Verbindung zum Mord?«

»Was denken Sie denn?«

»Erstens steht zweifellos fest, dass irgendjemand die Absperrung der Polizei durchbrochen hat, zweitens hat der oder die Betreffende Schlüssel für die Abteilung, und drittens ging es um ganz bestimmte Objekte, die dem Mordopfer gehörten. Abgesehen davon ist das Ganze an sich ein Verbrechen und sollte aufgenommen und als solches untersucht werden.«

»Das ist richtig, und ich finde, dass Sie ein Verfahren einleiten sollten. Ich möchte auch, dass Sie die Ermittlungen übernehmen. Ich ziehe es vor, die beiden Ermittlungen als getrennte Fälle zu behandeln. Ab vierzehn Uhr heute Nachmittag haben wir zwei verdächtige Personen in Untersuchungshaft und eine überwältigende Anzahl an technischen Spuren, die keine Verbindung zu dem Einbruch in der anderen Nacht haben. Und dabei muss ich Sie einsetzen können, wie ich möchte. Sind Sie einverstanden oder beurteilen Sie die Situation anders?«

»Kann ich an dieser Sache in der Zeit arbeiten, die mir dann noch zur Verfügung bleibt?«

»Selbstverständlich.«

# 11

Die Journalisten zankten sich um die hinteren Bänke im Saal des Amtsgerichts. Der Staatsanwalt erhob sich und forderte drei Wochen Untersuchungshaft mit Brief- und Besuchsverbot, was er damit begründete, dass der Verdächtige die Tat gestanden hatte. Der Richter unterbrach ihn und stellte fest, dass er tags zuvor jemand anderen für dieselbe Tat in Untersuchungshaft genommen hatte. Der Anklagevertreter führte aus, dass es sich um zwei zu ermittelnde Todesfälle handelte und dass beide Beschuldigten mit dem Tatort beziehungsweise den Tatorten in Verbindung standen. Als Grundlage führte er Reidar Olsbys Erklärung darüber an, was dieser am Morgen nach dem Mord entdeckt hatte. Olsby sitze draußen bereit, falls es notwendig sein sollte. Die Darlegung des Staatsanwaltes fiel auffallend allgemein aus, sodass der Richter ihn fragte, ob er noch mehr anzuführen habe. Doch der Anklagevertreter antwortete, nein, im Moment nicht.
Der vorsitzende Richter wandte sich an den Beschuldigten und bat ihn, vorzutreten, und Per Erik Henriksen trat nach vorn an die Zeugenbank. Er wirkte ruhig und besonnen. Der Richter fragte, ob es richtig sei, dass er den Mord an Anne Sørli, ausgeführt in der Nacht zu Freitag vergangener Woche, gestanden habe.
»Ja, Herr Richter. Es ist meine Schuld, dass sie tot ist.«
Der Richter schaute über den Rand seiner Brille in Richtung der Polizeivertreter.
»Ich fürchte, wir müssen die Frage nach dem Schuldgeständ-

nis noch etwas weiter präzisieren. Hast du die Nachtwache Anne Sørli in der Nacht zu Freitag, dem 5. 10. ermordet? Antworte mit Ja oder Nein.«

»Ich sage doch, dass es meine Schuld war!«

»Nun, mein Junge. Ich glaube nicht, dass das Gericht eine klare und eindeutige Antwort bekommen hat.«

»Also ja. Ich war es, der sie umgebracht hat, und ich muss bestraft werden. Das ist das Einzige, was bei mir hilft.«

Die Erwiderung wurde mit Engagement und Überzeugung vorgebracht, und für einen Moment lang wurde es still im Gerichtssaal, bevor in den Bankreihen das Geraune einsetzte. Die Leute wandten sich einander zu und flüsterten, und der Vorsitzende knallte den Hammer auf den Tisch und bat den Beschuldigten, Platz zu nehmen.

»Ich hoffe, der Junge hat einen Verteidiger.«

Er war sichtlich gereizt.

Der Verteidiger trat vor. Er lächelte und sagte dem Richter, er sei froh, eingreifen zu können.

»Wenn es nicht so einen tragischen Hintergrund gäbe, könnte das hier die reinste Komödie sein. Mein Mandant ist fünfzehn Jahre alt und psychisch krank. Laut Aussage seiner Betreuer hat er große Probleme, Fantasie und Wirklichkeit zu unterscheiden. Aufgrund einer belastenden Kindheit hat er die Vorstellung entwickelt, ins Gefängnis zu gehören.« Der Verteidiger drehte sich ein Stückchen zur Presse hin.

»Als die Polizei ihn gestern vernommen hat, kam sie zum Schluss, dass das Geständnis falsch war. Soweit ich es beurteilen kann, wurden keine neuen Tatsachen vorgebracht, die eine Inhaftierung rechtfertigen würden. Dieser Junge braucht Behandlung, kein Gefängnis. Der Junge wird vor Gericht von einem Vormund vertreten, und dieser lehnt die Inhaftierung ab. Wir möchten das Gericht daher bitten, den

Antrag der Staatsanwaltschaft auf Untersuchungshaft abzuweisen.«

Der Richter ließ die Salve nachwirken. Moen sah, dass er unsicher war, wenngleich der Staatsanwalt meinte, der Vorsitzende nehme häufig Rücksicht auf die Ermittlungen, wenn er einen Beschluss fasse.

»Es gibt eine Reihe von einleuchtenden Punkten, die der Verteidiger hier zugrunde legt, wenn er das Gericht um Abweisung des Antrags bittet. Vielleicht kann sich der Leiter der Ermittlung hierzu äußern? Wodurch ist es vertretbar, dass die Untersuchungshaft heute beantragt wird und nicht schon gestern oder genauer gesagt vorgestern?«

Moen trat an die Zeugenbank. Er stellte sich mit Namen, Dienstgrad und Abteilung vor. Der Richter sagte:

»Die Frage ist formuliert. Ist es erforderlich, sie zu wiederholen?«

»Nein. Zunächst möchte ich gern Folgendes sagen: Vor dem Hintergrund der Untersuchungen, die wir am ersten Tag einleiteten, haben wir die Situation des Jungen genauso wie sein Verteidiger beurteilt, und ich teile die Ansicht, dass die Schwelle für eine Inhaftierung in diesem Fall hoch liegen sollte. Leider, muss ich sagen, und ich bitte Sie, mir Glauben zu schenken. Bereits am nächsten Tag brachte die Untersuchung des Tatorts Ergebnisse hervor, die Per Erik Henriksen mit dem anderen Verdächtigen und seinem verstorbenen Freund Arvid Jakobsen in Verbindung bringen. Gut eine Stunde bevor ich das Gericht betrat, wurden mir technische Spuren vorgelegt, die die Dringlichkeit des Antrags unterstreichen. Die Polizei möchte diesem Gericht diese Ergebnisse im Hinblick auf die weitere Ermittlung nicht öffentlich vorlegen. Ich bitte Sie, mir zu glauben, wenn ich sage, dass es sich hier nicht um eine routinemäßige Weigerung handelt, mit offenen Karten zu spielen. Das Problem ist die Zuordnung von Schuld und Verantwortung bei den Verdächtigen. Sollte die Beweisführung der Polizei in den Zeitungen veröffentlich werden, könnten die Beschuldigten ihre Erklärungen abändern. Das würde nicht automatisch zum Nutzen des Mandanten der Verteidigung sein. Sollte der Herr Vorsitzende aufgrund dieser Erklärung unseren Antrag nicht befürworten, so bin ich bereit, das Beweismaterial vorzulegen, bitte aber inständig darum, dies nicht offen vor Gericht ausführen zu müssen.«

Der Richter blickte Moen an. Er wirkte plötzlich entspannter und entscheidungsfreudiger.

»Möchte sich die Verteidigung zum Ersuchen des Kommissars äußern?«

Moen bereitete sich vor. In solchen Situationen war immer mit dem Schlimmsten zu rechnen. Er sah Lehrer Hovelsrud und den Verteidiger sich miteinander beraten. Per Erik Henriksen starrte Moen mit weit aufgerissenen Augen an. Der Verteidiger trat vor.

»Ich stehe hier als Vertreter meines Mandanten, doch zunächst möchte ich feststellen, dass eine offene Beweisführung vor Gericht das Prinzip ist, auf dem unser ganzes Rechtswesen beruht. Ich möchte im Protokoll vermerkt haben, dass ich meinem Mandanten und seinem Vormund empfohlen habe, die Offenlegung der polizeilichen Beweisführung in dieser Verhandlung zu verlangen. Gleichwohl akzeptieren mein Mandant und sein Vormund das Ersuchen des Herrn Kommissars. Sie sind bereit, sich der Urteilskraft anzuvertrauen, die der Herr Vorsitzende hier repräsentiert. Der Vormund meines Mandanten bittet den Herrn Vorsitzenden ebenfalls, die Umstände zu erwägen, unter denen der Angeklagte seine Haft verbringen soll. Wie dem Gericht bereits bekannt ist, ist mein Mandant äußerst gefährdet.«

Der Richter nickte und sah auf die Uhr.
»Das Gericht macht eine Verhandlungspause. Wir sehen uns hier in einer halben Stunde wieder.«
Er blickte fragend zu den Polizeibeamten, die unisono nickten, und schlug mit dem Hammer auf den Richtertisch.

Svein Solvold, der Staatsanwalt und Knut Moen saßen dem vorsitzenden Richter auf Stühlen gegenüber. Svein Solvold erklärte:
»Im Schrank des Jungen haben wir eine Tüte mit Amphetamintabletten gefunden. Die gleichen Tabletten fanden wir im Haus des anderen Beschuldigten, Tore Hakksveen. Außerdem fanden wir ein Mobiltelefon. Sein eigenes Handy war eingeschlossen und konnte von ihm nur unter Aufsicht benutzt werden. Es stellte sich heraus, dass das besagte Mobiltelefon am gleichen Tag in einer Cafeteria in Lena gestohlen worden war. Wir fanden Fingerabdrücke des verstorbenen Arvid Jakobsen sowie von Per Erik Henriksen auf diesem Telefon. Die letzten drei Anrufe von diesem gestohlenen Handy gingen an Arvid Jakobsens Telefon; das letzte Gespräch wurde geführt, gleich nachdem der Sozialtherapeut die Abteilung verlassen hatte und die Nachtwache allein zurückblieb. Unserer Ansicht nach gibt es keinen Zweifel, dass der Einbruch und das, was später geschah, eine Zusammenarbeit dieser drei gewesen ist.« Solvold hielt inne, und der Ankläger fragte, ob dies eine hinreichende Grundlage für den Antrag sei.
»Möglicherweise«, erwiderte der Richter lächelnd, »doch der Kommissar war so frei zu erwähnen, dass es noch mehr gibt. Jetzt hat er A gesagt, dann soll er auch B sagen. Alles bleibt selbstverständlich unter uns.«
»Ich bin froh, dass ich das nicht vor Gericht ausführen musste, denn ich kenne nicht alle Einzelheiten. Ich habe einen An-

ruf vom Leiter der Spurensicherung bekommen. Sie haben Per Erik Henriksens Fingerabdrücke auf dem Schaft der vermeintlichen Mordwaffe gefunden.«
»Vermeintlich? Sind Sie sich nicht sicher?«
»Sie wurde im Keller von Tore Hakksveen gefunden, mit Blutspuren darauf. Sie ist in diesem Augenblick auf dem Weg in das Labor der Kripo.« Moen wusste, dass er sich auf dünnem Eis bewegte.
»Sie hatten heute Glück, Herr Kommissar, aber ich stimme dem Antrag zu. Die Haftbedingungen werden noch offiziell erörtert. Es hat in letzter Zeit ein paar Unfälle gegeben. Sind Sie darauf vorbereitet?«

Ein äußerst erstaunter und erleichterter Kommissar setzte sich, als die Gerichtsverhandlung wieder aufgenommen wurde. Moen war auf das Schlimmste vorbereitet gewesen. Der Vorsitzende setzte die Verhandlung mit einem Hammerschlag fort und beugte sich nach vorn.
»Das Gericht folgt dem Antrag der Anklagebehörde. Aufgrund Alter und Situation des Verhafteten wird die Verhandlung zwecks neuer Beurteilung in genau einer Woche in diesem Saal wieder aufgenommen. Möchte sich die Staatsanwaltschaft zu den Haftbedingungen äußern?«
Der Staatsanwalt erhob sich.
»Der Distriktsarzt von Store Lundby steht zur Verfügung, sofern das Gericht dies wünscht. Er ist als Mediziner für die Gesundheit des Jungen verantwortlich und kann eine Evaluierung der getroffenen Maßnahmen durchführen.«
Der Distriktsarzt wurde hereingerufen und trat in den Zeugenstand. Der Vorsitzende stellte einige Fragen. Der Distriktsarzt rückte seine Brille zurecht und räusperte sich.
»Er sitzt nun im Arrest der Dienststelle des Lensmanns und

bleibt dort, bis die Psychiatrie einen geeigneten Platz findet. Ein Beamter von der Dienststelle ist für sein Wohlbefinden verantwortlich und steht mit dem psychiatrischen Gesundheitsdienst in Østre Toten in Verbindung. Er ist auf eine Medikation eingestellt, von der wir glauben, dass sie sich auf seinen Zustand positiv auswirkt. Ich selbst folge täglich der Entwicklung.«

Der Gerichtsvorsitzende nickte und nahm seine Brille ab.

»Sie als behandelnder Arzt: Beurteilen Sie seine Haftbedingungen als vertretbar unter Berücksichtigung von Alter und Gesundheitszustand? Antworten Sie mit Ja oder Nein.«

»Ja.«

»Kann der Vormund des Beschuldigten dem zustimmen?«

Stein Hovelsrud, der Lehrer, stand auf und sagte laut und deutlich: »Ja.«

# 12

Knut Moen und Svein Solvold saßen im ehemaligen Bahnhofshotel von Gjøvik, das in eine Cafeteria umgewandelt worden war. Svein Solvold ging los, um Butterbrote und Kaffee zu holen, und kam mit einem guten altmodischen Krabbensandwich zurück. Als er gerade hineinbeißen wollte, hörte er jemanden sagen:

»Entschuldigung. Können wir uns einen Moment zu Ihnen setzen?«

Moen drehte sich um. Es war der Verteidiger von Per Erik Henriksen. Hinter ihm stand Stein Hovelsrud.

»Eigentlich ist es ja unsere Mittagspause«, erwiderte Moen. »Wir sind jeden Moment zurück.«

»Der Vormund meines Mandanten war heute vor Gericht sehr kooperationsbereit. Er und ich hoffen zum Ausgleich ein bisschen auf Ihr Entgegenkommen. Hovelsrud möchte Ihnen gerne etwas mitteilen.«

Moen brachte ein schiefes Lächeln hervor. Es war schon etwas Wahres daran. Er ließ sie Platz nehmen und Hovelsrud zu Wort kommen. Hovelsrud wiederholte Wort für Wort seine Behauptung, dass Per Eriks Geständnis auf einer früheren Episode zwischen ihm und Anne Sørli beruhte, und wiederholte ebenfalls, dass Anne Sørli auch mit einer auf dem Rücken gefesselten Hand mit Per Erik fertiggeworden wäre.

Moen unterbrach ihn.

»Das haben Sie bereits gesagt. Sie stellen Per Erik Henriksen fast wie einen Clown und Anne Sørli wie eine Karatemeisterin dar. Aber Tatsache ist, dass die Einrichtung ihn für so gewalttätig hielt, dass sie es sogar erwogen haben, ihn wegen eines Überfalls auf eine der Angestellten, eine Praktikantin, zu entlassen.«

Lehrer Hovelsrud antwortete ohne Umschweife:

»Aber das ist doch ein echter Klassiker in so einer Einrichtung. Die Praktikantin ist knapp über zwanzig, also nur ein paar Jahre älter als Per Erik, und kommt direkt von der Pflegefachschule. Sie rennt ohne BH in einem ärmellosen T-Shirt herum und hatte noch niemals die Verantwortung für ein lebendes Wesen, nicht einmal für einen Hund. Alle in der Abteilung wussten, dass Per Erik hoffnungslos in sie verliebt war. In der Fachschule hat Cathrine gelernt, dass sie Grenzen setzen und Konflikte bewältigen muss. Eines Tages setzt sie Per Erik Grenzen, mit ein paar der Jugendlichen als Publikum. Ich glaube, es ging um eine Bagatelle, aber Per Erik fühlt sich gedemütigt und ist völlig verdutzt.«

»Sie denken also, es war ihre Schuld? Jemandem wegen einer Bagatelle an die Gurgel zu springen ist aber immer noch nicht ganz normal, oder?« Moen bemerkte irritiert, dass er in Versuchung geriet, der Argumentation des Lehrers zu folgen, doch Überfälle auf Frauen mochte er nicht.

»Deshalb befindet er sich ja in einer psychiatrischen Einrichtung. Um Hilfe zu bekommen.« Hovelsrud hob die Stimme.

»Er hat keinerlei Impulskontrolle. Insbesondere gegenüber Frauen.«

»Das war ein Argument für die Anklage«, erwiderte Moen knapp, doch Hovelsrud war noch nicht fertig.

»›Führe uns nicht in Versuchung‹, steht im Vaterunser. Du sollst Jungen, die ihre Gefühle ausleben, nicht auf eigene Faust Grenzen setzen und nicht wegen irgendeiner Bagatelle. Nur Idioten machen so etwas. Entschuldigen Sie den Ausdruck.«

»Jetzt ist eine Frau ermordet worden. Der Junge hat zu einem Zeitpunkt ausgesagt, er hätte es getan. Wir wissen, dass er mit den beiden in Verbindung stand, die in die Abteilung eingebrochen sind. Er war am Tatort, als es geschah. Und heute vor Gericht hat er geäußert, es sei seine Schuld, dass sie tot ist.«

»Er hat mir ganz offen gesagt, wenn ihn die Einrichtung rauswirft, ist das Gefängnis der einzige Ort, an dem er sein kann. Deswegen schiebt er sich selbst einen Mord in die Schuhe.«

Moen erwiderte rein versehentlich:

»Wie können Sie solch eine Behauptung plausibel machen?«

Und natürlich bekam er eine Erklärung geliefert.

Hovelsrud hatte den Zeigefinger erhoben, als er fortfuhr. Der Verteidiger lehnte sich mit einem zufriedenen Lächeln zurück und hielt die Hände im Schoß gefaltet. Svein Solvold starrte ausdruckslos auf die Wand und sah aus, als ob er sich furchtbar langweilen würde.

»Nehmen wir mal den hypothetischen Fall: die Scheidung. Die Mutter heiratet wieder. Vielleicht ist der Junge ein bisschen eigen oder ab und an etwas schwierig. Vielleicht hat er ADHD. Um ihn zu erziehen, setzt die Mutter Isolation ein. Erst in seinem Zimmer, dann wird er in eine Ecke der Garage verbannt. Sie rechtfertigt es damit, dass er gefährlich ist. Für die kleine Schwester zum Beispiel. Um ihn zu disziplinieren, entzieht man ihm die elementare Zuwendung, Essen, Kleidung und Kontakt. In der Grundschule instruiert die Mutter dann Lehrer und Personal, dass dies das Einzige ist, das bei dem Jungen Wirkung zeigt. Er bekommt Einzelunterricht und wird auf Schritt und Tritt von einem jungen männlichen Assistenten verfolgt. Am Ende ist er so groß geworden, dass der Umgang mit ihm immer schwieriger wird. Und dann ist der Weg in die Jugendpsychiatrie nicht mehr weit.«

»Es muss aber, verdammt noch mal, auch mit dem Jungen

selbst etwas nicht stimmen, wo es doch so endete.« Svein Solvolds schwarze Augen bohrten sich in Hovelsrud.
»Bedauerlicherweise ist es bei den meisten so, die wegen ernster Verbrechen im Gefängnis sitzen. Wir arbeiten mit den Folgen solcher Umstände, nicht mit den Ursachen.«
»Genau darauf will ich ja hinaus. Der Junge hatte Potenzial«, warf der Lehrer ein. »Bei uns wurde er zum ersten Mal seit vielen Jahren wieder unterrichtet, zusammen mit anderen Schülern. Er taut auf, und es kommen Talente und Ressourcen zum Vorschein. Er kann gut mit dem Computer umgehen, spielt Instrumente, schreibt Geschichten. Er hat Fantasie und Humor, auch wenn der etwas schräg ist. Er fängt an, sich zu waschen und macht sich Gedanken darüber, wie er aussieht. Das geht sogar so weit, dass zwei der Mädchen ihn ein bisschen interessant finden.« Er wandte sich zu Moen.
»Er hat wirklich Fortschritte in der Schule gemacht, sowohl fachlich auch als sozial. Das passierte in so kurzer Zeit, dass man sich fragen muss, wie er vorher im Leben überhaupt behandelt wurde. Denken Sie nicht auch?«
Moen antwortete fast so schroff wie Solvold:
»Er war bestimmt auch in ein paar gewalttätige Episoden verwickelt. Vielleicht erzählen Sie uns davon auch?«
»Ich sage ja nicht, dass er unproblematisch ist, aber es sind die guten Gefühle, die so schwierig sind. In der Schule folgte er einem Mädchen in ihre Zeichenstunde, und als er dort nicht mit ihr bleiben durfte, ist er völlig ausgeflippt. Ich glaube, er nahm eine Flasche mit Salmiak und drohte damit, es der Lehrerin in die Augen zu sprühen.
Als ich dazukam, standen alle Frauen im Raum auf der anderen Seite des Tisches. In ihren Augen lag Furcht, Per Eriks Augen leuchteten vor Freude. Er bekam sein Image bestätigt.

Der Gefährliche. Tatsächlich ist gar nichts passiert. Es ist nur ein Spiel. Verstehen Sie das?«

Moen antwortete:

»Nein.«

»Als ich hereinkam, gab er mir die Flasche, und ich nahm ihn mit hinunter in die Abteilung, wo er wohnt. Da war er lammfromm. Er wusste, dass man ihn ohne Mittagessen in das Kellerzimmer einsperren würde, genau so wie er es von zu Hause gewohnt war. Und darin liegt die Ironie der Geschichte. Eine Mutter vernachlässigt ihren Sohn und gaukelt vor, ihn erziehen zu wollen. Als er zu groß und zu schwierig wird, überlässt sie ihn dem öffentlichen Erziehungswesen und bestellt dieselbe Behandlung in einer Einrichtung für Jugendliche. Und das bekommt sie! Isolation. Im Keller eingeschlossen. Entzug der elementaren Zuwendung. Er ist gedrillt worden, seitdem er ein kleiner Junge war. Haben Sie wirklich nicht gehört, was er vor Gericht gesagt hat: ›Strafe ist das Einzige, was bei mir wirkt.‹«

Moen stand auf.

»Ich habe es gehört. Und es hat auch einen Eindruck bei mir hinterlassen. Ich danke Ihnen, dass Sie mir den Hintergrund des Jungen näher erläutert haben, doch nun ist es so, dass wir einen weiteren Häftling vernehmen müssen. Einen schönen Tag noch.«

Tore Hakksveen lehnte sich zu Svein Solvold vor und sagte mit seiner rauen Raspelstimme: »Sie können dieses Dingsbums da gleich abstellen. Ich hab Ihnen nichts zu sagen.«

Svein Solvold blickte Moen fragend an. Moen nickte klar und deutlich, und Solvold stellte das Bandaufnahmegerät ab. Moen brauchte ein wenig Zeit, bis er eine angenehme Position auf dem Stuhl gefunden hatte. Er nutzte die Stille und sah Hakksveen an, der unruhig auf seinem Stuhl hin- und herrutschte. Er hatte fast achtundvierzig Stunden in Einzelhaft verbracht, ohne Einnahme von Alkohol oder Chemikalien.

»Ist in Ordnung, Hakksveen. Sie haben das Recht zu schweigen, und ich verstehe gut, dass Sie nichts sagen wollen. Ihr tüchtiger und gewissenhafter Anwalt hat Ihnen sicher geraten, keine Erklärung abzugeben, sodass Sie nicht irgendwelche Dinge gestehen, die wir noch nicht entdeckt haben. Von unserer Warte sieht die Sache so aus:

Wir benötigen keinerlei Aussage von Ihnen. Wir haben genügend Beweise, um Sie für viele Jahre hinter Gitter zu bringen, denn Sie haben Spuren hinterlassen, die genauso breit und auffällig sind wie die eines Elefanten im Einkaufszentrum. Genau genommen sind wir auf Ihre Zusammenarbeit überhaupt nicht angewiesen. Wenn Sie im Hinblick auf die Anklage oder Teile davon unschuldig sind, so sind Sie es, der unsere Hilfe braucht. Sie sind es eigentlich, der am meisten von einer Zusammenarbeit profitiert. Sie sind ja vorher schon einmal in einer solchen Lage gewesen und wissen, wovon ich rede.«

Moen lächelte geradezu engelsgleich.

»Schütteln Sie den Kopf, wenn Sie anderer Ansicht sind.«

Dem bärtigen Troll auf der anderen Seite des Tisches fiel es schwer, sein Lächeln zu verbergen. Dann schüttelte er den Kopf.

»Heißt das, dass Sie anderer Meinung sind?« Moen lächelte breit.

»Nein, in gewisser Weise nicht, aber ich muss mit meinem Anwalt sprechen, bevor ich die Karten auf den Tisch lege.«

»Sie wissen hoffentlich, dass ein Geständnis eine erhebliche Strafminderung zur Folge hat? Vielleicht war es beim letzten Mal nicht so, als Sie in dieser Situation waren.«

»Ich weiß. Die Frage ist nur, was ich zugeben soll. Es war eine lange Liste. Können Sie es noch einmal wiederholen?«
Moen zog ein Dokument hervor.
»Darf ich Sie etwas fragen, bevor wir weiterverhandeln?«
»Schießen Sie los«, erwiderte Hakksveen. »Mehr als ein Nein müssen Sie nicht befürchten.«
»Als wir uns das erste Mal begegnet sind, da wirkten Sie ziemlich high. Haben Sie ein klares Bild von dem, was in der Nacht geschehen ist, oder waren Sie so benebelt, dass Sie sich an nichts erinnern?«
Tore Hakksveen kniff die Augen zusammen.
»Das hab ich noch nicht entschieden. Es kommt drauf an. Lassen Sie mich noch mal Ihre Liste hören.«
»Verstoß gegen das Betäubungsmittelgesetz und Verkauf von Drogen. Verstoß gegen das Gesetz über unerlaubten Waffenbesitz. Diebstahl. Einbruch. Körperverletzung mit Todesfolge. Mord. Angriff auf einen Polizeibeamten. Hab ich noch was vergessen?«, sagte Moen zu Solvold.
»Mangelnde Körperhygiene«, erwiderte Solvold. Es stimmte. Hakksveens Körperausdünstungen erfüllten den ganzen Raum. Hakksveen ignorierte den Kommentar. Eine Weile saß er still.
»Was ist denn das für ein Schwachsinn mit Körperverletzung und Mord? Ich verstehe nur Bahnhof.«
»Haben Sie die Anklage vor dem Untersuchungsgericht nicht gehört? Hat Ihnen Ihr Anwalt das nicht erklärt?«
»Was soll denn das: Körperverletzung mit Todesfolge? Es war doch die Lesbe, die Mini abgemurkst hat. Der Ärmste konnte keiner Fliege was zuleide tun.«
»Dann wissen Sie also, wer die Nachtwache war. Kannten Sie sie?«
»Ich weiß, wer sie ist, ja. Die hartgesottene Anne.«

»Warum bezeichnen Sie sie als Lesbe?«

»Motorrad und Taekwondo. Gibt's da was zu deuteln? Glaubt, dass sie 'n Kerl ist. Und warum zum Teufel sollte ich auf meinen Kumpel losgehen? Ich hab ihn schließlich mit zu mir nach Hause geschleppt. Wenn ich gewusst hätte, wie schlimm es war, hätte ich ihn zum Arzt gebracht.«

»Dann waren Sie also am Tatort!«

Tore Hakksveen antwortete nicht sofort.

»Darüber sprechen wir später«, sagte er nach einer Weile und fügte hinzu: »Sie denken wahrscheinlich, dass Sie ein alter Fuchs sind, was? Sie denken wohl, Sie haben die Sache im Kasten, aber ich kann Ihnen sagen: Ich war die ganze Nacht nicht mal in der Nähe von diesem Weib. Da können Sie jetzt erst mal drauf rumkauen.«

»Und Sie können die Zeit nutzen, um eine gute Erklärung für die Tatsache zu finden, dass die Mordwaffe bei Ihnen zu Hause gefunden wurde.«

»Warum sagen Sie das?« Hakksveen stand auf. »Sie verdammter Teufel. Das Einzige, was ich bei mir hatte, war mein Schwanz, und der ist da, wo er immer ist. Sie können's gerne überprüfen, wenn Sie mir nicht glauben.«

## 13

Der gesamte Stab war im Konferenzraum versammelt, und der Obduktionsbericht lag auf dem Tisch. Er enthielt eigentlich nichts, was neues Licht auf das Verbrechen hätte werfen können, sondern bestätigte im Großen und Ganzen, was man auch schon am Tatort konstatiert hatte. Ein Hieb mit einem großen Messer, genau in die Bauchregion. Er war mit einer solch großen Kraft ausgeführt worden, dass die Messerspitze Verletzungen an der Wirbelsäule hinterlassen hatte; der Tod selbst war durch den Blutverlust eingetreten. Diejenigen, die am Tatort gewesen waren, erlebten vor ihrem geistigen Auge den Anblick Anne Sørlis, die sich durch das Kellerzimmer geschleppt hatte, sowie ihr verzerrtes Gesichts erneut.

Die einzige Erkenntnis, die Moen überraschte, war die Tatsache, dass Anne Sørli schwanger war. Man hatte einen sechs Wochen alten Fötus gefunden. Auch hatte sie, kurz bevor sie ihrem Mörder begegnet war, sexuellen Verkehr gehabt, und das DNS-Profil dieses Täters war den Ermittlern nun zugänglich. Moen fühlte sich durch diese Feststellung grenzenlos irritiert, denn es war eine Erkenntnis, die aus irgendeinem Grund bedeutungsvoll zu sein schien, doch aller Wahrscheinlichkeit nach für die Ermittlung völlig irrelevant war. Auf alle Fälle torpedierte sie alle Spekulationen über die sexuellen Neigungen der Verstorbenen. Der Obduktionsbericht wurde daraufhin zur Seite gelegt, und man konzentrierte sich auf die Gegenstände, die zur Klärung der nächtlichen Ereignisse beitragen konnten, als Anne Sørli während der Arbeit in Lillebo niedergestochen worden war.

Als sie gefunden wurde, hatte Anne Sørli ihre Arbeitsschlüssel am Gürtel hängen und auf ihnen gelegen. Nichts deutete darauf hin, dass zum Beispiel Per Erik Henriksen sie genommen und benutzt hatte. Wie die meisten Frauen hatte sie ihre Handtasche zur Aufbewahrung für alles Mögliche benutzt, darunter Hausschlüssel und Autoschlüssel, doch die lagen, soweit man es beurteilen konnte, unangetastet im Wachraum. Alles, was sich normalerweise in einer Damenhandtasche befand, war vorhanden, einschließlich Geldbörse mit Bargeld und Bankkarte. Das unter dem Sofa gefundene Handy war beschädigt, jemand hatte daraufgetreten. Es gehörte Anne Sørli, und man nahm daher an, dass es bei dem Handgemenge mit dem Mörder zu Schaden gekommen war. Gleich unterhalb des Panoramafensters gab es in den von Anne Sørli hinterlassenen Blutspuren einen Fußabdruck. An einem der Stoffschuhe, die Per Erik Henriksen in der Mordnacht getragen hatte, war Blut gefunden worden. Man hatte es zwar noch nicht analysiert, doch das Muster der Schuhsohle stimmte mit dem Abdruck überein. Es ließ sich kaum mehr daraus ableiten, als dass Per Erik zu irgendeinem Zeitpunkt durch das Fenster in den Raum getreten war, nachdem man sie bereits niedergestochen hatte.

Ein aufmerksamer Mitarbeiter der Spurensicherung hatte Blut und ein paar Haare an einer Kante des Couchtisches gefunden. Er stand gleich an der Fensterscheibe, die von den Dieben herausgenommen worden war. Diese Spuren mussten noch analysiert werden, entsprachen aber der Kopfverletzung von Arvid »Mini« Jakobsen. Bei der Obduktion wurden zwei Kopfverletzungen festgestellt: ein kräftiger Schlag oder Tritt nahe der Schläfe und ein tiefer Einschnitt am Hinterkopf, der

eine heftige Gehirnerschütterung ausgelöst haben musste; die inneren Blutungen hatten ihm dann den Rest gegeben. Die Verletzung am Hinterkopf war die eigentliche Todesursache.
Aus dem bei Tore Hakksveen gefundenen Diebesgut konnte man Folgendes herauslesen: Am Flachbildschirm waren Fingerabdrücke von Tore Hakksveen und Arvid Jakobsen. Der DVD-Spieler, den man hinter dem Steinzaun gefunden hatte, wies ausschließlich Abdrücke von Jakobsen auf. Dasselbe galt für die Wanduhr, die zerstört vor dem Fenster zum Keller lag. Den Schraubenzieher und die Schrauben des Fensters hatte man schließlich in Tore Hakksveens Taschen gefunden. Die Spuren, die die beiden mit dem Einbruch verbanden, waren eindeutig, doch Moen erinnerte sich an Hakksveens krächzende Stimme: »Die Lesbe hat ihn umgebracht!«
Es war verlockend, anzunehmen, dass es eine Konfrontation zwischen Arvid »Mini« Jakobsen und Anne Sørli gegeben hatte, doch die wichtigste Frage der Ermittlung war, wer Anne Sørli niedergestochen hatte. Sie war das Opfer in dieser Sache. Die Lösung hing in erster Linie mit der Mordwaffe zusammen, also einem der beiden Messer, die bei Hakksveen gefunden wurden.
Der Leiter der Spurensicherung, den Moen in aller Stille zu seinem rettenden Engel auserkoren hatte, konnte leider nicht mit den Ergebnissen dienen, die die Ermittler erwartet hatten. Tore Hakksveens amerikanisches Jagdmesser hatte in der Küche gelegen, es war gereinigt worden und hatte natürlich Fingerabdrücke seines Besitzers am Schaft. Dort fand man auch Blutspuren, doch die Analyse verriet, dass die Blutreste von einem Reh stammten.
Das samische Messer, das im Keller gefunden worden war, in dem auch das Reh hing, war demnach die Mordwaffe. Das Blut an der Klinge stammte von Anne Sørli. Am Messerschaft

gab es drei Fingerabdrücke und einer davon gehörte zu Per Erik Henriksen.

»Haben Sie die anderen Abdrücke überprüft?«, wandte sich Moen an den Leiter der Spurensicherung.

»Nur die der Beteiligten. Soll ich sie mal mit dem Register abgleichen?«

»Zur Sicherheit.«

Die Durchsicht wurde fortgesetzt. Alle Kleider und Schuhe der Beteiligten befanden sich im Kripo-Labor in Oslo. Jeder Blutfleck würde analysiert und katalogisiert werden, doch die Mordwaffe mit den Fingerabdrücken lag auf dem Tisch. In einer Schublade im Wachraum lag die vermeintliche Scheide der Mordwaffe. In Per Erik Henriksens Schrank hatte man ein Schlüsselbund gefunden, das zu allen Türen der Abteilung passte. Es war eine Tatsache, dass Hakksveen und Jakobsen den Einbruch in stark berauschtem Zustand durchgeführt und überall Fingerabdrücke hinterlassen hatten. Nicht nur auf der Mordwaffe. Die Kellertür, an der man das Messer gefunden hatte, war angelehnt gewesen, und wer immer es wollte, hätte in der Mordnacht ein- und ausgehen können.

Alle, die auf einen erfreulichen Abschluss der Ermittlung hofften, hatten das Nachsehen. Die beste Lösung bestand natürlich darin, dass der verstorbene Jakobsen der Täter war. Dann hätten sie zusammenpacken und nach Hause fahren können. Die zweitbeste Lösung war, dass Tore Hakksveen hinter Gitter geschickt wurde, wo er mit Fug und Recht hingehörte.

Der Leiter der Spurensicherung wies pedantisch darauf hin, dass sich Per Erik Henriksens Fingerabdrücke nicht auf dem Diebesgut befanden, nur auf der Mordwaffe, doch dass die in seinem Schrank gefundenen Amphetaminpillen die gleichen waren wie die von Hakksveen. Solvold erläuterte die Fakten in Bezug auf das in Per Eriks Schrank gefundene Handy und die

Tatsache, dass er Arvid Jakobsen ungefähr zu dem Zeitpunkt angerufen hatte, als Reidar Olsby den Tatort verließ. Es stand zweifelsohne fest, dass der Junge mit den beiden anderen während des Einbruchs unter einer Decke gesteckt hatte, doch die technischen Spuren konnten keinen direkten Zusammenhang zwischen Einbruch und Mord dokumentieren. Es gab keine technischen Spuren, die Tore Hakksveen oder Arvid Jakobsen mit dem Mord an der Nachtwache in Verbindung brachten. Der Leiter der Spurensicherung präzisierte:
»Die Analyse der Blutspuren an Kleidern und Schuhen kann natürlich neue Erkenntnisse bringen, aber ...« Er ließ die Bemerkung in der Luft hängen und stand auf. »Wir fahren heute Nachmittag. Beide Häuser sind bis auf Weiteres versiegelt, falls weitergehende Untersuchungen erforderlich werden.«

Moen schluckte die Enttäuschung herunter. Es war immerhin möglich: Per Erik Henriksen steht als Posten an der Treppe, die zum Keller hinunterführt, doch er wird in seinem Zimmer eingesperrt. Da er die Schlüssel zur ganzen Abteilung besitzt, hat er sich zu irgendeinem Zeitpunkt das samische Messer aus dem Wachraum geholt. Er nimmt es aus seinem Schrank, springt aus dem Fenster und läuft um das Haus herum, wo Anne Sørli eine Auseinandersetzung mit Arvid Jakobsen hat oder hatte, und Per Erik stößt das Messer in sie hinein. Er zieht es wieder heraus und läuft dann zu Tore Hakksveens Haus, das weniger als einen Kilometer vom Tatort entfernt liegt, und legt das Messer in den Keller. Dann läuft der Junge zurück und setzt sich neben der Leiche auf die Treppe und wartet, bis Reidar Olsby ihn gegen sieben dort findet. Er gesteht den Mord an Ort und Stelle und nimmt auch die Schuld für den Einbruch auf sich, kann jedoch nicht darlegen, wie er eingebrochen ist oder was die Mordwaffe war und wo sie sich befand.

Selbst wenn er nicht der Täter war, so lag doch eine gewisse Logik darin, wenn er sich schuldig fühlte, dass sie ermordet wurde. Die ganze Zeit hatte er mit Hakksveen und Jakobsen den Einbruch vorbereitet, und diese Ganovenehre, die offenbar ein natürlicher Zustand minderjähriger Jungen war, beinhaltete auch, dass man Kumpel nicht verpfiff.
Wie Jenny Kammerstuen ihnen berichtet hatte, schien es Per Erik mit ein bisschen zusätzlicher Bewirtung und der üblichen Aufmerksamkeit in seiner Zelle recht gut zu gehen. Auch das Medikament hatte eine deutliche Verbesserung seines Zustands bewirkt, und Jenny fügte hinzu, dass er sich in seinem neuen Dasein sicher, ja geradezu wohl fühlte.
Wenn er hingegen der wirkliche Täter war, dann war die Logik weniger offensichtlich. Svein Solvold wies auf Folgendes hin: Er gesteht, geht aber durch die dunkle Nacht, um die Mordwaffe bei seinen Kumpels zu deponieren, doch mit den eigenen Fingerabdrücken auf dem ganzen Messerschaft. Jenny Kammerstuen kommentierte:
»Vielleicht ist er ja so abgedreht, dass er noch nie etwas von Fingerabdrücken gehört hat?«
Moen notierte das auf seinem Notizblock, doch Svein Solvold schnaubte: »Er kann ihnen doch ganz einfach mit dem Messer in der Hand gefolgt sein, um mit ihnen zu sprechen, bekam aber dann die Tür vor der Nase zugeknallt. Vielleicht ist er in den Keller gegangen, wusste nicht, was er machen sollte, und hat das Messer einfach hingelegt.«
Asbjørn Gihle seufzte:
»Es ist aber ziemlich seltsam, dass er bei seinem Geständnis nichts davon erzählt hat. Die ganze Zeit wollte er die Verantwortung für den Mord übernehmen, vielleicht sogar mit dem Wunsch, ins Gefängnis zu kommen.«
»Womöglich ist er ja so verrückt und durchgedreht, dass er

sich nicht an die Einzelheiten erinnern kann und nur weiß, dass er es getan hat«, erwiderte Solvold.

Knut Moen schwieg während dieses Wortwechsels. Was er nun am meisten brauchte, waren Licht und Luft und ein bisschen Zeit für sich selbst.

»Sollen wir Per Erik nicht bald vernehmen?«, fragte Jenny Kammerstuen.

»Sie können ja schon mal beginnen.«

»Was soll ich machen?«

»Lassen Sie ihn nur mit eigenen Worten erzählen, was er am Tag zuvor, am Abend und in der Nacht getan hat. Keinen Mucks über das, was wir wissen. Sie wissen gar nichts. Verstanden? Gerne immer wieder von vorne. Bringen Sie ihn zum Reden. Überlegen Sie genau, wenn Sie Fragen stellen, sodass Sie uns nicht verraten. Achten Sie darauf, ob es Unterschiede in seiner Darstellung gibt oder ob es auswendig gelernt ist.«

»Wieso wollen Sie nicht dabei sein?«

»Ich bereite schon mal die nächste Runde mit dem Jungen vor«, erwiderte Moen. »Legen Sie los.« Er stand auf und winkte Solvold zu.

# 14

Endlich, dachte Moen und stieg vorsichtig die Hühnerleiter herab, die direkt von der Dienststelle des Lensmanns von Østre Toten in den großen Kiwi-Supermarkt in Lena führte. Eine etwas seltsame Partnerschaft, wie er fand. Allerdings betrieb der Lensmannsdistrikt von Østre Toten auch ein überaus zurückhaltendes Marketing seiner Dienstleistungen. An der schmalen grauen Tür im Dachgeschoss über dem Supermarkt stand: »Geöffnet von 08:30–14:30. Sonntags geschlossen.« Der Kiwi-Markt hingegen verkündete mit großen Ziffern, dass der Betrieb von 07–23 geöffnet war. Moen sah auf die Uhr. Es war viertel vor drei. Er schlenderte durch den Lenapark an der stillgelegten Eisenbahnstation vorbei in Richtung des staatlichen Alkoholmonopols. Dort erledigte er seine Einkäufe, ging denselben Weg zurück zum Kiwi-Kundenparkplatz, kaufte ein paar benötigte Gebrauchsartikel und schloss sie im Auto ein.

Er lehnte sich mit dem Rücken an die Wand, und zum ersten Mal, seitdem er hierhergekommen war, betrachtete er die Umgebung. Die Tage waren chaotisch verlaufen, und viele der Autofahrten hatten im Dunkeln stattgefunden. Die meiste Zeit hatte er in geschlossenen Räumen verbracht. Er überquerte die Straße, blieb vor Kjeldstads Bäckerei und Café stehen und blickte die Hauptstraße entlang. Lena ähnelte eigentlich einer Präriestadt. Ein Weg mit Häusern zu beiden Seiten. Er spazierte nordwärts in Richtung Volkshochschule Toten und erkundete die örtliche Privatwirtschaft, die die Straße buch-

stäblich in Besitz genommen hatte. Die öffentlichen Gebäude fanden sich diskret zurückgezogen in ein paar Nebenstraßen. Eine Landwirtschaftsschule, ein Haus der Kommunalverwaltung mit Bibliothek sowie eine weiterführende Schule.
Als er schließlich zum Kreisverkehr an der Hauptstraße 33 kam, konnte er konstatieren, dass die Leute in Østre Toten über ein Dienstleistungsangebot verfügten, das dem in anderen Orten des Königreiches in nichts nachstand. Die langen, zweigeschossigen Gebäude hatten alles, was ein Mensch brauchte und noch ein bisschen mehr.
Er blieb vor einem Gebäude aus Ziegelsteinen stehen, das einen Grillimbiss beherbergte. Draußen auf den Tischen lagen Einmalbesteck und Zigarettenkippen herum. Drei Provinzcowboys standen auf und gingen zu einem ziemlich aufgemotzten Opel Kadett hinüber. Die Hose des einen hing so weit herunter wie es überhaupt nur möglich war, doch seine Halbstarkenspalte wurde von einer weißen Unterhose bedeckt. So kam es, dass Moen ziemlich überrascht war, als er die Tür öffnete und einen Ort vorfand, der sowohl sauber als auch ordentlich und hübsch möbliert war. Eine Ecke am Fenster zur Straße nahm er in Beschlag. Er war allein in der Gaststätte und studierte in aller Ruhe die Speisekarte. Das Lokal hieß *Lena Grill*, und ein Amerikaner, der zurück in die alte Heimat gekommen wäre, hätte angesichts des Grill- und Burgermenüs sicher anerkennend genickt. Zu Moens großer Freude konnte er auch zwischen Frikadellen mit Kümmelkohl und Speck mit Steckrübenmus wählen.
Er nahm Letzteres. Er verzehrte den gebratenen Speck, während er aus dem Fenster hinausschaute. Die Aussicht ging auf die Geschäftsräume der Sparebank Toten. Hellblau und weiß angemalt lagen sie sicher und eindrucksvoll an der Straße. Das Gebäude strahlte Würde und Diskretion aus, wie es sich

für die Hochfinanz in Toten geziemte, doch Moen fragte sich, wozu um alles in der Welt dieses Finanzkapital eine Ecke des Hauses an ein Haushaltswarengeschäft vermietet hatte. Die dominierenden Farben waren Schwarz und Gelb, und der Laden sah aus wie eine billige Briefmarke auf einem teuren Umschlag.

Als er zu Ende gegessen hatte, war er mit seinen Schlussfolgerungen im Hinblick auf die Sparebank Toten und ihre Motive nicht weitergekommen. Er vergaß das Ganze, ging hinaus und zündete sich eine Zigarette an, während er zum Auto hinunterschlenderte. Jetzt, an einem Montag um kurz nach drei, war die Straße leer. Man hätte vielleicht vermuten können, die Provinzcowboys hätten sich der nachmittäglichen Stille angenommen, doch Moen hatte bereits entdeckt, dass die Hauptstraße von Lena mit breiten Holperschwellen ausgestattet war. Das einzige Anzeichen von Leben, das Moen auf seinem Weg entdeckte, begegnete ihm in Gestalt eines Afrikaners. Er saß auf der Treppe eines Geschäfts und starrte verloren ins Leere.

Anstatt zurück zur Pension zu fahren, unternahm Moen einen Ausflug hinauf zu den Hügeln von Håjen. Dort setzte er sich auf einen Stein und schaute über die Totener Senke. Aus der Entfernung wirkte Lena wie eine kleine Idylle, fast wie eine Oase in der Wüste, wie es so von den gelben Stoppelfeldern der großen Höfe umgeben lag. Erst jetzt, nachdem er in die Höhe gekommen war, konnte Moen alle Bäume sehen. Und dann gab es da diesen Kornsilo. Überall, wo er entlanggefahren war oder wurde, aus allen Himmelsrichtungen, immer sah er den Kornsilo von Lena. Jetzt, wo er ihn betrachtete, in voller Pracht und hoch erhoben über alle umliegenden Gebäude, verstand er auch warum. Die Scheunen der großen Höfe waren gemessen am Prachtbau der Genossenschaft nur

Zwerge. Im wahrsten Sinne des Wortes eine Landmarke, von Menschen errichtet. Gemäß Asbjørn Gihle hatte sie bei einer Abstimmung über die größten Sehenswürdigkeiten in den ländlichen Bezirken am Mjøsasee den ersten Platz belegt.
Moens Hintern wurde kalt und er stand auf. Das Handy klingelte. Es war Solvolds Stimme:
»Ich habe Reidar Olsby erreicht. Es war nicht so einfach, und er sagt, dass er nur jetzt Zeit hat. Ich treffe ihn in einer Viertelstunde in Lundby.«

Reidar Olsby und Knut Moen standen vor dem Eingang zur Abteilung Lillebo. Svein Solvold stand mit einem Notizblock hinter ihnen.
»Das ist wirklich eine wichtige Frage. Haben Sie am Freitagmorgen aufgeschlossen oder war die Eingangstür offen?«
»Ich musste aufschließen.«
»Sicher?«
»Ja. Vollkommen sicher.«
»Ist Ihnen noch etwas anderes aufgefallen?«
»Es war dämmerig, aber ich habe gesehen, dass das Fenster in Per Eriks Zimmer offenstand, und wunderte mich darüber.«
Moen nickte und wanderte zum Fenster. Es war so hoch angebracht, dass Per Erik bestimmt herausgekommen wäre, doch wahrscheinlich nicht wieder hinein.
»Haben Sie vor dem Fenster etwas bemerkt? Etwas, worauf er stehen konnte zum Beispiel?«
Reidar Olsby schüttelte den Kopf.
Moen entfernte das Absperrband, schloss das Hängeschloss am Riegel zur Tür auf und nahm den Weg in die Küche.
»Setzen Sie sich, Olsby. Wie geht's Ihnen überhaupt? Sie waren ja ziemlich blass beim letzten Mal.«
»Ach, na ja, es geht so. Wobei kann ich Ihnen helfen?«

Moen lehnte sich zurück und setzte eine entspannte Miene auf.
»Wir werden Ihnen zu dem Tag, an dem der Mord geschah, sowie allem, was darauf passierte, eine Reihe von Fragen stellen. Vielleicht bekommen Sie das Gefühl, dass wir Sie hier unter die Lupe nehmen wollen, aber ihre Antworten werden uns einen Hinweis darauf geben, was von Per Erik Henriksens Aussagen eigentlich stimmt. Sie waren ja in der Zeit vor dem Mord viel mit ihm zusammen.« Moen lächelte vorsichtig. »Haben Sie Probleme damit, beruflich oder menschlich gesehen?«
Reidar Olsby blickte ein bisschen schräg zu Moen hinüber.
»Ich war vielleicht der beste Freund, den Per Erik hier in der Abteilung hatte.«
»Wie wäre Ihre Haltung, wenn sich unglücklicherweise herausstellen würde, dass Per Erik der Mörder ist und nachweislich Ihre Kollegin Anne Sørli getötet hat?«
Reidar Olsby richtete sich auf.
»Ich will, dass die Wahrheit ans Licht kommt, egal wie sie ausfällt. Ich kann mir nicht vorstellen, dass er es getan hat, aber das ist hier nebensächlich. Ich arbeite mit Ihnen zusammen, solange ich glaube es verantworten zu können. Wenn es zu weit geht, werde ich Ihnen Bescheid geben.«
Moen betonte, dass es in erster Linie um die Zurechnungsfähigkeit des Jungen ging, also inwieweit man seinem Erinnerungsvermögen, seinem Realitätsbezug und seiner Wahrheitsliebe im weitesten Sinne vertrauen konnte. Reidar Olsbys Zeugenaussage war ein Maßstab. Reidar Olsby sagte, o.k., fragen Sie, und wurde gebeten, vom Morgen vor dem Mord angefangen und vom Geschehen den ganzen Tag über zu erzählen. Olsby dachte einen Moment nach, dann begann er zögernd zu berichten.

Er war wie üblich früh gekommen. Sieben. Nachtwache Nr. 2, der Hundemann aus Lensbygda, hatte Wachdienst und ging sofort, nachdem Olsby übernommen hatte. Es gab nicht viel zu erzählen. Olsby verwies auf ein Protokoll, das im Wachraum lag. Alles war darin verzeichnet. Diejenigen vom Personal, die mit nach Schweden fuhren, trafen sich um acht Uhr, machten den Jugendlichen Frühstück und packten die Autos. Sie fuhren um 09:15 ab. Reidar Olsby war zu diesem Zeitpunkt mit Per Erik auf dem Weg zur Schule, dort wurde er Stein Hovelsrud überlassen. Er war bis vierzehn Uhr dort.

Reidar Olsby hielt inne. Dann fuhr er mit dem alten Sprichwort fort: Wenn die Katze aus dem Haus ist, tanzen die Mäuse auf dem Tisch. Einer der Sozialtherapeuten, der nicht mit auf den Ausflug fuhr, sollte die Computer im Haus warten. Er begegnete dem *Wechselbalg,* so nannte Olsby ihn, jedoch nicht. Svein Solvold erwähnte einen Namen und Olsby nickte.

»Ja, genau der«, sagte er mit mehr als nur einer Spur Verachtung.

»Ich war wohl selbst auch nicht viel besser. Ich bin zu meiner Baustelle gefahren und hab ein bisschen auf eigene Rechnung gearbeitet.«

Moen fragte, ob er ein Haus baue.

»Meine Schwiegereltern haben oben in Lensbygda einen kleinen Hof, nicht so weit entfernt von da, wo Roger Ruud herstammt. Meine Frau und ich werden den Hof in einem Jahr übernehmen. Sie ziehen dann in unser Haus. Ich habe ein paar Pläne mit dem Hof, und es gibt viel zu tun. Wie dem auch sei, ich hatte mit Hovelsrud abgesprochen, dass er Per Erik zu mir fahren sollte. Sie kamen so gegen viertel nach zwei, halb drei. Dann haben wir eine Weile gearbeitet. Als wir wieder zurück in die Abteilung kamen, war es fünf Uhr, und wir bereiteten das Essen zu. Von sechs bis acht hab ich Büroarbeit im Wachraum erledigt. Per Erik saß die meiste Zeit in seinem Zimmer und spielte Computerspiele.«

»Konnten Sie kontrollieren, ob er rein oder raus ging?«

»Meine Tür stand offen. Er hätte nirgendwo hingehen können, ohne dass ich es bemerkt hätte, abgesehen durchs Fenster.«

»Haben Sie ihn überhaupt gesehen?«

»Er war einmal auf dem Klo, und ich war zwei- oder dreimal in seinem Zimmer und fragte, wie es ihm ging. Um acht Uhr setzten wir uns ins Kellerzimmer und haben uns auf dem neuen Flachbildschirm eine DVD angesehen. Dann haben wir noch einen Abendimbiss gegessen und er ist in sein Zimmer gegangen, um sich hinzulegen. Es war gut und gerne elf, als Anne kam und wir die Übergabe gemacht haben.« Reidar Olsby massierte sich mit beiden Händen die Wangen und schüttelte den Kopf. »So ein schöner und ruhiger Tag.«

»Was denken Sie? Wie lange dauerte die Übergabe?«

»So ungefähr zwanzig Minuten.«

»Waren da alle Türen offen, oder haben Sie irgendwelche geschlossen?«

Reidar Olsby blickte misstrauisch zu Svein Solvold herüber, der die Frage geäußert hatte.

»Was meinen Sie?«

»Haben Sie bei geöffneter Tür im Wachraum gesessen?«, fragte Solvold unermüdlich weiter.

»Daran kann ich mich nicht erinnern. Ist das wichtig?«

Moen schüttelte den Kopf.

»Nein, nein. Eins nach dem anderen. Als wir uns das erste Mal trafen, haben Sie mir angeboten, ihre Messersammlung anzusehen. Ich habe abgelehnt, es aber dann bereut. Ist es zu spät für ein erneutes Angebot?«

Reidar Olsby stand zu Diensten. Er grinste.

»Wo bewahren Sie die Sammlung auf? Zu Hause?«
»Im Wachraum.«
»Können Sie sie uns zeigen?«

Reidar Olsby stand über Moen gebeugt, der die Schublade mit weißen Einmalhandschuhen an den Händen behutsam herauszog. Er zog sie so weit heraus, wie es eben ging und sagte: »Fassen Sie nichts an. Begutachten Sie den Inhalt genau und sagen Sie uns, ob etwas anders ist, als Sie erwartet hätten.«
Reidar Olsby stand wie gebannt da. Dann streckte er den Arm aus, als wollte er nach etwas greifen, doch Moen drückte seinen Arm ruhig wieder herunter.
»Beherrschen Sie sich, Olsby. Gehen Sie einen Schritt zurück. Ist Ihnen der Inhalt so gut bekannt, dass Sie merken würden, wenn etwas fehlt, egal was? Schauen Sie noch mal hin.«
»Das brauche ich nicht. Es müsste natürlich ein Messer dort in der Scheide sein, oder präziser ausgedrückt, es war ein Messer in der Scheide, als ich das letzte Mal in die Schublade gesehen habe.«
»Noch etwas anderes?«
»Nicht soweit ich es sehen kann.«
»Wann haben Sie die Schublade zuletzt geöffnet?«
Reidar Olsby seufzte schwer.
»Das war ganz genau eine Woche vor dem Mord. Oder nein, es war nach dem letzten Wochenende. Es muss Montag gewesen sein.«
»Sicher?«
»Völlig sicher. Ich hatte ein Messer beschlagnahmt. Dies widerliche Messer mit dem Schlagring da in der Ecke.«
»Dann ist das wohl im Protokoll verzeichnet?«
Reidar Olsby blickte zur Seite und schüttelte den Kopf.
»Es war wieder Per Erik. Ich dachte, dass er schon genug Är-

ger hatte.« Olsby breitete die Arme aus. »Ich war wohl etwas zu verständnisvoll, um es so zu sagen.«

»Wo bekommt er so etwas her?«

»Wie üblich hab ich ihn an die Wand gedrückt und durchsucht. Er hatte es von einem Kumpel, sagte er. Mehr wollte er nicht erzählen, was ziemlich ungewöhnlich ist, denn sonst quatscht er wie ein Wasserfall.«

»Wie sind Sie darauf gekommen?«

»Der kleine Einfaltspinsel hatte Hovelsrud das Messer gezeigt, der mich dann anrief. Ich kümmere mich hier um solche Vorfälle.« Olsby zuckte leicht mit den Schultern. »Es beweist nur, was für ein Amateur er ist. Es geht nur darum, cool zu wirken.«

»Ich finde, Sie gehen etwas leichtfertig damit um, Olsby. Er wird schließlich von anderen als so gefährlich eingeschätzt, dass sie ihn rauswerfen wollen.«

Olsby richtete sich auf und schob die Daumen in die Taschen seiner Jeans.

»Ich arbeite schon etwas länger und habe Jungen gekannt, die nicht nur cool, sondern gewalttätig waren. Ich glaube, ich kann das besser beurteilen als die meisten Vetteln, die hier arbeiten, ob sie nun einen Rock tragen oder nicht.«

»Und wie *beurteilen* Sie Per Erik?«

»Vor ein paar Jahren hatte ich hier mal ein Mädchen. Sie war bei ihrer Mutter und ihrer Oma aufgewachsen. Beide haben gesoffen, als ob man sie dafür bezahlt hätte. Die Kleine schwankte hier durch die Gänge wie ein schwerer Alkoholiker, obwohl sie nüchtern war wie ein Pastor. Sie hatte es nicht anders gelernt. Abwechselnd bedrohlich und einschmeichelnd. Nach einem Jahr hier auf dem Hof war sie wie verwandelt, hatte ein völlig neues Repertoire. Das wäre auch mit Per Erik möglich, wenn es wirklich jemand wollte. Schon als er noch in

Windeln herumlief, hat ihm seine Mutter beigebracht, dass er genauso wie sein gewalttätiger Vater werden würde, und ihn entsprechend behandelt. Er glaubt, er sei gefährlich, weil er es in den Augen der Leute lesen kann. Er hat kaum etwas anderes erlebt. Das ist es ja, was mich so wütend macht.«

Moen nickte anerkennend. »Hovelsrud hat schon versucht, es mir zu erklären, aber ich war neugierig, was Sie meinen. Sind Sie der Einzige, der das so einschätzt?«

»Im Grunde schon. Ich hab schon überlegt zu kündigen, aber ich gebe nicht kampflos auf.« Er lächelte. »So bin ich nun einmal. Außer Anne und der Hausmutter ist sonst fast niemand meiner Meinung. Aber ich werde erst mal etwas Staub aufwirbeln, bevor ich aufgebe.«

Solvold warf eine Frage wegen des Messers ein, doch Moen hob den Arm, wie um die Frage abzuwehren. Olsby blickte Solvold an.

»Es ist die Mordwaffe, nicht wahr?«

Solvold antwortet nicht. Er sah zu Moen.

»Das wissen wir noch nicht«, sagte Moen ruhig. »Wir haben die Mordwaffe noch nicht gefunden. Wir können aber auch nicht ausschließen, dass sie es ist. Da steht PEH auf der Scheide. Was ist das für eine Geschichte?«

»Er war eine Woche bei seiner Großmutter in Nordnorwegen. Und als er endlich einmal ein Geschenk von seinem Vater bekommt, da war es dieses verflucht riesige Samenmesser. Es war das Erste, was er mir zeigte, als er zurück war. Stolz wie ein Gockel.« Olsby machte eine kleine Pause. »Was mich beunruhigt, sind Per Eriks und meine Fingerabdrücke überall auf dem Messer.«

»War das Messer am letzten Montag hier?«

»Ja, definitiv. Gibt es sonst noch etwas? Bei mir zu Hause wartet das Mittagessen.«

Moen nickte und sagte, soweit sei es alles.

»Wir kontaktieren Sie wieder, wenn es noch etwas gibt.«

»Gott bewahre.« An der Tür drehte er sich noch einmal um. »Wo ist Annes weißer Mac?«

»Er wurde aus der Abteilung abgeholt.«

In der nächsten Sekunde war Reidar Olsby verschwunden, doch der Schatten eines Lächelns blieb in der Türöffnung zurück.

## 15

Jenny Kammerstuen sah aus, als ob sie durch ein Examen gefallen wäre.

Mit dem Lensmann als Beisitzer war sie dreimal die Ereignisse in der Mordnacht durchgegangen. Sie schaute in ihre Unterlagen. Jedesmal hatte Per Erik Henriksen dieselbe Leier wiederholt, die er schon am Morgen nach dem Mord von sich gegeben hatte. Er legte ein falsches Geständnis über einen Einbruch ab, den er nachweislich nicht begangen hatte. Er erzählte die Geschichte von einer Konfrontation mit der Nachtwache, die Wort für Wort mit einer Episode eine Woche zuvor übereinstimmte. Diese war im Wachprotokoll von Anne Sørli vermerkt worden. Er konnte kein vernünftiges Wort zur Mordwaffe hervorbringen, abgesehen davon, dass er die Leiche gesehen hatte und die Schlussfolgerung zog, dass ein Messer verwendet worden sein musste.

»Ich bin hier sicher nicht sonderlich geschickt. Wir kommen keinen Schritt weiter. Wollen Sie es nicht mal probieren?«

Die Frage war an Knut Moen und Svein Solvold gerichtet, die ihr am Tisch gegenübersaßen. Asbjørn Gihle und Odd Sørli flankierten Kammerstuen. Sørli blickte Moen fragend an, während Gihle seiner Jenny ein väterliches Lächeln schenkte.

»Ich finde, Sie haben gute Arbeit gemacht«, sagte Moen. »Er hat seine kleine Lektion auswendig gelernt und bleibt dabei, und diese Lektion ist von Anfang bis Ende erfunden. Jetzt wissen wir es, und das ist gut so. Glauben Sie bloß nicht, dass das so ungewöhnlich ist. Ich habe schon Wochen und Monate mit Leuten zusammengesessen, die keinen Ton sagen wollten.«

»Aber ich verstehe nicht, was das soll. Wozu macht er das?«

»Das müssen wir herausfinden. Offenbar ist er mit seiner Beförderung zum Mörder und Knastvogel sehr zufrieden und möchte aus irgendeinem Grund seine Mitverschwörer decken. Verbrecher machen das eben gerne. Mittlerweile wissen wir so viel, dass wir seine komplette Aussage auseinandernehmen können. Und da fängt es wirklich an.«

»Und wann sollen wir das tun? Es hat ja wohl keinen Sinn, so weiterzumachen wie bisher.«

»Ich warte darauf, dass Hakksveen den Mund aufmacht. Er wird bald reden, wenn mich nicht alles täuscht. Sie müssen sich noch weiter in Geduld üben.«

Asbjørn Gihle mischte sich in die Unterhaltung:

»Ich habe neue Nachrichten von deinen Kollegen aus Oslo bekommen. Anne Sørlis Blut wurde weder auf Hakksveens noch auf Jakobsens Kleidung gefunden. Die Blutflecken auf dem Overall von Hakksveen stammen ebenfalls von einem Reh. Blutreste und Haare am Tisch im Kellerzimmer gehören wie erwartet zu Jakobsen. Deine Kollegen haben einen Rechtsmediziner konsultiert, und der war ziemlich überzeugt, dass es sich bei Jakobsens Mörder um einen IKEA-Tisch für 99 Kronen handelt.«

»Und das Messer?«

Asbjørn Gihle blätterte weiter und setzte sich seine Lesebrille auf die Nasenspitze.

»Alle Abdrücke fanden sich im Register. Der eine ist natürlich von Per Erik Henriksen. Der andere stammt von seinem Vater.« Asbjørn Gihle sah verwundert über seine Brille hinweg zu Moen, doch da Moen kein Zeichen der Überraschung erkennen ließ, fuhr er fort: »Er hatte des Öfteren Ärger wegen

Ruhestörung und Sauferei, außerdem eine Anzeige wegen Misshandlung seiner Frau. Die Frau war in diesem Fall Per Eriks Mutter. Kannst du dir das erklären?«

Moen nickte.

»Ist Reidar Olsby der Dritte?«

»Ja.«

»Wie ist der im Fingerabdruckregister gelandet?«

»Er war vor zehn Jahren als Fernfahrer in eine Schmuggelgeschichte verwickelt. Es hatte was mit dem Hell's-Angels-Milieu in Hamar zu tun. Die Anklage wurde wegen Beweismangel eingestellt, und eigentlich müsste er aus dem Register gestrichen sein. Seit dieser Zeit gab's nur ein paar Knöllchen wegen zu hoher Geschwindigkeit.«

»O.k., Sørli. Haben Sie ihren Liebhaber gefunden?«

»Ich glaube, ich geb's bald auf. Mein Onkel und meine Tante sagen, dass sie immer so geheimnisvoll war, was das Thema anbetraf. Sie haben sich deshalb immer gefragt, ob sie überhaupt auf Männer stand, aber sie hatte auch männliche Freunde, und jetzt wissen sie gar nicht mehr, was sie glauben sollen.

Sie war ja sozusagen gerade frisch gevögelt, aber dabei war sie doch den ganzen Tag zu Hause, bis sie zur Arbeit fuhr. Da hatte sei eine halbe Stunde Zeit, um dort hinzufahren und eine Nummer zu schieben. Wenn Sie mich fragen, kann es niemand anderes als Reidar Olsby gewesen sein.«

»Oder ihr Vater«, sagte Svein Solvold.

Wütend antworte Odd Sørli:

»Ja, oder ihr Vater. Das stimmt, nur dass der gerade an der Prostata operiert wurde.«

»Haben Sie mit einer ihrer Freundinnen gesprochen?«

»Da komme ich überhaupt nicht weiter.«

Moen nickte und streckte die Arme aus.

»Dann essen wir jetzt zu Abend. Svein, haben Sie noch was hinzuzufügen?«
»Kann ich morgen freinehmen? Ich würde mich gerne um ein paar Sachen kümmern.«
»Ja, natürlich.«

Auf der anderen Seite des Tisches im *Lena Grill* ließ sich Jenny Kammerstuen auf einen Stuhl fallen. Knut Moen hatte seinen Ecktisch eingenommen, unter dem großen Blumengemälde, und nahm den ersten Schluck seines halben Liters. Er lehnte sich etwas vor.
»Darf ich Sie zu irgendwas einladen? Eine der wenigen Freuden, die einem älteren Herrn im Leben noch bleiben. Jungen Damen etwas auszugeben, meine ich.«
Jenny Kammerstuen lachte ein wenig. Sie war ungeschminkt und hatte die Haare mit einem Band im Nacken befestigt. Sie trug eine Fleecejacke, eine gestreifte Hose und Joggingschuhe.
»Ich nehme auch so eins.«
»Sollen Sie haben.«
Moen ging zum Tresen und holte noch einen schäumenden halben Liter. Jenny Kammerstuen schaute das Glas fast ein bisschen verlegen an, bevor sie es schließlich anhob.
»Na dann, prost!, und vielen Dank.«
»Gern geschehen.«
Es folgte eine kleine verlegene Pause, und Jenny Kammerstuen schaute unsicher zu Moen hinüber, der das Schweigen brach.
»Wie geht's mit Ihnen und dem Jungen? Was denken Sie über ihn?«
Jenny Kammerstuen lächelte.
»Ich kann nichts dafür, aber ich mag ihn ganz gern. Wenn es

ihm gut geht, ist er geradezu charmant, und er ist sehr dankbar, wenn wir es uns gemütlich machen. Er ist natürlich auch rebellisch und etwas anstrengend, es ist fast, als ob …« Jenny Kammerstuen sah zur Decke hinauf und suchte nach den passenden Worten. »… als ob er die Reaktionen der anderen oder alles, was um ihn herum geschieht, missversteht oder missdeutet. Außerdem ist er krankhaft begeistert von Horrorfilmen, Vampiren und so etwas. Es scheint, als ob er ganz viel in seinem eigenen Kopf lebt. Ich weiß nicht, wie ich das erklären soll.«

Jenny Kammerstuen hatte während ihres Vortrags heftig gestikuliert, ließ aber nun die Hände entspannt in den Schoß fallen.

»Ich kann es eigentlich nicht glauben, dass er so was Schreckliches getan hat. Er ist ziemlich morbid und seltsam, aber gleichzeitig wirkt er so unschuldig.« Sie hielt inne. »Was halten Sie davon? Sie sind doch vielen Mördern begegnet.«

Moen setzte sein Elder-Statesman-Lächeln auf.

»Die meisten Mörder töten nur einmal und sind oft genauso überrascht und erstaunt wie ihre Umgebung. Viel mehr gibt's darüber nicht zu sagen.«

»Dann glauben Sie also, dass er der Mörder ist?«

»Ich versuche fürs Erste, zunächst mal gar nichts zu glauben. Wir müssen die Fakten für sich sprechen lassen, aber es steht wohl zwischen ihm und Hakksveen.« Moen hielt eine Sekunde inne und lehnte sich dann vor. »Finden Sie es nicht schwierig, mit jemandem umgehen zu müssen, der vielleicht Anne Sørlis Mörder ist?«

»Nein. Eigentlich nicht. Warum fragen Sie?«

»Das ist jetzt vielleicht etwas persönlich, deswegen möchte ich das lieber außerhalb unserer Besprechungen erörtern. Ich hoffe, es kränkt Sie nicht, aber wegen der Ermittlung muss ich es ansprechen.« Moen lehnte sich noch ein Stückchen weiter vor und sprach leise. »Erinnern Sie sich, dass ich Sie gefragt habe, ob Sie etwas über Anne Sørli wüssten?«

Jenny Kammerstuen blickte ihn an, und Moen hätte wirklich schwören können, dass sie rot wurde. Dann senkte sie den Blick.

»Ja, ich erinnere mich.«

»Und da haben Sie die Wahrheit ein wenig modifiziert, nicht wahr?«

Sie sah wieder zu Moen auf, der ihren Blick mit einem Lächeln erwiderte, das ansonsten nur Unbekannten, kleinen Kindern und verängstigten Frauen vorbehalten war.

»Das ist wohl richtig. Wie sind Sie darauf gekommen?«

»Ich hab mich ein bisschen mit Reidar Olsby unterhalten. Wie Sie ja sicher mitbekommen haben, könnte man vermuten, dass er vor dem Mord Anne Sørli an die Hose gegangen ist. Er ist ein gut aussehender Typ, und es gibt ja nicht so viele andere Kandidaten. Sie wurde ja auch nicht vergewaltigt. Wir haben das DNS-Profil der drei Räuber, aber es würde nicht nur mich überraschen, wenn es einer von ihnen war.« Moen atmete einen Moment durch und fuhr fort: »Ich habe ihn gefragt, was für ein Verhältnis er zu Anne Sørli hatte. Er sagte, er kenne sie aus dem Kampfsportinstitut in Gjøvik und aus dem Biker-Milieu. Sie sind da wohl gut miteinander ausgekommen. ›Durch und durch tolle Frau‹ waren seine Worte. Ich fragte ihn, ob er etwas über ihr Privatleben wisse, ob sie einen Freund oder Geliebten habe. Reidar Olsby erwiderte, dass er und viele andere glaubten, sie möge Mädchen lieber als Jungs. Ich sagte, wir hätten andere Gerüchte gehört. Darauf meinte Olsby, dass Anne Sørlis beste Freundin lesbisch sei, ich könne sie ja fragen. Als ich wissen wollte, wer es sei und wie ich Kontakt zu ihr bekommen könne, sagte er: ›Sie können ja Ihren

Polizeikontakt fragen.‹ Odd Sørli?, fragte ich. Nein, die andere, erwiderte er. Er meinte Sie, und deshalb lautet die Frage: Stimmt das?«
»Ich dachte, ich könnte nicht mehr dabei sein, wenn ich das sagte. Und zweitens möchte ich mein Sexualleben nicht an die große Glocke hängen. Es gibt viele, denen es so geht wie mir. Den meisten, kann ich mir denken.«
»Das Letzte kann ich gut verstehen. Beim Ersten bin ich mir nicht so sicher. Sørli ist ein naher Verwandter. Wir sind ohnehin schlecht besetzt. Ich kann mir nicht leisten, jemanden auszuschließen, aber Ihre Heimlichtuerei muss ich bestrafen. Sie müssen rausfinden, ob Anne Sørli ein Verhältnis hatte. Schaffen Sie das?«
»Das krieg ich wohl hin, aber das ist ja nicht gerade eine Bestrafung.«
»Die Strafe ist, dass Sie es in Ihrer Freizeit machen müssen.«
»Hat Svein Solvold auch eine Strafe bekommen? Er wollte morgen frei haben, aber es war ziemlich klar, dass er etwas für Sie erledigen sollte.«
»Um diese Strafe hat er selbst gebeten.«
»Darf ich fragen, worum es geht?«
»Er ist mit dem Einbruch am Tatort beschäftigt.«
»Wir haben nicht mehr so viel darüber gesprochen. Ich dachte, wir seien damit fertig.«
»Bis auf Weiteres. Aber Spuren werden kalt. Er sammelt Informationen für den Fall, dass wir sie brauchen.« Moen stand auf.
»Haben wir eine Abmachung?«
Jenny Kammerstuen stand ebenfalls auf und sagte: »Haben wir, und noch einmal: Tut mir leid.«
Moen streckte die Hand aus. Sie nahm sie und drückte sie fest.

# 16

Knut Moen schaute sich in dem klösterlich kahlen Vernehmungszimmer um. Der herbstliche Regen klatschte gegen ein kleines Kellerfenster. Die Einrichtung bestand aus einem Waschbecken, einem Tisch und vier Stühlen. Ein Bandaufnahmegerät stand bereit. Asbjørn Gihle setzte sich etwas schwerfällig auf einen der Stühle und fummelte am Aufnahmegerät herum. Moen goss etwas Wasser in einen Plastikbecher und nahm zwei Schlucke davon. Es war Sonntagmorgen. Er warf einen Blick auf die Uhr. Es war fast neun.

Die Tür ging auf und Tore Hakksveen wurde von zwei Polizisten hereingeführt. Sie schlossen die Handschellen auf. Der Verteidiger kam in den Raum. Plötzlich waren sechs Leute in dem kleinen Raum, doch nur vier Stühle. Die Polizisten blieben an der Wand stehen.

Tore Hakksveen starrte düster auf einen Punkt irgendwo zwischen Knut Moen und Asbjørn Gihle, wirkte aber klarer und besonnener als bei ihrer letzten Begegnung. Asbjørn Gihle startete das Aufnahmegerät und verlas Datum, Uhrzeit und Namen der Anwesenden.

Knut Moen faltete die Hände auf dem Tisch und sagte, ohne Hakksveen anzusehen:

»Schaffen Sie es ohne solche Ausbrüche wie beim letzten Mal oder brauchen Sie heute auch Ihre Kindermädchen?«

»Ich habe lediglich auf Ihre haltlosen Beschuldigungen reagiert.«

»Die kommen auch noch mal wieder. Können Sie sich ganz

nüchtern damit auseinandersetzen? Das würde Ihrer Sache ohnehin sehr dienlich sein.«

Eine Weile starrten sie einander an, bis Hakksveen schließlich den Blick senkte.

»Ich werd's versuchen.«

Moen nickte den Beamten zu, die daraufhin den Raum verließen.

Der Verteidiger hob einen Finger.

»Darf ich zwei Worte sagen, bevor Sie anfangen?«

»Bitte sehr.«

»Ich habe meinem Mandanten geraten, die Karten auf den Tisch zu legen und mit der Staatsanwaltschaft zusammenzuarbeiten. Er ist bereit, die Anklage bezüglich der Straftatbestände zu akzeptieren, bei denen er nachweislich schuldig ist, und will die Angelegenheit hinter sich bringen. Aber er ist ziemlich geschockt über die Anklagepunkte Körperverletzung mit Todesfolge und vorsätzlicher Mord. Seine Darlegung hinsichtlich des betreffenden Abends erscheint mir auf alle Fälle glaubwürdiger. Ich kenne selbstverständlich den Stand der polizeilichen Ermittlungen nicht, möchte Sie aber fragen, ob sich die Vermutungen an dieser Stelle bekräftigt oder abgemildert haben. Ich meine, Sie haben schließlich noch jemand anderen inhaftiert.«

Moen überlegte.

»Ich möchte zu diesem Zeitpunkt nichts darüber sagen, sondern lediglich unterstreichen, dass Ihr Mandant durch eine Zusammenarbeit nur gewinnen kann. Und das ist heute mindestens genauso wichtig wie bei unserem letzten Zusammentreffen. Das Ganze steht und fällt mit der Erklärung, die wir noch nicht erhalten haben.«

»Mein Mandant befürchtet natürlich, dass jemand mit seinem Strafregister und seinem Ruf zum Sündenbock gemacht wird, wenn die Polizei den Täter nicht findet. Darüber hinaus gibt es einen weiteren Punkt in der Anklage, den mein Mandant nicht auf sich sitzen lassen will. Erlauben Sie, dass ich mich hierzu äußere?«

Moen nickte.

»Angriff auf einen Beamten. Meinem Mandanten wurde fast die Nase gebrochen. Der Beamte heißt Odd Sørli und ist, soweit wir wissen, Cousin der verstorbenen Nachtwache. Mein Mandant neigt zu der Auffassung, dass er hier der Angegriffene war.«

»Ich war es, den er angegriffen hat. Ich stand vor der Tür zu seinem Keller. Drinnen befanden sich die Mordwaffe und ein nicht registriertes Gewehr. Sørli hat sich meinetwegen eingemischt.«

»Mein Mandant bittet jedenfalls darum, dass dies durch die Behandlung aufgewogen wird, die ihm selbst widerfahren ist. Es bedeutet meinem Mandanten sehr viel, wenn ihm die Anklagebehörde in diesem Punkt entgegenkommt.«

Moen lächelte.

»Ich bin bereit, dies zu erwägen, aber die Entscheidung liegt nicht bei mir. Ich kann lediglich eine Empfehlung abgeben, und die käme dann möglicherweise direkt nach dieser Vernehmung. Lensmann Gihle und ich möchten so bald wie möglich anfangen. Wir können uns ja nach der Vernehmung noch unterhalten, wenn das für Sie in Ordnung ist.«

»Sind Sie einverstanden, Tore?«, fragte der Verteidiger und erhob sich halb von seinem Stuhl.

Hakksveen nickte. Der Verteidiger nahm seine Mappe und verschwand durch die Tür. Hakksveen seufzte schwer und sagte mit seiner Reibeisenstimme:

»Tut mir leid, dass ich Sie angesprungen habe, aber Sie und Sørli waren in Zivil. Ich war etwas benebelt und habe die Situation missverstanden. Ich möchte es nicht in meinem Strafregister stehen haben, dass ich auf die Polizei losgegangen bin. Die Leute glauben sonst noch, dass ich ein vollkommener Amateur bin.«

»Sie haben gehört, was ich dazu gesagt habe. Hier hat der Staatsanwalt zu entscheiden. Falls die Mordanklage aufrechterhalten wird, ist es irrelevant für uns. Falls Sie bei den gravierenden Tatbeständen entlastet werden und uns bei der Aufklärung helfen, sind wir guten Willens. Hilft Ihnen das jetzt weiter?«

Hakksveen sah Moen lange an, der seinen Blick erwiderte.

»Ich entscheide mich, Ihnen zu vertrauen. Mein Verteidiger hat auch ein gutes Wort für Sie eingelegt. Er sagt, ich bekäme eine gerechte Behandlung.«

»Kann ich das schriftlich haben?«

Hakksveen lächelte und krächzte:

»Nein.«

»Dann fangen Sie mal an. Sie wissen ja, wie's läuft.«

»Wo soll ich anfangen?«

»Wie wär's mit der Jagd auf das Reh?«

Hakksveen zögerte etwas, erzählte dann jedoch schnell, dass er sich an einem kleinen Waldsee bei der Totener Anhöhe an den Waldrand gelegt hatte. Nein, er wusste nicht, wie es dort hieß, aber falls erforderlich, könne er es ihnen zeigen. Nein, er hatte weder Uhr noch Handy dabeigehabt, doch es war auf alle Fälle in der Dämmerung, am Morgen vor dem Einbruch. Er wartete auf ein Reh, das dort gewöhnlich zum Saufen herkam. Nach einer Stunde kam es. Hakksveen schoss das Tier und warf es auf die Ladefläche des Pick-ups, fuhr den Tierkörper nach Hause und nahm ihn im Keller aus. Die Schusswaffe? Die hatte er von einem nicht näher bestimmten »Kumpel«. Weder wollte noch konnte er mehr darüber sagen.

Hingegen bestritt er die Beschuldigung wegen Wilderei und einer unregistrierten Waffe keineswegs.
»In Ordnung?«, krächzte Hakksveen und trank etwas Wasser.
Moen nickte.
»Und der Rest des Tages? Bis zum Einbruch.«
»Ich hab mir was zu essen gemacht und mich dann schlafen gelegt. Es war fast dunkel, als ich wieder aufwachte. Ich sah gerade die Nachrichten, als Mini auftauchte. Dann haben wir den Abend herumgesessen und es uns mit verschiedenen Getränken und Naschereien gemütlich gemacht.«
»Sie hatten früher am Tag keinen Kontakt mit ihm?«
»Nein.«
»Ganz sicher?«
»Garantiert.«
Moen kaute eine Weile darauf herum, dann fragte er:
»Was für ein Verhältnis hatten Sie zu dem verstorbenen Arvid Jakobsen? Waren Sie gute Freunde, oder war er mehr ein zufälliger ›Kumpel‹?«
»Vor einigen Jahren hab ich ihn sozusagen adoptiert. Ich nenne ihn mein Hündchen.« Hakksveen grinste. »Er ist außerdem stubenrein und hat eine eigene Hundehütte in Kolbu.« Hakksveen schlug mit der Faust auf den Tisch, sodass Moen und Asbjørn Gihle zusammenzuckten. Jemand öffnete die Tür und schaute herein. Hakksveen schlug die Hände vors Gesicht. »Ich hab völlig vergessen, dass er tot ist.«
Moen winkte den Beamten an der Tür wieder hinaus.
»Hat er erzählt, was er an dem Tag gemacht hat?«
»Nicht soweit ich mich erinnere.« Er überlegte. »Ich frage mich, ob er wohl einen Ausflug nach Lena gemacht hat, aber das kann auch an einem anderen Tag gewesen sein.«
»Sagte er, was er dort gemacht hat?«

»Hat bestimmt irgendwas gestohlen.« Hakksveen lachte ein wenig. »Ich sage es, wie es ist. Wenn irgendwas nicht fest in die Wand geschraubt war, konnte er nicht vorbeigehen, ohne es zu klauen. Das ist sicher krankhaft bedingt. Er steckt sich alles Mögliche in seine Riesentaschen.«

»Er hat nicht erzählt, was er sich an diesem Tag in die Taschen gesteckt hatte?«

»Ich kann mich überhaupt nicht daran erinnern.«

»In Ihrem Wohnzimmer wurden alle möglichen Rauschmittel gefunden. Der andere Beamte kommt darauf noch zu sprechen. Was ich gerne wissen möchte, ist Folgendes: Haben Sie eine klare Vorstellung von dem, was passiert ist, oder waren Sie so breit, dass Sie sich kaum noch an etwas erinnern können? Laut Aussage des Arztes, der Sie untersucht hat, waren Sie reichlich bedröhnt, als Sie festgenommen wurden.«

Hakksveen lächelte. »Sie wissen doch, es gibt für alles eine Droge. Ich war ganz wach, als wir losgezogen sind. Erst als ich mit Mini wieder nach Hause kam, bin ich so abgestürzt.«

Moen sah Hakksveen lange an und versuchte, den Wahrheitsgehalt seiner letzten Aussage abzuschätzen.

»Wie haben Sie den Einbruch geplant?«

»Wovon reden Sie?« Hakksveen sah ihn verwundert an. »Ich hab in meinem ganzen Leben noch nichts geplant.«

»Können Sie uns denn dann erzählen, wie dieser Raubzug zustande kam?«

Gemäß Hakksveen war Jakobsen auf einem Ausflug gewesen. Nach seiner eigenen Zeitrechnung war es mitten in der Nacht. Als »Mini« zurückkam, sagte er, dass das Heim leer sei, die Jugendlichen unterwegs und die Nachtwache frei habe. Die Verlockung war nun, dass sie einen neuen Flachbildschirm und einen DVD-Spieler hatten. Das hatte er durchs Fenster gesehen.

Hakksveen hatte fast den Eindruck, dass Jakobsen dort spioniert oder herumgestöbert hatte, und verriet, dass Jakobsen auch für so etwas Talent besaß. Gihle fragte, ob Jakobsen auch früher schon solche Jobs für Hakksveen übernommen habe, und bekam ein Schulterzucken und ein Grinsen zur Antwort. Nach ein oder zwei Minuten, in denen weder Moen noch Gihle etwas sagten, fuhr Hakksveen fort:

»Wenn ich mich überhaupt mit solchen Sachen abgeben würde, dann würde ich doch niemals in ein Haus gehen, wo Menschen sind, aber Mini hatte geschworen, dass niemand da war.«

Die weiteren Ausführungen ließen erkennen, dass dies ein weiteres Prinzip von Hakksveen war.

»Sie glaubten also, das Haus war leer. Mit anderen Worten, die Nachtwache kam als völlige Überraschung.«

Hakksveens Augen wurden schmal. Der kritische Punkt der Vernehmung näherte sich.

»Wir haben sichere Beweise dafür, dass Arvid Jakobsen, kurz bevor Sie losgezogen sind, über Handy Kontakt mit einem Jungen aus der Einrichtung hatte. Arvid Jakobsen muss gewusst haben, dass der Junge zusammen mit der Nachtwache im Haus war. Ich halte es für wenig wahrscheinlich, dass er Ihnen nichts davon erzählt hat.«

Hakksveen schüttelte resigniert den Kopf und blickte betreten auf den Tisch herunter. »Dass man auch nie was lernt. Ich habe etwas vergessen, wissen Sie.« Dann hielt er den Mund, bis Gihle fragte:

»Was haben Sie vergessen?«

»Dass Mini beim Lügen genauso geschickt war wie beim Stehlen.« Er schaute auf. »Ich weiß nicht, ob Sie das interessiert, aber ich wäre niemals in dieses Haus gegangen, wenn ich gewusst hätte, dass jemand da drinnen war. Und niemand wusste das besser als Arvid. Er hat mich angelogen, damit ich mitmache. Der Teufel soll diese Schlampe holen. Er ist tot und ich sitze hier bis zum Hals in der Scheiße.«

»Wenn er so verlogen war, warum haben Sie ihm dann überhaupt geglaubt? Sie hätten es ja ganz leicht herausfinden können.« Moen lehnte sich zurück und warf Asbjørn Gihle einen Blick zu.

»Er hat mich in einer schwachen Stunde erwischt. Ich hatte keinen roten Heller mehr und die Stromrechnung lag auf dem Tisch.« Hakksveen schaute ausdruckslos in die Luft. »Die haben mir hier im letzten Winter den Strom abgestellt. Diese Wochen werde ich nie vergessen.« Er breitete die Arme aus und sah Moen mit ernstem Ausdruck an. »Sie wissen ja selbst, wie die Stromrechnungen heutzutage aussehen.«

Moen nickte grinsend.

»Brauchen Sie eine Pause, bevor wir weitermachen?«

»Ja, gerne.«

Nach der Pause nahm Hakksveen den Faden wieder auf. Er erinnerte sich, eine Weile gelauscht zu haben und hin und her gegangen zu sein, um nachzusehen, ob es Licht in irgendeinem Fenster gab. Dann waren sie zum Panoramafenster im Keller geschlichen. Jakobsen leuchtete mit der Taschenlampe, während Hakksveen das Thermopenglas aus dem Rahmen schraubte. Er hatte einen Saugnapf dabei, und schließlich hatte sich die Scheibe »leicht wie ein Engel« gelöst. So beschrieb Hakksveen die Begeisterung über eine fachgerechte Arbeit. Sie hatten sich im Kellerzimmer rasch umgeschaut, doch die Freude beschränkte sich auf den neu erworbenen Flachbildschirm und den DVD-Spieler. Hakksveen hatte den Bildschirm genommen und in den Garten hinausgetragen, so wie es die Spurensicherung auch ermittelt hatte. Arvid Jakobsen war hinterhergekommen und hatte den DVD-Spieler am Steinzaun abgelegt. »Ich muss die Wanduhr haben. Großmutter hatte genau die gleiche.« Hakksveen hatte dann unten am Zaun gestanden und gesehen, wie das Licht im Keller eingeschaltet wurde, genau in dem Augenblick, als Jakobsen mit der Uhr in den Händen an der Fensteröffnung stand. Er hörte ein schreckliches Gepolter, und kurze Zeit später kam Jakobsen »wie ein Säugling« den Gartenweg entlanggekrochen. Hakksveen hatte ihn über den Zaun gezogen, er hatte kaum aufrecht stehen können. Hakksveen war völlig erschreckt, dass sich jemand im Gebäude befunden hatte. Er hatte Jakobsen unter den rechten Arm genommen, den Flachbildschirm unter den linken, und so waren sie nach Hause geschwankt. Als sie losliefen, hatte Arvid Jakobsen seine letzten Worte von sich gegeben: »Die Schlampe hat mir vor den Kopf getreten.« Das war also, in aller Einfachheit, Hakksveens Geschichte. Darin blieb der Beschuldigte in größtmöglicher Distanz zu der in dieser Nacht sowohl gegen Arvid Jakobsen als auch gegen Anne Sørli ausgeübten Gewalt. Was Jakobsens Kopfverletzung betraf, so rückte man ihm natürlich näher auf den Pelz. Hatte er Hand an seinen Freund gelegt, weil sie nicht zu einem »leeren Haus« gekommen waren? Hakksveen erwiderte geradeheraus, dass er niemals Hand an Jakobsen gelegt hatte. »Wenn ich so reagiert hätte, dann wäre er schon lange tot.« Da es undenkbar war, dass Anne Sørli jemanden getreten hatte, nachdem sie niedergestochen worden war, und da die gefundenen Blutspuren zu der Verletzung an Jakobsens Hinterkopf durch den Sturz auf die Tischkante passten, sprach viel für Hakksveens Version von Jakobsens Ende. Anne Sørli war also voll bei Kräften gewesen, als Jakobsen fiel und sich den Kopf aufschlug. In diesem Falle war er post mortem freigesprochen.

Die große Frage war natürlich, ob es stimmte, dass Hakksveen sich am Zaun und nicht gleich außerhalb des Kellerzimmers befunden hatte, bewaffnet mit einem großen Messer und bereit, seinen gefallenen Kumpel zu verteidigen.
»In solchen Situationen mit Drogen und womöglich in wilder Panik, kann da nicht alles Mögliche passieren, Hakksveen?«
Es war Knut Moen, der diese Frage aufwarf, und er entschied sich auch, von der Mordwaffe zu berichten. Tore Hakksveen starrte Moen mit blutunterlaufenen Augen an und hüstelte:
»Ein Messer, sagen Sie? Niemand hat davon gesprochen, dass ein Messer benutzt wurde. Ich dachte, sie sei totgeschlagen worden.«
»Ja. Jetzt kann ich ja die Karten auf den Tisch legen. Die Mordwaffe wurde im Ausguss in Ihrem Keller gefunden, voll von Blut.«
»Also, erst mal möchte ich sagen, dass ich ein starker Kerl bin und nicht so leicht den Kopf verliere. Und zweitens …«
Moen legte den Finger auf den Mund und stoppte Hakksveen.
»Sie haben den Kopf verloren, als Sie auf mich losgegangen sind. Das haben Sie selbst zugegeben.«
»Da hab ich mich ganz abscheulich mit Drogen vollgepumpt, wissen Sie. In jener Nacht war ich nicht so.«
Moen wusste durch die gefundenen Fußspuren, dass Hakksveen nur einmal zum Zaun hin und wieder zurück gelaufen war.
»Ich lasse das jetzt mal auf sich beruhen. Die Bemerkung allerdings, Sie gerieten in Stresssituationen nicht in Panik, vergrößert Ihre Glaubwürdigkeit in meinen Augen nicht.«
Hakksveens Augen waren rot, er wirkte erschöpft. Der Schweiß lief ihm herab.
»Ja, schon gut. Auch ich verliere mal den Kopf, und genau deswegen gehe ich nicht mit einem Messer zur Arbeit.«

Moen lächelte in sich hinein. Stromrechnungen und Arbeit, dachte er. Was würde wohl als Nächstes kommen? Er schaute zu Asbjørn Gihle hinüber, der ebenfalls ein paar Lachfältchen erkennen ließ.

»Worüber grinsen Sie so? Über mich? Das ist ein Prinzip bei mir. Niemals mit dem Messer zur Arbeit. Alle, die mich kennen, wissen das. Wenn Sie mein Haus auf den Kopf gestellt haben, dann haben Sie ja auch mein Messer gefunden. Ich hab's abgewaschen, nachdem ich das Reh ausgenommen hatte.«

»Wo lag es?«

»Auf der Arbeitsplatte, zum Henker. Sie wissen doch ganz genau, dass ich nur die Messerscheide am Schenkel hatte, als wir uns das erste Mal trafen. Ich hatte kein Messer im Keller. Von was für 'nem verfluchten Messer reden Sie überhaupt?«

Moen und Gihle sahen einander an. Tore Hakksveens Engagement befand sich auf ansteigender Kurve, und seine Wangen waren rot gefleckt. Moen sah auf die Uhr. Er fragte, ob Hakksveen erschöpft sei, und sagte, er würde verstehen, dass er wegen der Beschuldigung erregt sei, insbesondere wenn sie unberechtigt war.

»Es ist eine unbestreitbare Tatsache, dass die Mordwaffe in Ihrem Keller gefunden wurde. Allerdings war die Tür offen, und jeder hätte hineingehen können, aber Sie begreifen sicher, dass Sie hier ein Problem haben. Soweit wir wissen, könnte es Jakobsen gewesen sein, der das Messer geschwungen und dann dort hingelegt hat. In diesem Fall stecken Sie mit drin.«

Hakksveen legte die Arme auf den Tisch und den Kopf darauf.

»Ich geb's auf. Ich kapiere überhaupt nichts. Es geht völlig über mein Fassungsvermögen. Ich verstehe nur Bahnhof. Mini ist tot, und als er noch lebte, war er völlig harmlos. Mein Messer lag in der Küche. Mein Verteidiger hat mir gesagt, ich solle Ihnen bei der Mordsache helfen, so weit ich nur könne, aber jetzt muss ich das Handtuch werfen. Ich kann ja nicht einfach was erfinden, das zu dieser Geschichte passt.«

# 17

Wind und Regen peitschten gegen die Frontscheibe. Sie fuhren im Dunkeln, auf der langen geraden Strecke zwischen Gjøvik und Lillo. Gihle hatte sich ein wenig nach vorn gelehnt und hielt den Kopf dicht an die Scheibe, so als ob dies die Sicht verbessern würde. Krampfartig hielt er das Steuerrad fest, und die Frontlichter des entgegenkommenden Verkehrs ließen seine zusammengebissenen Zähne erkennen. Moen hatte die Augen halb geschlossen, um die Halogenscheinwerfer aus dem Blickfeld zu verbannen. Ein Lastwagen der Toten Transport AS spritzte im Vorbeifahren eine Wasserfontäne gegen den Wagen, zwei Sekunden lang waren sie ohne Sicht, und als sie über die Mittellinie fuhren, erklang wütendes Gehupe.

»Du meine Güte, wie die Leute fahren.« Asbjørn Gihle schüttelte den Kopf und brachte den Wagen wieder auf Kurs. »Es fängt an, dass ich im Dunkeln schlecht sehe.«

Moen murmelte irgendetwas als Antwort. Er saß da und war halb eingeschlafen. Gihle versuchte, die Konzentration beizubehalten, doch sein Blick ging dauernd zur Seite in Richtung Moen.

»Was hältst du von Hakksveens Aussage?«

»Die war gut.« Moen lächelte in die Dunkelheit. »Ich denke, er war sehr geschickt.« Moen öffnete die Augen und setzte sich auf. »Er hätte es nicht besser machen können, um der Mordanklage zu entgehen.«

»Glaubst du ihm?«

»Ich habe noch kein abschließendes Urteil. Der Computer

verarbeitet die Eindrücke«, sagte Moen und legte den Zeigefinger an die Stirn. »Was meinst du denn?«
»Die Fakten stimmten ja gut überein.«
»Ja, man könnte fast meinen, dass er unsere Berichte gelesen hat.« Moen lächelte. »Doch so gute Verbindungen hat Mister Hakksveen wohl kaum. Kennst du eigentlich den Verteidiger?«
Gihle starrte gebannt vor sich hin. Auf der gegenüberliegenden Fahrbahn hatte sich eine lange Lichterschlange gebildet.
»Er ist tüchtig und rechtschaffen.«
Moen schnitt eine Grimasse und dachte an die Verteidiger, die er in seiner Laufbahn getroffen hatte. Viele waren tüchtig.
»Es gibt auch kaum Leute, die den Zeitungen was erzählt haben«, sagte Gihle. »Ich glaube, sie halten dicht, hier in unserem Bauernland.«
»Na, es gibt bestimmt jemanden, der hier rumläuft und mit 'nem Tausender winkt. Das wirst du schon noch merken«, murmelte Moen, als Gihle am Kreisverkehr von Lillo abbremste und nach rechts Richtung Lena abbog. Einige Minuten später stoppte Gihle den Wagen vor seinem Einfamilienhaus. Alle Fenster waren dunkel. Moen ging zu seinem Wagen. Gihle sagte:
»Komm mit rein und iss was. Mein Bruder kommt bald vorbei.«
Moen schaute auf die Uhr.
»Ich bestehe drauf.«

Der Küchentisch war rund, und die drei Herren saßen mit den Köpfen über die Mahlzeit gebeugt. Das Gericht des Tages bestand aus Toros Jägertopf mit Elchhackfleisch, und die Mahlzeit war vom Lensmann höchstpersönlich aufgewärmt worden, da sich die Frau Gemahlin mit Freundinnen auf Lanzarote

befand, wenn die Männer die Herbstjagd packte. Harald Gihle war ungekämmt und trug ein ausgewaschenes Flanellhemd. Eine leichte Wolke von Kuhstall hing über ihm.
Fast am Ende der zweiten Portion hob Asbjørn Gihle den Kopf.
»Harald hat mir eine Geschichte über Schlüssel erzählt. Kannst du sie für Knut wiederholen?«
Harald Gihle wischte sich mit dem Handrücken über den Mund und schob den leeren Teller in die Mitte des Tisches.
Er zog ein Päckchen Tabak hervor, doch Moen bot Filterzigaretten an. Asbjørn Gihle streckte den Arm aus und bekam auch eine. Er steckte sie an, holte einen großen Aschenbecher aus dem Küchenschrank und stellte ihn auf den Tisch.
Der Lichtkegel über ihren Köpfen füllte sich mit Rauch, und der Regen hämmerte gegen das Küchenfenster. Die drei Männer genossen für einen Augenblick das stille Wohlbefinden.
»Kjell Mannsåker hat ein besonderes Verhältnis zu Schlüsseln. Erzähl mal, Harald.«
»Sie wissen doch, dass ich seit vierzehn Tagen meine Schlüssel vermisse.« Harald Gihle wandte sich an Moen. »In der Regel kommen die Schlüssel in Store Lundby nach ein oder zwei Tagen wieder zum Vorschein, und oft ist es Mannsåker, der sie auf den Tisch knallt und einen mit seinem Blick durchbohrt.« Harald Gihle faltete die Hände und legte sie auf die Tischkante. Er sah Moen fragend an, der seinen Blick ebenso fragend erwiderte. Der Bruder des Lensmanns lächelte verlegen. »Ich sehe schon, dass Sie nicht verstehen. Kennen Sie nicht den alten Witz aus der Psychiatrie? Woran erkennt man den Unterschied zwischen den Insassen und den Angestellten? Die Antwort lautet: Diejenigen mit den Schlüsseln sind die Angestellten.« Harald Gihle machte eine Kunstpause.
»Wie dem auch sei: Kjell Mannsåker hat ein besonderes Ver-

hältnis zu Schlüsseln. Sieht er die Schlüssel eines Angestellten irgendwo in einem unbewachten Moment herumliegen, schnappt er sie sich und lässt den Sünder ein oder zwei Tage im eigenen Saft schmoren, und dann kommt die Stunde der Abrechnung. Hinterher fühlt man sich vollkommen erniedrigt, und das ist wohl auch die Absicht.«

Harald Gihles Ansprache versickerte, und er sah verlegen zu seinem Bruder. Dann sagte Moen: »Und diesmal ist es nicht passiert?«

»Nein.«

»Wie macht Kjell Mannsåker das?«

»Macht was?«

»Die Schlüssel zurückgeben.«

»Hab ich ja gesagt. Er legt sie auf den Tisch.« Harald Gihle blickte desorientiert zu dem Mann, der ihn hier vernahm.

»Unter vier Augen oder mit Publikum?«

Harald Gihle lächelte erleichtert.

»Mit Publikum natürlich.«

Knut Moen schnitt eine Grimasse und blickte Asbjørn Gihle ernst an, bevor er sich wieder an den Bruder wandte.

»Sie mögen Kjell Mannsåker nicht. Das sehe ich Ihnen an, und jetzt hat er den Job Ihrer Frau übernommen.«

Harald Gihle war wie vor den Kopf geschlagen und Asbjørn Gihle war völlig außer sich. Moen wurde klar, dass er viel zu aggressiv reagiert hatte. In jüngeren Jahren hatte er geglaubt, sein Vorrat an Geduld sei unerschöpflich, doch nun musste er einsehen, dass dies ein jugendlicher Irrtum gewesen war.

»Es ist meine Schuld«, sagte Asbjørn Gihle. »Ich habe ihn gebeten, zu erzählen.«

Harald Gihle beruhigte sich.

»Sie müssen mir gestatten, mich etwas zu verteidigen. Es stimmt, was Sie sagen. Ich mag Kjell Mannsåker nicht sonderlich, aber es ist nicht seine Schuld, dass Sissel sich von ihrem Job zurückzieht. Ich werfe es ihm nicht vor, aber als Asbjørn mir erzählte, dass jemand mit Schlüsseln eingebrochen ist, fiel mir das Ganze hier ein.«

Asbjørn Gihle verbarg beinahe sein Gesicht in den Händen.

»Ja, ja, Knut. Jetzt ist es rausgekommen. Ich habe ein bisschen mit Svein Solvold geredet. Ihn beschäftigt es auch. Ich meine: Denk doch mal nach! Es ist ja nicht so einfach, die Polizeiabsperrungen an einem Tatort zu überwinden.« Er zuckte mit den Schultern. »Und dann hab ich Harald ein bisschen ausgehorcht. Er kennt ja die meisten vom Personal ganz gut. Ich fragte ihn ganz unschuldig, wer seiner Meinung nach ein Typ dafür sei, wenn etwas Derartiges passiert wäre. Tja, und dann hat er diese Geschichte erzählt.«

»Ich werde dann mal aufbrechen«, sagte Harald Gihle und stand auf.

»Warten Sie einen Moment«, erwiderte Moen. »Vielleicht haben Sie auch eine Meinung zu den anderen Männern in Lillebo, wenn wir davon ausgehen, dass es ein Mann war. Was halten Sie von Reidar Olsby? Könnte der ein Typ für so etwas sein?«

Harald Gihle setzte sich wieder. Er lächelte verlegen.

»Reidar ist nicht auf den Kopf gefallen.«

»Sie mögen ihn also?«

Harald Gihle sah Moen vorsichtig an.

»Ich muss zugeben, dass ich Reidar gut leiden kann. Er ist ein prima Kerl und kommt gut mit den Jugendlichen zurecht. Vielleicht liegt das daran, dass er so viel Erfahrung hat. Wenngleich er ziemlich halsstarrig sein kann. Wenn er sauer wird, ist er wie ein Dachs. Er beißt zu, bis er es knacken hört. Und mit Mannsåker hat er so manches Hühnchen zu rupfen. Es herrscht fast totaler Krieg beim Personal in Lillebo.«

»Und worum geht es bei dieser mangelnden Übereinstimmung?«
»Es geht um Per Erik. Es ist oft so, dass auffällige Jugendliche das Personal spalten. Für den Jungen ist Reidar der weiße Ritter, während Mannsåker Per Erik loswerden will.« Harald Gihle zündete sich eine Selbstgedrehte an und stieß den Rauch mit einem tiefen Seufzer aus. »Ich habe den deutlichen Eindruck, dass Reidar Kjell fertigmachen will, koste es, was es wolle.«
»Wie geht Mannsåker mit der Situation um?«
»Er ist so 'n Teflontyp. Er lächelt ein bisschen und lässt Reidar toben, aber er hat bestimmt einen Plan. Bis jetzt habe ich noch nicht erlebt, dass Kjell Mannsåker nicht alles so hinbekommt, wie er es will, aber dasselbe kann man vielleicht auch über Reidar Olsby sagen. Da haben Sie das ganze Problem in Kurzfassung.«
»Und die anderen?«
»Der neue, dieser Musiker, den kenne ich nicht. Und Bernhard, die Nachtwache, der schert sich einen feuchten Dreck um das, was bei seiner Arbeit vorgeht. Und dann gibt es noch Hans Andreassen, der auf dem Hof wohnt. Er ist für seine Arbeit völlig unbrauchbar, aber aus irgendeinem Grund hält Mannsåker seine schützende Hand über ihn. Kjell führt ansonsten ein strenges Regiment und duldet keinen Schlendrian. – Nein, jetzt muss ich aber wirklich gehen«, sagte er und stand auf. Dann drehte er sich zu Moen um. »Ich schätze mal, er spioniert die anderen aus. Er würde sich bestimmt in die Hose machen, wenn er irgendwo einbrechen sollte.«
Knut Moen und Asbjørn Gihle blieben in der Küche zurück. Sie saßen bequem zurückgelehnt auf ihren Stühlen und sahen sich an. Moen schimpfte seinen Freund aus, weil er die Ermittlungen mit seinem Bruder erörtert hatte.

»Ich kann nichts dafür, ich kriege diesen Einbruch einfach nicht aus dem Schädel«, sagte Asbjørn Gihle entschuldigend. »Ich habe zwei Leute in Untersuchungshaft, die wegen Mordes und eventueller Beihilfe verdächtigt werden. Wir sollten uns jetzt erstmal nur darauf konzentrieren. Oder hast du irgendeinen Beleg dafür, dass es einen Zusammenhang zwischen der Ermordung Anne Sørlis und diesem Arbeitskonflikt gibt? Solche Auseinandersetzungen am Arbeitsplatz gibt es zu Tausenden. Manche Leute gehen dabei zwar psychisch kaputt, aber es führt nicht zu Mord. Wenn es so wäre, gäbe es keinen Platz mehr auf dem Friedhof, und wozu um alles in der Welt musst du deinem Bruder irgendwelche Fakten verraten?«
»Harald kann man leicht unterschätzen. Er war in Store und Lille Lundby so eine Art Pächter. Er hätte Land in Store Lundby kaufen können, sah darin aber keine Zukunft. Sein Sohn ist früh von zu Hause abgehauen, weil er die Sauferei seiner Mutter nicht ertragen konnte. Er hat eine gute Ausbildung und reist durch die Weltgeschichte, und Harald hat Angst, dass er den Hof nicht übernehmen will. Aber eins kann man Harald nicht abstreiten. Er ist ein Menschenkenner. Ich habe oft erlebt, dass Harald einen Grund hatte, wenn er auf irgendwas reagierte.« Moen sah Gihle finster an, der seine Ansprache für einen Moment unterbrach. »Sollen wir den Einbruch jetzt völlig auf Eis legen?«
»Svein Solvold kümmert sich darum. Wir müssen mit Hakksveen und Per Erik Henriksen weitermachen.«
»Wann wirst du dir den Jungen endlich vorknöpfen?«
»Wenn die Zeit reif ist.«
Asbjørn Gihle lächelte.
»Tut mir leid, Knut. Ich sehe, du bist erschöpft und gereizt.« In der Tür stehend sagte er: »Ich hab ja vorher noch nie mit dir zusammengearbeitet, aber heute ist es mir aufgefallen und ich

habe schon früher darüber nachgedacht. Die Menschen vertrauen dir so leicht. Ich hab's bei Hakksveen gesehen. Er sieht dich tatsächlich als seinen Retter und nicht als jemanden, der ihn in den Knast bringen kann.«

## 18

Moen saß mit einer Dose Bier und einer halben Flasche Gammel Oppland in seinem Pensionszimmer. Eine Seltenheit, dass er sich etwas gönnte: ein wenig Privatleben. Bei zweihundert Reisetagen im Jahr konnte man nicht sonderlich viel von Privatleben reden. Das Leben anderer, oder deren Tod, war einfach wichtiger geworden. Zu Hause saß eine Partnerin, die weniger und weniger Begeisterung zeigte, wenn er sich dort ein seltenes Mal blicken ließ. Wie so viele andere Männer seiner Generation sprach er nie mit jemandem darüber.

Er nahm einen Schluck aus der Bierdose, kippte einen Schnaps in sich hinein und ließ die Gedanken um Asbjørn Gihles Abschiedsworte kreisen. Es war ganz richtig. Den Menschen fiel es leicht, sich Knut Moen anzuvertrauen, dem Kommissar aus der Zentrale der Kriminalpolizei. Lange Jahre hatte er diese Tatsache einfach als selbstverständlich betrachtet, eine Folge der Aura, die einen Mann umgibt, dessen Aufgabe die Aufklärung von Kapitalverbrechen war. Nach einer Weile hatte er bemerkt, dass er, infolge dieser Eigenschaft, innerhalb der Abteilung eine besondere Stellung einnahm. Niemand wollte es beim Namen nennen. Das wäre in seinem Koordinatensystem genauso gewesen, als ob man einräumte, die Menschen unterschiedlich zu behandeln, und das tat man nicht gern. Doch im Lauf der Jahre wurde ihm klar, dass es da etwas Besonderes an diesem Vertrauen gab, das man ihm entgegenbrachte. Sowohl Mörder als auch Frauen im Café erzählten ihm ihre Geschichten, so als ob sie das Gefühl hatten, ihm alles Mögliche

erzählen zu können, ohne dass er seinen Respekt oder seine Besonnenheit verlieren würde.
Viele Jahre bemühte er sich auch darum, dass es dabei blieb, doch nach und nach erlebte Knut Moen dieses Vertrauen als etwas geradezu Paradoxes. Wenn er zum Kern seiner Kompetenz vorstieß, so beruhte diese auf seiner Beschäftigung und Erfahrung mit schweren und unschuldigen Lügen, Verfälschungen, Verdrehungen, Verschweigen, Halbwahrheiten, Rechtfertigungen, Schönfärberei, Possenreißerei, dem Abschieben von Verantwortung und der Verlagerung von Erinnerungen – um nur einige zu nennen. In seinem Beruf hatte sich außerdem das Misstrauen gegenüber allem verstärkt, was die Leute sagten oder meinten, während ihr Vertrauen zu ihm nicht schwächer wurde.
Knut Moen war daher der Ansicht, dass dieses einzigartige Vertrauensverhältnis zwischen ihm und seinen Mitmenschen auf einem perfekten Missverständnis beruhte; kurz und gut, er erfuhr die Kluft zwischen den Reaktionen der Umgebung und seinem eigenen Lebensgefühl wie einen Abgrund.
In den letzten Jahren war es zudem auch immer schwieriger geworden, diese etwas zwielichtige Kompetenz abzulegen, wenn er das Vernehmungszimmer verließ. Unversehens tauchte sie während eines Gesprächs mit Beamten, externen Beratern oder Presseleuten auf, ja sogar im Verhältnis zum anderen Geschlecht. Knut Moen hielt gar nicht viel von dieser Entwicklung und hatte im Stillen Angst davor, an einer Berufskrankheit zu leiden. Es lief ihm kalt den Rücken herunter, wenn er an die peinliche Episode bei Asbjørn Gihle dachte, doch er schob sie von sich weg und wandte seine Aufmerksamkeit der Sache zu, die auf ihn wartete. Bis zum heutigen Tag war es niemandem gelungen, ihn von der Überzeugung abzubringen, dass er eine äußerst wichtige Aufgabe für die

Gesellschaft leistete. Diese Einstellung hatte Moen bereits, als er mit seinem Berufsleben begann, doch dieses Mal wusste er nicht, was sie ihn kosten würde.

Eine Stunde später spuckte der Computer die Antwort in Bezug auf Tore Hakksveen aus. Moen goss sich einen letzten Schnaps ein und kam zu folgendem Schluss: Nicht ein Tropfen von Anne Sørlis Blut war auf der Kleidung von Hakksveen und Jakobsen zu finden. Ihre Fingerabdrücke waren überall am Tatort und am Diebesgut gefunden worden, doch nicht an der Mordwaffe. Knut Moen hatte sich mit unzähligen Mordfällen beschäftigt, die aufgrund von Unstimmigkeiten und anderen Ursachen begangen worden waren, welche noch weitaus unverständlicher als eine unbezahlte Stromrechnung wirkten, doch immer gab es eine gewisse Übereinstimmung zwischen den technischen Fundstücken und den ursächlichen Zusammenhängen an einem Tatort, an dem sich niemand um das Verwischen von Spuren gekümmert hatte.

Er schloss die Augen und sah Tore Hakksveen im Vernehmungsraum sitzen. Ein mieser Rowdy, vollkommen gleichgültig gegenüber sich selbst und anderen. Verheiratet mit dem Rausch. Die Tage verbrachte er damit, Geld für das Notwendigste zu beschaffen, doch in erster Linie für den Rausch. Er war mitten in der Nacht hinausgegangen, um sich Geld für die Stromrechnung zu besorgen, und ja, Moen hatte erlebt, dass Leute für weitaus weniger umgebracht wurden, doch jetzt war es einfach nur so, dass die Augen des perfekten Täters Moen anflehten und baten: »Bitte, rette mich aus dieser Lage. Ich weiß von nichts.«

Hakksveen hatte sein Schicksal vertrauensvoll in Moens Hände gelegt, und Knut Moen, der verhärtete Skeptiker, stellte fest, dass er Tore Hakksveen im tiefsten Herzen glaubte.

## 19

In einem Vernehmungsraum der Dienststelle saßen Knut Moen und Jenny Kammerstuen. An der anderen Seite des Tisches saß Per Erik Henriksen und kratzte sich die verkrusteten Wunden an der rechten Hand. Der Lehrer, Stein Hovelsrud, starrte nach draußen, wo der Wind vor dem Fenster das Laub der Hängebirke zerrupfte. Die Staatsanwaltschaft hatte aus Angst vor »Publikum«, das heißt der Presse, verlangt, dass der Verteidiger während der Verhöre anwesend sein sollte. Er traf schließlich ein, atemlos, und entschuldigte seine Verspätung mit Parkproblemen. Gleich draußen gab es einen riesigen Parkplatz.

Moen nickte Jenny Kammerstuen zu, die das Aufnahmegerät in Gang setzte. Sie verlas Zeit und Ort und zählte die Anwesenden auf. Knut Moen lehnte sich nach vorn und nahm mit Per Erik Henriksen Blickkontakt auf.

»Du bist fünf Mal zu der Frage verhört worden, was in der Nacht zum fünften Oktober in der Abteilung von Lillebo passiert ist, wo du zu diesem Zeitpunkt gewohnt hast. In deiner Aussage übernimmst du die Schuld für den Mord an der Nachtwache Anne Sørli. Hat dir dein Verteidiger die Tragweite erklärt, mit der dieses Geständnis verbunden ist? Es geht möglicherweise um jahrelange Haft.«

»Ich weiß.« Per Erik Henriksen drehte sich zu seinem Verteidiger um, einem recht jungen Mann, und lächelte triumphierend. »Aber ich habe keine Angst davor, ins Gefängnis zu kommen.«

Der Verteidiger zog die Augenbrauen hoch und schielte etwas erschöpft hinüber zu Vormund Hovelsrud, der nur eine Grimasse zog.

»Die Staatsanwaltschaft hat eine rechtspsychiatrische Voruntersuchung angeordnet, und das Resultat ist, dass du weder jetzt psychotisch oder unzurechnungsfähig bist noch vor, während oder nach der Nacht, in der Anne Sørli getötet wurde, warst, aber infolge deiner Diagnose, ADHD, über keinerlei Impulskontrolle verfügst.« Moen lächelte und fuhr fort: »Dein IQ liegt knapp unterhalb dem des Mensaklubs. Gratuliere!«

Per Erik sah Moen erstaunt an und kratzte weiter an seinen verkrusteten Wunden. Sie fingen wieder zu bluten an, und Jenny Kammerstuen reichte ihm ein Stück von der Küchenrolle, die auf dem Tisch stand.

»Sie haben auch gesagt, du habest eine recht lebhafte, wenngleich etwas seltsame Fantasie, aber sie haben es so eingeschätzt, dass du wahrscheinlich über eine annähernd normale Erinnerung an das verfügst, was in der Nacht geschehen ist. Würdest du dem zustimmen?«

»Ja. Ich kann mich daran erinnern, was passiert ist.«

»Teilen der Vormund und der Verteidiger diese Einschätzung?«

Hovelsrud und der Verteidiger machten ein zustimmendes Zeichen.

»Aber nicht in Bezug auf das Geständnis«, erwiderte Hovelsrud.

»Darauf kommen wir noch zurück. Du hast also fünf Mal gleichlautende Erklärungen abgegeben. Das Problem dabei ist, dass deine Erklärung nicht mit einigen Gegenständen in Übereinstimmung zu bringen ist, die die Polizei am Tatort beziehungsweise in der Nähe gefunden hat.« Moen hielt inne und sah Per Erik Henriksen an.

»Ich betrachte deine ganze Aussage als falsch. Jedes Mal wiederholst du sie genau gleich, wie auswendig gelernt. Das ist mit Sicherheit ein Zeichen dafür, dass du lügst. Stimmt die Verteidigung dem zu?«

Der Verteidiger lächelte breit.

»Die Verteidigung schließt sich zu diesem Zeitpunkt der Einschätzung der Polizei hundertprozentig an.«

Moen lächelte ebenfalls, machte dann aber wieder ein ernstes Gesicht.

»Hat dir dein Verteidiger geraten, wie du dich in diesen Verhören verhalten sollst?«

Per Erik sah verträumt auf seine blutenden Knöchel und trocknete sie an seinem ausgeblichenen Collegepulli ab.

»Bist du noch da, Per Erik?«

Der Junge sah wieder auf.

»Ja doch.«

Moen wartete.

»Er hat gesagt, ich soll erzählen, was passiert ist.«

»Hast du ihm erzählt, was passiert ist?«

»Ja, aber er glaubt mir nicht.«

»Dann versuchen wir es noch mal.«

»Soll ich etwa die ganze Geschichte noch einmal erzählen?«

»Nein, jetzt werde ich dich zu ein paar anderen Dingen befragen. Es geht um Dinge, die wir unter anderem in deinem Zimmer gefunden haben.«

Moen öffnete den kleinen Aluminiumkoffer, der neben ihm auf dem Tisch lag, und zog eine Plastiktüte mit Tabletten hervor.

»Diese Tüte beinhaltet eine verbotene Drogensubstanz, die Amphetamin heißt. Weißt du, wo wir diese Tabletten gefunden haben?«

Per Erik starrte auf die Tüte.

»In meinem Zimmer?«
»Wo im Zimmer?«
»In meinem Schrank?«
»Wo im Schrank?«
»Zweites Fach von oben. Bei den Unterhosen?«
»Korrekt. Nun scheint es sich so langsam mit dem zu decken, was wir gesehen haben. Wollen wir uns weiter damit beschäftigen?«
Per Erik lächelte verlegen.
»Es gab noch ein paar Gegenstände in diesem Schrank, die nach den Regeln des Heims ebenfalls nicht dort hätten sein dürfen. Was glaubst du, worauf ich anspiele?«
Per Erik schwieg und versteckte die Hände unter der Tischplatte.
»Ich hatte da ein Handy und ein Messer.«
Moen nahm das Telefon und das kleine Küchenmesser und legte beides neben die Tabletten.
»War das alles? Denk gut nach.«
Per Erik sah Moen fragend an und schüttelte den Kopf.
»Ich hatte da was zu essen, aber das ist ja wohl nicht verboten?«
»Ich frage dich nochmals: Hast du noch etwas anderes in dem Schrank aufbewahrt, etwas, das dir nicht gehörte?«
»Ich hab keine Ahnung, was Sie meinen. Geht es um das Pornoheft?«
Moen schloss den Aktenkoffer. Der Junge hatte nichts von den Schlüsseln gesagt, die auf dem Schrankboden gefunden worden waren.
»Genug davon. Kannst du etwas über die drei Dinge erzählen, die hier auf dem Tisch liegen? Zunächst die Tabletten. Wo kommen die her?«
Per Erik wand sich auf seinem Stuhl.

»Das will ich nicht sagen.«
»Es ist dein gutes Recht, nichts zu sagen. Ich deute das dahingehend, dass du bezüglich deiner Verbindungen hier nicht den Polizeihund machen willst. Gehe ich recht in dieser Annahme?«
Per Erik nickte.
»Dann werde ich mal meine Karten auf den Tisch legen, jetzt, da ich einen gewissen Willen zur Zusammenarbeit erahne. In einem Haus circa siebenhundert Meter von der Abteilung Lillebo entfernt fand die Polizei am Morgen nach dem Mord eine große Menge derselben Tabletten. Der Hauseigentümer, Tore Hakksveen, sitzt in Gjøvik in Untersuchungshaft. Die Schrauben des Fensters sowie der Schraubenzieher, der bei dem Einbruch verwendet wurde, fanden sich in Tore Hakksveens Taschen. Am Tag vor dem Mord wurde das Handy, das hier vor uns auf dem Tisch liegt, einem Rentner in Lena gestohlen. Darauf gibt es drei verschiedene Fingerabdrücke, vom Besitzer, von dir und von einer Person namens Arvid Jakobsen, der tot im Haus von Hakksveen gefunden wurde. Die Anrufliste zeigt, dass Arvid Jakobsen von diesem Telefon aus drei Mal angerufen wurde. Das letzte Mal kurz vor dem Mord. Wir interpretieren das so, dass du vor und während des Einbruchs und der Ermordung von Anne Sørli mit Tore Hakksveen und Arvid Jakobsen in Verbindung gestanden hast. Du bist also in ein sehr schweres Verbrechen verwickelt, dem schwersten, das das Gesetz kennt.«
Moen öffnete den Aktenkoffer wieder und legte die Gegenstände zurück. Dann klappte er den Koffer zu, verschloss ihn und stellte ihn zurück auf den Fußboden.
»Es gibt also keinen Grund für dich, Tore Hakksveen und Arvid Jakobsen, auch Mini genannt, zu decken. Arvid Jakobsen starb an einer Kopfverletzung, offenbar ein Sturz gegen eine

scharfe Kante, in Verbindung mit dem Einbruch. Tore Hakksveen ist ein abgebrühter Gewohnheitsverbrecher. Er sitzt jetzt in Untersuchungshaft und wird einiger Straftaten beschuldigt. Er wird auch des Mordes an Anne Sørli beziehungsweise der Mitwirkung daran verdächtigt. Verstehst du?«

Per Erik nickte, sah aber abwesend aus. Er starrte auf die Tischplatte. Moen sah abwechselnd zum Vormund und zum Verteidiger.

»Jetzt, wo du das weißt, rückt das deine bisherige Aussage vielleicht in ein anderes Licht. Möchtest du dich mit deinem Vormund und deinem Verteidiger beraten?«

Per Erik Henriksen sah Knut Moen eine Weile fragend an. Dann begann er zu erzählen. Er und Arvid Jakobsen hatten verabredet, sich am Tag des Einbruchs in der Mittagspause zu treffen. Reidar Olsby fuhr zur Baustelle und Hovelsrud vergaß, dass er in der Mittagspause seinen Schüler beaufsichtigen sollte. Deshalb konnte Per Erik ungestört hinunter in den Garten von Lillebo gelangen, wo er Arvid Jakobsen traf, der ein paar Wochen zuvor im Garten von Lillebo aufgetaucht und zu seinem Kumpel geworden war. »Mini« gab ihm ein Handy, zwar ohne Ladegerät, doch mit ausreichendem Akku für den Plan, den sie ausgeheckt hatten. Per Erik sagte, dass Jakobsen dann später den Flachbildschirm und den DVD-Spieler abholen sollte. Er hatte keinerlei Kenntnis von Tore Hakksveen, war ihm nie begegnet und auch niemals in seinem Haus gewesen.

Auf die Frage, was für ein Motiv Per Erik denn für eine Aktion gegen das Internat hatte, wiederholte er, dass es aus Rache geschehen sei, weil sie ihn hinauswerfen wollten. Auf weitere Nachfragen von Jenny Kammerstuen räumte er auch ein gewisses finanzielles Motiv ein. Die Beute aus Lillebo sollte

nämlich die Bezahlung für einige Tabletten sein, die er von »Mini« Jakobsen bekommen hatte; genau die Tabletten, die man in seinem Schrank gefunden hatte.
Der Rest des Tages sei so verlaufen, wie Reidar Olsby es angegeben hatte. Mittagessen, Unterricht, Computerspiele und DVD-Film bis zweiundzwanzig Uhr. Moen bemerkte einen Unterschied zwischen den Zeitangaben von Olsby und denen des Jungen. Per Erik meinte, dass Olsby über eine Stunde mit Anne Sørli im Wachraum gewesen war; Olsby selbst hatte von zwanzig Minuten gesprochen. Laut Per Erik war es kurz nach vierundzwanzig Uhr, als jemand seine Zimmertür aufschloss. Er glaubte, es war Olsby, denn kurz darauf habe der Sozialarbeiter die Außentür abgeschlossen, sei zu seinem Auto gegangen und weggefahren. Per Erik wartete zehn bis fünfzehn Minuten, schlich auf Socken hinaus auf den Gang und sah durch das Verbundfenster der Tür zum Wachraum, dass Anne Sørli das Licht ausgemacht hatte.
Per Erik rief Arvid Jakobsen an, und dann musste er nur warten. Er stellte sich als Wachposten oben auf die Kellertreppe. Dort konnte er schwach die Geräusche des Einbruchs vernehmen, doch im Wachraum gab es keine Reaktion, bis dann jemand unten im Keller irgendetwas umgestoßen hatte. Per Erik dachte, es handelte sich um das Couronne-Spiel, das am Fenster stand. Daraufhin wurde das Licht im Wachraum angeschaltet, Anne Sørli kam heraus und entdeckte Per Erik. Erst dachte sie, er habe die Geräusche verursacht, doch dann spitzte sie die Ohren und blickte die Kellertreppe hinab. Anne Sørli packte ihn am Kragen, führte ihn in sein Zimmer und schloss die Tür ab. So saß er in seinem Zimmer und hörte Gepolter und eine schreckliche Zankerei. Dann wurde es still, aber er wusste nicht genau, wie lange. Plötzlich hörte er einen Schrei, der in ein Stöhnen überging. Noch lange danach habe

sie vor Schmerzen gejammert. Per Erik war es wie eine Ewigkeit vorgekommen.

Der Junge war jetzt aschfahl im Gesicht. Er zitterte am ganzen Körper, und seine Hände zuckten unkontrolliert, doch er holte tief Luft und es gelang ihm einigermaßen, fortzufahren. Per Erik glaubte, es war ein Uhr, als das geschehen war. Lange Zeit saß er wie gelähmt in seinem Zimmer, döste ein und wachte dann wieder auf, da er fror und am ganzen Körper zitterte. Er sah Moen nicht ein einziges Mal an, während er erzählte. Als Jenny Kammerstuen versuchte, etwas zu äußern, erhob Moen einen warnenden Zeigefinger, ohne den Blick von dem jungen Henriksen abzuwenden. Per Erik Henriksen war von seinem eigenen Bericht wie hypnotisiert und ließ die unmittelbare Umgebung überhaupt nicht auf sich einwirken.

Er hatte dann das Fenster geöffnet und sich auf den Boden heruntergelassen. Gleich hatte er Angst bekommen und versucht, wieder hereinzugelangen, schaffte es aber nicht. Der Mond schien, und seine Augen gewöhnten sich an die Dunkelheit. Er ging zur Hausecke und lauschte, doch in der Nacht war nicht ein Laut zu hören, und er ging vorsichtig die Schräge zum Sockel des Hauses hinunter. Da war Licht im Kellerraum. Er zwängte sich durchs Fenster, und dann entdeckte er Anne Sørli.

Per Erik Henriksen schlug die Hände vors Gesicht und brach in Tränen aus. Sein ganzer Körper zitterte unkontrolliert.

»Es ist meine Schuld, dass sie tot ist! Es ist meine Schuld. Verstehen Sie jetzt?«

Moen gab Jenny Kammerstuen ein Zeichen, dass sie das Aufnahmegerät abstellen sollte.

»Wir hören für heute auf.« Er sah aus dem Fenster hinaus. Der Regen hatte nachgelassen, war jedoch von Nebel abgelöst worden. Per Erik Henriksen schluchzte. Stein Hovelsrud stand auf und legte Per Erik die Hände auf die Schultern, doch der schlug sie weg. Eine Minute später beruhigte er sich, so als ob ihm der Gefühlsausbruch gutgetan habe. Die Arme lagen auf dem Tisch, doch er hob den Kopf und sah Moen mit tränenfeuchten Augen an.

»Kann ich mich etwas waschen?« Seine Stimme brach. Er warf einen Blick zum Waschbecken an der Tür.

Moen sagte: »Bitte sehr.« Per Erik ging zum Waschbecken, drehte den Hahn auf und ließ das Wasser fließen. Er trank ein bisschen, schüttete sich Wasser ins Gesicht und trocknete sich lange und gründlich ab. Ein kleines Lächeln huschte über sein Gesicht. Er packte die Türklinke, öffnete die Tür, und im nächsten Augenblick schlüpfte er hinaus.

Moen war als Erster auf den Beinen und stürzte dem Jungen so gut es ging hinterher. Odd Sørli öffnete weiter unten im Flur eine Tür und sah Moen fragend an, während er vorbeiraste. Moen rief: »Komm!« Er hörte ein Gepolter hinter sich. Es war Jenny Kammerstuen, die wach geworden war. Sie rasten zusammen zum Ausgang, doch bereits auf dem Weg die altersschwache Treppe hinunter überkamen Moen bange Ahnungen, als er den Rücken des Jungen zwischen den Kunden des Kiwi-Supermarktes verschwinden sah. Als sie auf die Straße kamen, war Per Erik nicht mehr zu sehen. Der Nebel hatte die Sicht auf zehn Meter reduziert, und Moen bat die Polizisten, in verschiedene Richtungen zu laufen. Er selbst blieb stehen und lauschte, doch hörte natürlich nur die Stiefel von Sørli und Kammerstuen auf dem Weg herumtrampeln. Er schob die Hände in die Taschen seiner Militärjacke und starrte in den Nebel hinaus. Zwei Autoscheinwerfer teilten den Nebel, ein Auto hielt an und Asbjørn Gihle und Svein Solvold stiegen aus.

# 20

Eine Stunde später fuhren Streifenwagen aus Gjøvik und Lena von der Dienststelle des Lensmanns los. Moen konnte sich die hoffnungslose Aufgabe, die auf sie wartete, lebhaft vorstellen. Jede Einheit hatte ihre klar umrissene Aufgabe: alle Verkehrsverbindungen nach Oslo überprüfen. Asbjørn Gihle schickte ein Bild und eine Suchmeldung an die Osloer Polizei für den Fall, dass Per Erik am Hauptbahnhof oder am Busterminal an der Galleri Oslo auftauchte. Die Wahrscheinlichkeit hierfür war allerdings nicht sonderlich hoch, da Per Erik Henriksen ohne einen einzigen roten Heller verschwunden war. Die Alternative war, dass er bei irgendwelchen Bekannten unterzuschlüpfen versuchte. Moen schüttelte sich bei dem Gedanken an den Ärmsten, der mit ausgewaschenem Baumwollpullover und zerrissenen Stoffschuhen im Nebel herumtorkelte. Er wandte sich an Svein Solvold.

»Jetzt werden wir ja sehen, aus welchem Holz der Junge geschnitzt ist. Wenn etwas in ihm steckt, dann taucht er in Oslo am Bahnhof auf. Wenn er nur ein armes Würstchen ist, läuft er zu Stein Hovelsrud oder Reidar Olsby.«

Solvold hatte sich zurückgelehnt und fuhr sich mit den Fingern durch das schwarze Haar, das – ungewöhnlich für ihn – durcheinandergeraten war. Er richtete sich auf, stemmte die Ellbogen auf den Tisch und stützte das Kinn in seinen Händen ab.

»Was glauben Sie?«

»Ich hab's mir abgewöhnt, irgendwas zu glauben. Die Antwort ergibt sich in der Regel von allein.«

»Sie haben mit dem Jungen geredet und sich eine Meinung gebildet, nicht ich. Ich bin sicher, dass Sie bestimmt auf die eine oder andere Alternative wetten würden.«

Moen zog die Augenbrauen in die Höhe.

»Sie sind ja ganz schön engagiert. Kann ich einen Tipp für eine Stadt oder ein Dorf abgeben oder wollen Sie ganz genau wissen, wo er auftaucht?«

»Am liebsten das Letzte.«

»Keine Ahnung, aber ich schätze, er taucht in der Nähe auf und wahrscheinlich bald, aber ich lasse mich gerne überraschen. Haben Sie nicht gesagt, Sie würden glauben, dass Tore Hakksveen die Wahrheit sagt, und hat Asbjørn nicht widerwillig eingeräumt, dass da was dran sein könnte? Aber wer ist dann der Mörder? Wir können diese Verschwindenummer nicht auf die leichte Schulter nehmen. Niemand, der dabei war, kann sich dafür einen Orden anheften. Wenn etwas Schlimmes passiert, sitzen wir in der Klemme. So was ist mir in meiner ganzen Laufbahn noch nicht passiert. Ich war kurz davor, Jenny Gardinen für seine Zelle nähen zu lassen, und dann gleitet er uns innerhalb von zwei Sekunden aus den Händen. Vielleicht steckt doch mehr in diesem Jungen, als wir geglaubt haben.«

Im *Lena Grill* saß Svein Solvold und kaute auf einem gegrillten Fleischstück undefinierbarer Qualität herum. An der Sauce Béarnaise war nicht gespart worden. Moen begnügte sich mit einem Burger. Es war Montagabend. Draußen war es dunkel und ungemütlich, sodass sie fast allein im Grill waren. Moen schob mit der Gabel einen Großteil von Grünzeug und Dressing an die Seite, als das Handy neben dem Teller zu vibrieren begann.

»Hier ist Asbjørn. Die Psychologin hat sich über Notruf gemeldet. Sie hat sich zusammen mit den Kindern im Bad eingeschlossen. Per Erik ist wohl gerade da. Kammerstuen und Sørli sind mit Blaulicht und Sirenen unterwegs, es ist gleich um die Ecke von dort, wo ihr jetzt seid. Die Straße runter und dann die erste links. Das Haus liegt neben der weiterführenden Schule. Könnt ihr eingreifen?«

»Schon unterwegs.«

Mit Solvold im Schlepptau stolperte Moen in den Nebel hinaus. Er bog nach links in eine schlecht beleuchtete Straße ab, entdeckte dann aber den weißen Kasten gleich neben der Schule. Die Haustür stand offen, und das Licht strahlte vom Flur in den dunklen Herbstabend hinaus. Sie stoppten an der breiten Stufe vor der Haustür, holten Luft und horchten. Vorsichtig gingen sie hinein, während sie nach links und rechts Ausschau hielten. Moen warf einen Blick in die Küche. Der Küchentisch war umgestoßen, Teile einer Mahlzeit und die Tischdecke lagen auf dem Boden. Moen deutete auf die Tür auf der anderen Seite und Solvold verschwand im Wohnzimmer. Moen öffnete vorsichtig eine weitere Tür und entdeckte einen kleinen Flur und eine Waschküche. Dort war es leer, die Außentür zur Waschküche war verschlossen. Er trat wieder auf den Flur hinaus. Solvold kam aus dem Wohnzimmer und schüttelte den Kopf. Die Tür zur Toilette stand offen, doch dort war niemand. Sie öffneten die Tür zum Elternschlafzimmer. Dann liefen sie die Treppe in die erste Etage hinauf, wo alle Türen geschlossen waren. Moen öffnete eine nach der anderen, doch auch dort war niemand. Die letzte Tür war abgeschlossen. Moen klopfte vorsichtig an.

»Hier ist die Polizei. Ist jemand da?«

Von innen wurde ein Schlüssel herumgedreht und eine Frau warf sich Moen um den Hals. Ihr Gesicht war triefnass und angstverzerrt. Hinter ihr stand ein zwölfjähriger Junge. Er sah nicht sonderlich erschreckt aus, blickte eher ein wenig spöttisch. Ein jüngeres Mädchen saß vor der Wand in der Hocke und hatte die Hände vors Gesicht geschlagen. Solvold fragte den Jungen, ob mit ihm alles in Ordnung sei. Er nickte. Dann setzte er sich zu dem Mädchen in die Hocke und zog ihr behutsam die Hände vom Gesicht weg.

Sie schloss die Augen. Er drehte sich zu dem Jungen.

»Ist euch was passiert? Ist jemand verletzt?«

»Nein, nein, sie haben nur Angst.«

Moen erkannte die Psychologin aus der Einrichtung wieder. Sie befand sich in einem Schockzustand und redete zusammenhanglos. Moen und Solvold geleiteten die kleine Familie vorsichtig die Treppe ins Erdgeschoss hinunter. Sie ließen Marita Mæhlum auf dem Sofa Platz nehmen und brachten das Mädchen auf einem Sessel unter. Der Junge setzte sich auf einen Stuhl. Solvold ging in den Flur und schloss die Haustür. Sie hörten eine Sirene, die ein Stückchen weiter entfernt abgestellt wurde, dann knirschte es unter den Reifen im Kies, als ein Wagen vorsichtig abbremste. Im nächsten Moment standen Jenny Kammerstuen und Odd Sørli im Flur.

»Sie wissen, wo Stein Hovelsrud wohnt. Suchen Sie dort zuerst, drinnen und draußen. Weiß jemand von Ihnen, wo Reidar Olsby wohnt?«

»In Kraby«, antwortete Sørli. »Vielleicht benutzt er die alte Bahnstrecke, um dort hinzukommen. Wir können ihm bei Rogneby den Weg abschneiden, wenn wir gleich losfahren.«

»Fahren Sie erst zu Hovelsrud.«

Marita Mæhlum kochte mit zitternden Händen Kaffee. Svein Solvold und das Mädchen stellten den Tisch wieder auf und sammelten die Reste vom Fußboden auf. Moen schaute ihnen mit einem Auge zu, während er das Gesicht des Jungen am anderen Ende des Küchentischs studierte. Er setzte sich auf

einem Stuhl an den Tisch und wandte sich an den Sohn des Hauses.
»Was ist passiert?«
»Wir haben im Wohnzimmer Pizza gegessen und Fernsehen geguckt.«
Das Essen stand fast unberührt auf dem Wohnzimmertisch, sodass Moen nicht umhinkam, seinen Worten zu glauben.
»Dann stand plötzlich dieser Typ da in der Wohnzimmertür. Linn vergisst manchmal, die Haustür abzuschließen, obwohl Mama sehr darauf achtet, dass sie abgeschlossen ist. Mama stand auf. Sie war kreidebleich und schrie: ›Was machst du hier? Du solltest doch im Gefängnis sein!‹ Dann brüllte er zurück, es sei ihre Schuld, und jetzt würde er es ihr heimzahlen. Dann lief er in die Küche und ist total durchgedreht. Mama schnappte sich Linn und lief nach oben.«
»Und du?«
»Ich hab unten auf der Treppe gestanden und ihm zugesehen.«
»Hattest du keine Angst?«
»Da noch nicht. Er hat nur geheult und der Rotz lief ihm runter, dann ist er zur Tür hinausgelaufen. Mama hat mich nach oben ins Bad geschleift und die Tür hinter uns abgeschlossen. Dann haben wir auf meinem Handy den Notruf gewählt. Und dann ist Mama eingefallen, dass sie die Haustür nicht abgeschlossen hatte, aber sie hat sich nicht wieder hinausgetraut und ich durfte auch nicht. Dann hörten wir, wie er gegen die Tür hämmerte und schrie: ›Komm raus, du Hure, dann kannste was erleben.‹ Da ist Mama total zusammengeklappt. Sie dachte, er hätte ein Messer.« Der Junge sah Moen unglücklich an. »Da habe ich auch zu zittern angefangen.«
Moen stand auf und tätschelte ihm den Kopf.
»Du bist ja ziemlich mutig.«

Die Augen des Jungen glänzten, und er biss sich auf die Unterlippe.
»Man darf aber auch ein bisschen weinen. Wie heißt du eigentlich?«
»Odd Arve«, sagte der Junge und drehte den Kopf zur Seite.
»Hat er noch mehr gesagt als das, was du erzählt hast?«
»Nein.«

Moen saß neben Lensmann Gihle am großen Tisch. Beide waren völlig übermüdet. Moen hielt seinen üblichen Kaffee in den Händen. Er nahm einen letzten Schluck und setzte die Tasse auf dem Tisch ab.
»Das mit meinem Bruder tut mir leid, Knut. Jetzt verstehe ich, dass wir Amateure sind. Es wird sich nicht wiederholen.«
»Das vergessen wir besser. Der Junge taucht bald auf. Da bin ich jetzt ziemlich sicher.«
»Und wie sieht es drüben bei Frau Nerseth aus?«
»Nerseth?«
»Mæhlum, meine ich. Ich nenne sie immer Frau Nerseth. Ihr Mann ist ein hohes Tier in der Kommunalverwaltung.«
»Sie ist etwas mitgenommen. Ihr Mann war in Hamar, und da hat sie Kjell Mannsåker angerufen, damit er Kindermädchen spielen kann. Solvold wartet dort solange. Ich werde morgen ausführlicher mit ihr sprechen.«
»Fährst du?«
»Bald.« Moen sah auf die Uhr.
Er stand auf und nahm die Jacke vom Haken. »Ich gehe jetzt. Ruf an, wenn es etwas gibt.«
Moen ging mit schweren Schritten die Treppe hinunter. Beim Auto blieb er stehen und starrte über die Hauptstraße. Der Nebel hatte sich gelichtet. Kein lebendes Wesen war zu sehen. In der Dienststelle des Lensmanns wurden die Lichter

gelöscht, und kurze Zeit später stand Gihle draußen auf der Straße. Er war außer Atem.
»Die Hausmutter von Lillebo hat angerufen. Per Erik ist bei ihr aufgetaucht und ist jetzt einverstanden, dass wir ihn abholen. Soll ich Odd und Jenny schicken, oder wollen wir es selbst machen? Es ist ganz in der Nähe der Kreuzung bei Lillo.«
Einige Minuten später klopften sie an die Tür eines niedrigen Einfamilienhauses, das etwas abgeschirmt hinter der Hauptstraße lag. Die Hausmutter war eine kleine, rundliche, dunkelhaarige Frau. Sie wies ihnen den Weg in die Küche, wo Per Erik zusammen mit einem Mann, der ihr Ehemann zu sein schien, und einem Sohn im Teenageralter hockte und Frikadellen mit brauner Soße aß. Das Erste, was Moen bemerkte, war Per Eriks neuer Collegepulli oder genauer gesagt eine Kapuzenjacke. Er blickte kaum von seiner Mahlzeit auf, als Moen und Gihle den Raum betraten.
»Iss erst mal, mein Junge«, sagte Moen und dann zur Hausmutter gewandt: »Können wir uns in Ruhe unterhalten?«
Die Hausmutter deutete auf eine Tür, die ins Wohnzimmer führte, und Moen ging hinein. Die Hausmutter kam mit zwei Tassen Kaffee hinterher, stellte sie auf den Tisch und schloss die Tür hinter sich. Mit geradem Rücken und den Händen im Schoß setzte sie sich auf die Kante eines Sessels. Moen trank einen Schluck Kaffee und lächelte.
»In Ihrer Küche sitzt ein Junge, der aus dem Arrest beim Lensmann getürmt ist. Er wird verdächtigt, Ihre Kollegin umgebracht zu haben. Haben Sie gar keine Angst?«
»Anne Sørli ist nicht nur eine Kollegin. Unsere Mütter sind Cousinen. Wir haben auch privaten Kontakt – nur dass Sie es wissen.«
»Das überrascht mich keineswegs.«
»Ich arbeite seit über zwanzig Jahren in Lundby, und noch nie-

mals habe ich jemanden gesehen, der so dankbar für ein bisschen Zuwendung ist, wie dieser Junge. Es ist wohl eher seine Mutter, die Behandlung bräuchte, und nicht der Junge.«
Moen kratzte sich am Kopf.
»Es ist eine Tatsache, dass die Leitung Ihrer Abteilung ihn wegen eines gewalttätigen Zwischenfalls loswerden will, und um ehrlich zu sein: Er wird verdächtigt, Ihre Verwandte umgebracht zu haben. Und es wird behauptet, sie hätten sich kurz vor dem Mord auch gestritten.«
Die Hausmutter grinste, völlig unpassend, wie Moen fand.
»Eins habe ich in den letzten zwanzig Jahren gelernt: Auch schlimme Jungs sollen saubere Sachen und Pizza bekommen.« Sie wurde wieder ernst. »Viele denken, dass ich etwas seltsam bin. Das liegt wohl an der Arbeit. Was Anne und Per Erik betrifft, so haben Sie wohl etwas missverstanden. Anne hat sich sehr für die Behandlung von Per Erik eingesetzt und das obwohl sie nur eine Nachtwache war. Sie und Reidar Olsby. Wir reden viel darüber – innerhalb der Familie. Es stimmt schon, dass Anne sich nach dieser Sache mit der Kleinen, die hier Praktikantin war, Per Erik vorgeknöpft hat. Aber das hat sie aus Rücksicht auf Per Erik getan. Und ich glaube, er hat es auch verstanden.«
»Es ist merkwürdig, was Sie da sagen. Wie ich es verstanden habe, waren sich fast alle vom Personal, mit Ausnahme von Olsby, darin einig, dass Per Erik verschwinden sollte.«
Die Tür ging auf und Gihle schaute herein.
»Odd und Jenny sind hier. Sie nehmen Per Erik mit. Was ist mit dir?«
»Ich rede noch ein bisschen mit der Hausmutter. Bleib bitte hier. Es muss mich nachher jemand mitnehmen.«
Gihle setzte sich.
»Wie wurde die Entscheidung getroffen?«

»Bei einer Besprechung. Nach diesem Vorfall mit der Praktikantin schlug Reidar vor, dass er die Verantwortung von Per Eriks Kontaktperson übernehmen sollte.«

»Wer war das?«

»Brita Myrvoll. Sie ist jetzt Abteilungsleiterin. Reidar beantragte, dass er und Anne, zusammen mit Stein Hovelsrud in der Schule, ein alternatives Behandlungsprogramm für Per Erik entwickeln würden. Kjell Mannsåker hat daraufhin den Vorschlag eingebracht, dass Per Erik die Einrichtung verlassen sollte. Er begründete es damit, dass Per Erik keinen Nutzen aus der Behandlung ziehen könne und dass die Jugendhilfe für so eine ›Problematik‹, wie er sich ausdrückte, besser ausgerüstet sei. Er sagte, er wolle keine Zeit mit langen Diskussionen verschwenden, und bat um eine Abstimmung über seinen Vorschlag. Alle stimmten für Kjells Empfehlung, mit Ausnahme von Reidar und Stein Hovelsrud, und die Schule hat eigentlich gar kein Stimmrecht.«

»Ich nehme an, Sie teilten Olsbys Meinung?«

»Die Nachtwachen nehmen an diesen Sitzungen nicht teil, ja, und ich? Was soll ich sagen?« Die Hausmutter lehnte sich in ihren Sessel zurück. »Ich bin nicht stolz auf das, was ich getan habe. Ich entschied mich für den Hausfrieden.«

»Können Sie sich dieses Phänomen erklären?«

»Sie denken vielleicht, es geht um den armen Per Erik. Aber da müssen Sie wohl umdenken.«

»Worum geht es denn dann?«

»Natürlich darum, recht zu haben. Kjell hatte etwas mit Brita Myrvoll gehabt, das weiß ich. Jetzt ist sie Abteilungsleiterin. Kjell Mannsåker und die Psychologin halten zusammen wie Pech und Schwefel. Es waren Brita und Marita, die zusammen mit Per Eriks Mutter den sogenannten Behandlungsplan zusammengezimmert haben. Sie haben ein schönes Wort dafür,

›klientenorientierte Behandlung‹. Es war seine Mutter, die sich an die Behörden wandte und noch mehr Unterstützung haben wollte, nachdem sie es nicht schaffte, ihre Arbeit selbst zu erledigen. So hat sich Reidar zumindest geäußert. Kjell hat sicher begriffen, was das beinhalten würde, und wollte sich das Problem vom Hals schaffen. Er und Reidar sind wie Hund und Katze; er konnte Reidar unmöglich recht geben.«

»Und Sie und die anderen?«

Die Hausmutter stand auf und ging zum Fenster. Sie blickte auf die Hauptstraße hinaus, dann drehte sie sich um.

»Kjell erweist uns Gefälligkeiten. Auf irgendeine Weise kennt er uns alle in- und auswendig, die Familie, den Alltag. Wenn wir Schwierigkeiten haben, gibt es hier mal einen freien Tag und dort mal einen kleinen Ausweg. Wir stehen also alle in seiner Schuld, und ab und zu müssen wir sie begleichen. Und das war dann wohl so ein Tag.«

Sie legte die Hände vor die Augen und schluchzte heftig.

»Und dann noch Anne. Das beste Mädchen, das mir je im Leben begegnet ist. Und Reidar ist auch ganz wunderbar. Ich schäme mich so sehr, dass ich es kaum in Worte fassen kann.«

## 21

Gihle setzte Moen an der Dienststelle des Lensmanns ab. Moen stieg in sein Auto und sah die Rücklichter von Asbjørn Gihles Wagen im Nebel verschwinden. Es war erst sechs Uhr, doch er war erschöpft und reckte sich hinter dem Steuerrad. Er hätte in die Pension fahren sollen oder nach Hause, wie er es nannte. Er steckte den Schlüssel ins Zündschloss, legte den ersten Gang ein und lenkte den Wagen vorsichtig auf die Hauptstraße.

Am *Lena Grill* bog er nach rechts ab und fuhr weiter, bis die Scheinwerfer auf Marita Mæhlums Einfamilienhaus trafen. Er stellte den Motor ab und betrachte ein oder zwei Minuten das Haus, bevor er ausstieg und zur Haustür ging. Vorsichtig drückte er die Türklinke herunter. Die Tür war abgeschlossen und er drückte auf den Klingelknopf. Es dauerte eine Weile, bis jemand öffnete, doch schließlich steckte Kjell Mannsåker den Kopf durch die Türöffnung und sagte:

»Ah, Sie sind es.«

»Ich möchte gerne mit Frau Mæhlum sprechen.«

»Kann das nicht bis morgen warten? Sie und die Kinder sind ziemlich aufgewühlt.«

Moen schob die Tür weit auf und betrat den Flur.

»Wo ist sie?«

»Oben, mit den Kindern. Sie sehen fern.«

Im selben Augenblick kam Marita Mæhlum im Bademantel und mit nassen Haaren die Treppe aus dem ersten Stock herunter. Moen hörte die Geräusche eines Fernsehgeräts.

»Was ist denn los, Kjell?«
»Die Polizei ist wieder da.«
»Das sehe ich, aber worum geht es?«
Moen war etwas verwundert, dass sie seine Anwesenheit nicht zur Kenntnis nahm und sich an Mannsåker wandte. Moen hatte die Hände in den Taschen seiner Feldjacke verborgen. Er war neugierig, wo dies hinführen würde. Mannsåker nahm die Herausforderung stehenden Fußes an.
»Wozu dient Ihr Besuch?« Er entblößte seine makellosen Zähne. »Wie war noch mal Ihr Name?«
Moen lächelte.
»Ich heiße Knut Moen, Kommissar bei der Kripo. Das habe ich Ihnen sicher schon früher einmal gesagt. Ich bin hier, um mit Marita Mæhlum zu sprechen.« Er sah zu Marita Mæhlum hinüber, die auf der zweiten Treppenstufe stand.
»Sie können sich direkt an mich wenden, wenn Sie Fragen haben.«
Marita Mæhlum errötete.
»Entschuldigung. Ich war nur etwas überrascht. Es war ein schrecklicher Tag, und Kjell passt sozusagen auf uns auf. Kann ich erst kurz hochgehen und mir etwas anziehen?«
Moen nickte, und sie verschwand in der ersten Etage.
»Es steht Kaffee in der Küche. Möchten Sie eine Tasse?«, fragte Mannsåker freundlich.
»Vielen Dank, aber ich habe gerade Kaffee getrunken. Ich bin hergekommen, um Ihnen mitzuteilen, dass Per Erik Henriksen wieder im Arrest beim Lensmann ist. Er wurde vor einer halben Stunde gefasst, die Gefahr ist also vorüber, kann man sagen.«
»Das sind gute Neuigkeiten.« Mannsåker lächelte breit. »Da sollten Sie jetzt aber besser auf ihn aufpassen. Was der hier heute angerichtet hat, muss ja wohl eine Warnung für die Polizei sein. Wir kennen ihn ja bereits.«

»Das erinnert mich daran, dass Sie sich doch um einen Platz für den Jungen kümmern wollten, in einer Einrichtung, wo er hier in der Nähe rund um die Uhr betreut werden kann. Wie geht es denn in dieser Sache voran? Der Richter vom Amtsgericht sitzt mir im Nacken und das täglich.«

»Maritas Mann kümmert sich darum. Sie haben ihn ja schon getroffen, Arve Nerseth.«

»Können Sie ihm etwas ausrichten, oder muss ich selbst mit ihm sprechen?«

»Das lässt sich sicher machen.«

»Falls diese Sache nicht im Laufe des morgigen Tages gelöst wird, so wird der Polizeidirektor von Vestoppland auf einer Pressekonferenz öffentlich sein Bedauern darüber ausdrücken müssen.«

»Aber ist das nicht streng genommen eine Angelegenheit der Polizei?«

»Staatsanwaltschaft und Polizei haben das nicht zu bestimmen. Die Forderung wurde vom Vorsitzenden des Amtsgerichts ausgesprochen, aber die Presse, und offenbar auch Sie, scheinen der Ansicht zu sein, es sei eine Polizeiangelegenheit. Der Polizeidirektor möchte dieses Missverständnis gerne aus der Welt räumen.«

»So wurde mir das aber nicht erklärt.«

Moen lächelte. »Habe ich mich vielleicht falsch ausgedrückt? Die Polizei hat dabei nicht zu bestimmen. Die Auflagen kommen vom Gericht. Es geht hier nicht um Psychiatrie contra Polizei. Sie verletzen eine Auflage der Gerichtsbarkeit.«

»Wissen Sie, wie die Situation in der Psychiatrie aussieht? Glauben Sie wirklich, dass man so etwas über Nacht arrangieren kann?«

»Das können Sie der Presse erklären, damit kennen Sie sich ja aus.«

Marita Mæhlum kam die Treppe herunter und betrat die Küche.
»Ach, und noch etwas«, sagte Moen. »Bevor Sie sich dieser Sache annehmen: Ich möchte Sie und die männlichen Angestellten aus Lillebo gerne morgen gegen zwei in Ihrem Büro sprechen. Lässt sich das einrichten?«
Kjell Mannsåkers Augen verengten sich, doch dann erschien ein Lächeln auf seinem Gesicht.
»Um diese Zeit haben wir eine Personalbesprechung. Wird es lange dauern?«
»Zwanzig Minuten.«
»Willst du schon gehen, Kjell? Ich schaff es nicht, in dieser Situation alleine zu bleiben. Arve kommt nicht vor morgen nach Hause.«
»Per Erik Henriksen wurde vor einer halben Stunde gefasst und sitzt wieder hinter Schloss und Riegel, Frau Mæhlum. Die Gefahr ist vorüber.«
Marita Mæhlum und Kjell Mannsåker wechselten einen Blick und Mannsåker sagte: »Wie der Mann sagt: Die Gefahr ist vorüber – für dieses Mal. Wir sehen uns morgen bei der Arbeit.«
Mannsåker nickte knapp und verschwand.
»Kann ich mich einen Moment setzen, Frau Mæhlum?«
»Selbstverständlich, und nennen Sie mich um Gottes willen Marita.«
Moen setzte sich.
»Sie sind doch die Fachverantwortliche in Lundby. Ich würde gerne etwas über Ihre Erfahrung mit Per Erik Henriksen hören.«
»Wo soll ich anfangen?«
»Wie ist er nach Lundby gekommen?«
»Die Mutter wandte sich an uns. Er war vierzehn Jahre alt,

und auf der Schule wurde es immer schwieriger. Die letzten zwei Jahre hatte er einen Assistenten, der ihm auf Schritt und Tritt gefolgt ist, und oft mussten sie die anderen Schüler vor ihm abschirmen. Keine der weiblichen Angestellten wollte mit ihm alleine sein. Zu Hause hatte die Mutter panische Angst davor, dass er den Kindern etwas antun könnte, die sie mit ihrem neuen Mann hatte. Es ging so weit, dass sie ihm ein eigenes Zimmer in der Garage einrichten mussten.« Sie schnitt eine Grimasse. »Ich weiß, das hört sich schrecklich an, aber sie war furchtbar verzweifelt. Als die Schule es nicht schaffte, ihn ordentlich zu beschäftigen, gab sie auf. Hinzu kommt, dass Per Eriks Vater gewalttätig war und Per Erik seinem Vater sehr ähnelt – auch äußerlich.«

Marita Mæhlum legte den Kopf in den Nacken und schnaufte. Sie schüttelte ihr halb nasses Haar.

»Im Nachhinein ist es ja deutlich, dass wir diesen Job wegen der Mutter übernommen haben. Brita Myrvoll, die jetzt Abteilungsleiterin ist, und ich haben den Aufnahmeprozess durchgeführt. Wir beide sind zusammen mit Kjell Mannsåker in einem Projekt, das die Erziehungsberechtigten in die Behandlung einbezieht. Ansonsten wird Erziehungsberechtigten in der Psychiatrie eher mit Misstrauen begegnet. Aber eins nach dem anderen: Brita und ich wurden auf alle Fälle mit der Situation der Mutter konfrontiert, und Brita, die sich zur Sozialarbeiterin ausbilden lässt, war bereit, seine Kontaktperson zu werden. Kjell war von Anfang an skeptisch. Er meinte, der Junge sei etwas für die Jugendhilfe, aber schließlich haben wir ihn überredet. Heute weiß ich, dass wir besser auf Kjell gehört hätten, bei seiner Erfahrung. Es wurde mir klar, als Per Erik die Praktikantin angriff, während sie alleine Dienst hatte. Für Reidar Olsby und die großen starken Männer in der Schule ist das kein Problem, aber Psychiatrie und auch Schulwesen sind in erster Linie Arbeitsplätze für Frauen, und es sind Frauen, die zum Opfer werden. Damit kenne ich mich aus, ich bin selbst mit diesem Problem aufgewachsen.«

»Das kennen wir auch von unserer Polizeiarbeit. Ich stimme da völlig mit Ihnen überein.«

»Ja, und wenn es nun um die Sicherheit der Angestellten und der untergebrachten Jugendlichen geht, ist Kjell Mannsåker glücklicherweise ein Mann, der keine Kompromisse eingeht. In einem therapeutischen Umfeld darf es Gewalt und Unsicherheit nicht geben. Per Erik Henriksen war freiwillig bei uns. Wir sind ein Krankenhaus, keine geschlossene Anstalt, und es wurde deutlich, dass Per Erik keinen Nutzen aus der Behandlung ziehen konnte, die ihm angeboten wurde. Er hat sich sozusagen selbst abgemeldet.«

Marita Mæhlum ließ ihre Finger durchs Haar gleiten, um zu prüfen, ob es trocken war. Dann schüttelte sie ein paarmal den Kopf, damit ihre Frisur sich richtig legte.

»Gott, jetzt rege ich mich wieder auf. Ich hatte mich so erschreckt, als er in meinem Wohnzimmer auftauchte.«

»Ich habe gesehen, dass Sie schreckliche Angst hatten. Aber darf ich trotzdem fragen, was für ein Verhältnis Sie zu ihm hatten?«

»Das erste halbe Jahr lief ziemlich gut. Er kam einmal pro Woche für eine Sitzung in mein Büro, so wie alle anderen Jugendlichen.«

»Fühlten Sie sich unsicher in dieser Situation?«

»Am Anfang nicht. Er war interessiert und wach, wenn auch sehr unkonzentriert.« Marita Mæhlum lächelte.

»Das Tolle an einer Therapie ist, dass alle über sich selbst reden können. Manchmal macht es das einfach für uns, doch nach und nach fühlte ich mich unbehaglich, da er immer öfter von Gewaltfantasien erzählte oder von Zwangsgedanken, die sich um Gewalt drehten. Im Herbst hat unser Personal zwei schreckliche Messer beschlagnahmt. Man denkt sich ja so seinen Teil, wenn man allein im Büro sitzt. Die beiden letzten Male bat ich darum, dass er in Begleitung kommen sollte. Und bei der letzten Sitzung hatte ich die traurige Pflicht, ihm zu eröffnen, dass er nicht länger in Lillebo bleiben könne. Das Resultat haben Sie ja heute gesehen.« Marita Mæhlum stand auf. »Wissen Sie, ich bin ziemlich erschöpft und muss mich um meine Kinder kümmern. Können wir dieses Gespräch an einem anderen Tag fortsetzen?«

Moen erhob sich.

»Natürlich können wir das. Einen schönen Abend wünsche ich.«

»Danke«, murmelte sie, als sie die Tür hinter ihm abschloss.

Moen schaute sich um, während er zum Auto zurücklief. Er setzte sich hinters Steuer und blieb ein paar Minuten dort sitzen. Als er den Schlüssel ins Zündschloss steckte, kam eine Frau mit zwei Kindern über den Hof der Schule gelaufen und klingelte bei Marita Mæhlum. Moen stellte sein Handy an, das er anlässlich des Besuchs abgestellt hatte, und wartete mit dem Starten des Autos, bis die Kinder hineingegangen waren. Er hatte einen unbeantworteten Anruf. Es war Jenny Kammerstuen, und er rief sie zurück.

»So ein Mist aber auch. Ich hab hier mit der Freundin von Anne Sørli gesessen, aber eben ist sie gegangen.«

»Wo ist sie?«

»Im *Lena Grill.*«

»Aber Sie haben mit ihr gesprochen?«

»Ja.«

»Ich komme.«

Jenny war in Zivil und unterhielt sich über Per Eriks Rückkehr in den Arrest des Lensmanns. Moen hörte mit halbem Ohr zu. Schließlich unterbrach er die Polizeibeamtin.

»Schießen Sie los, Jenny. Ich muss in meine Höhle zurück. Es war ein anstrengender Tag.«

»Anne Sørli wusste oder vermutete zumindest, dass sie schwanger war. Sie war drei Wochen über die Zeit und hatte sonst immer ganz regelmäßige Tage.«

»Wem hat sie davon erzählt?«

»Das ist leider etwas traurig.« Zwischen Jenny Kammerstuens hellgrauen Augen erschien eine Sorgenfalte. »Sie hat es ihrer Mutter erzählt. Die Mutter ist ganz zerschlagen. Was sie sich am meisten wünschte, war ein Enkelkind. Ihr Vater hatte ja auch Angst, dass der Hof keinen Erben bekäme. Es wirkte eben auch nicht besonders vielversprechend, bei Annes Lebenswandel.« Jenny blickte sich um und senkte die Stimme. »Der Vater weiß nichts darüber, und die Mutter meint, es würde ihn umbringen, wenn er es wüsste. Meine Freundin hofft, dass wir das berücksichtigen, wenn wir mit den Eltern zu tun haben. Sie hat der Mutter hoch und heilig versprochen, dass es unter ihnen bleibt.«

»Hat Anne etwas über den Vater des Kindes erzählt?«

»Nur dass er verheiratet ist und sehr verzweifelt wäre, wenn es bekannt würde. Deshalb wollte Anne nicht sagen, wer es war. Sie hat drauf geschissen und wollte das Kind sowieso bekommen. Deswegen hat sie mit ihrer Mutter gesprochen. Sie wollte ihre Unterstützung, und die hat sie bekommen, sagt meine Freundin.«

»Wer ist denn diese Freundin? Irgendwie finde ich es seltsam, dass sich die Mutter einer Freundin ihrer Tochter anvertraut haben soll. Ich würde es glauben, wenn sie mit einer Verwandten oder einer gleichaltrigen Freundin gesprochen hätte.«

Jenny Kammerstuen setzte ein schiefes Lächeln auf.
»Es ist das Mädchen vom Nachbarhof. Sie sind gleichaltrig und waren die ganze Zeit beste Freundinnen. Das Tragische ist nur, dass meine Freundin – na, Sie wissen ja. Anne Sørli war ihre große unglückliche Liebe.«
»Was Anne Sørli nicht erwiderte.«
»So in der Art. Sie haben wohl in der Pubertät ein bisschen rumgeknutscht, aber dann zeigte sich, dass es für Anne nur ein Spiel war. Sie war so ein Mensch, der alles ausprobieren musste. Anne hat alles darangesetzt, die Freundschaft aufrechtzuerhalten, obwohl meine Freundin meint, dass es schwierig war. Es spitzte sich zu, als Anne sich vor ein paar Wochen volllaufen ließ und wie ein Kind heulte. Zum ersten Mal war sie jemandem begegnet, mit dem sie sich vorstellen konnte ihr Leben zu teilen, doch der war verheiratet und würde seine Familie niemals aufgeben.«
»Wurde irgendwas gesagt, was ihn identifizieren könnte? Sie haben doch wohl gefragt, oder?«
»Anne hat wohl dichtgehalten, aber meine Freundin hatte den Eindruck, es hing mit der Arbeit zusammen.«
»Wie kam sie darauf?«
»Das ist ein bisschen unklar; eher so ein Gefühl, das sie hatte. Ich weiß, dass uns das nicht weiterhilft, aber mehr konnte ich nicht aus ihr herauskriegen.«
Moen seufzte schwer.
»Ich brauche eine Zigarette. Kommen Sie mit nach draußen?«
Sie standen im Nebel auf dem Parkplatz. Moen zündete sich eine Zigarette an und Jenny zog den Reißverschluss ihrer Fleecejacke hoch.
»Glauben Sie, das hat etwas mit dem Mord zu tun?«
»Keine Ahnung.« Moen starrte die weißen Wände an, von

denen sie umgeben waren. Er erahnte ein paar Schatten, die sich auf der Hauptstraße bewegten. »Wir können es uns nicht leisten, auch nur irgendwas zu ignorieren.«

## 22

Als Moen »nach Hause« kam, schlief er ein, ohne sein Hemd auszuziehen. Um halb vier wachte er in der stockdunklen Nacht auf. Gegen sechs schlief er wieder ein. Um sieben war es noch genauso dunkel, doch Moen zog sich an und ging hinunter, um zu frühstücken. Um acht ging er hinaus auf den Parkplatz, wo der Wagen stand, und zündete sich eine Zigarette an. Ein paar Minuten stand er da, genoss die Zigarette und den sich ankündigenden schönen Herbsttag. Der Parkplatz war noch immer von herbstlich gelben Blättern bedeckt, doch die Wolkendecke bewegte sich ostwärts auf den Randsfjord zu.

Moen fuhr durch Lena und bog in Richtung des höher gelegenen Kolbu ab. Die Allee hinauf nach Store Lundby hatte seit seinem letzten Besuch eine andere Färbung angenommen. Er parkte den Wagen vor Lillebo und stieg aus. Die Versiegelung am Eingang war entfernt, und in der Küche stand Jenny Kammerstuen und kochte Kaffee. Ein großer Teller mit belegten Brötchen stand auf der Arbeitsplatte bereit, sorgsam in Plastikfolie eingewickelt. Als er hereinkam, drehte sich Jenny um und sagte:

»Der Polizeidirektor kommt. Und der Polizeirat auch. Ich glaube, Asbjørn hat wegen der Geschehnisse gestern einen ganz schönen Rüffel bekommen. Es steht in allen Zeitungen. Außerdem wird die Presse langsam ungeduldig. Zwei Verdächtige in Haft und kein Ergebnis. Sie stehen wohl ziemlich unter Druck.«

»Tja, nun.«

»Was denken Sie?«
»Dass meine Elchjagd jetzt eigentlich beendet und ich zu Hause sein sollte.« Er setzte ein entwaffnendes Lächeln auf. »Aber Spaß beiseite. Lassen Sie uns gehen.«

Um Punkt neun saßen die beiden Verhafteten in getrennten Autos vor Lillebo, und in der Küche wimmelte es von Mitarbeitern des Lensmanns und Polizisten aus Gjøvik. Mindestens die Hälfte der Leute stand im Weg herum, und Moen brauchte all seine Geschicklichkeit, um eine Rekonstruktion dessen zu organisieren, was in der Nacht von Anne Sørlis Ermordung passiert war. Zwei Wagen fuhren zu Hakksveens Haus, um dort zu beginnen. Solvold und Gihle fuhren unter Aufsicht des Polizeirats mit.
Odd Sørli war während der ganzen Zeit nicht weiter als einen Meter von Per Erik Henriksen entfernt. Der Polizeidirektor wollte ihm Handschellen anlegen lassen, doch Moen setzte sich durch. Es sei unpraktisch, betonte er. Die Rekonstruktion begann an der Stelle, wo Per Erik während des Einbruchs Schmiere gestanden hatte. Zuerst fragte man ihn, wann seiner Meinung nach Reidar Olsby das Gebäude verlassen hatte. Wie früher schon wiederholte Per Erik, es sei um vierundzwanzig Uhr gewesen, und Moen sagte in Richtung Jenny Kammerstuen, die das Aufnahmegerät mit sich herumtrug, dass Henriksen, kurz nachdem Olsby das Haus verlassen hatte, mit Arvid Jakobsen telefonierte und dass dieser Anruf um 00:11 Uhr registriert worden war.
»Was hast du dann gemacht?«
»Ich habe zehn Minuten gewartet und mich dann hier auf meinen Posten gestellt.«
Moen fügte hinzu, dass der Verdächtige den Wachraum von seinem Standort aus nicht sehen konnte, und Per Erik wieder-

holte seine Darstellung der Geschehnisse bis zu dem Punkt, an dem Anne Sørli ihn in seinem Zimmer eingeschlossen hatte und dann hinunterging, um herauszufinden, was im Keller passiert war.

Moen führte sie zu Per Eriks Zimmer und öffnete den Schrank.

»Hier fand die Spurensicherung vier Gegenstände, die sich nach den Regeln der Einrichtung hier nicht hätten befinden dürfen. Per Erik, kannst du diese Sachen dort wiederfinden, wo du meinst sie versteckt zu haben? Wir haben sie genau an dieselben Stellen zurückgelegt.«

Per Erik ging zögernd zum Schrank und fummelte in einer deprimierenden Sammlung ausrangierter Unterhosen herum. Zunächst holte er das Handy hervor, dann die Tabletten und schließlich das kleine Küchenmesser. Moen bat ihn, die Gegenstände aufs Bett zu legen.

»Ich sagte vier Sachen. Hier sind nur drei. Du kannst alles auf den Boden schmeißen, wenn das einfacher ist.«

Per Erik schaute fragend in die Runde, dann räumte er das oberste Fach aus und danach das Fach, in dem das Handy gefunden wurde. Er zuckte mit den Schultern.

»Mach weiter!«

Dann räumte er auch das nächste Fach aus, doch ohne Erfolg. Schließlich ließ er sich auf die Knie herunter und durchwühlte das unterste Fach des Schranks. Drei Paar ausrangierte Schuhe kamen zum Vorschein, gefolgt von einem Paar alter Segelschuhe. Er beugte den Kopf und fischte die übrigen Dinge heraus. Drei selbstgestrickte Stiefelsocken. Sie passten nicht zusammen.

Per Erik fuhr zusammen, als eine der Socken ein Geräusch von sich gab. Er schüttelte sie, und das Schlüsselbund von Harald Gihle fiel heraus. Per Erik schaute seinen Fund verwundert an und blickte dann zu Moen auf. Etwas wackelig stand er auf, und da er ein Junge war, der seine Gefühle nach außen trug, schaute er ungläubig in die Runde.

»Was ist das?«

»Das, was du siehst. Gibst du zu, dass diese vier Gegenstände in der Mordnacht in deinem Schrank versteckt waren?«, fragte Moen mit ruhiger Stimme.

»Nein, das tue ich nicht. Die Schlüssel hab ich noch nie gesehen. Was haben Sie mit mir vor?« Per Erik hielt nach einer Lücke zwischen den Menschen Ausschau, die um ihn herumstanden. Panik machte sich breit.

Moen machte eine abwehrende Geste mit den Händen.

»Jetzt beruhige dich, Per Erik. Wir wissen, dass die Türen hier offen stehen und dass irgendwer an deinen Schrank gegangen sein kann. Welche Sachen gibst du zu, hier versteckt zu haben?«

»Das hab ich doch schon vor ewigen Zeiten gesagt. Sie liegen auf dem Bett.«

»In Ordnung, dann machen wir jetzt weiter. Schaffst du das?«

Der Junge schluckte seine Erregung tapfer hinunter, und Moen legte ihm die Hände auf die Schultern. Eine Zeit lang brauchte er, um herauszufinden, was Per Erik in seinem Zimmer getan hatte, bevor er hinausgeklettert war, und wie lange das Ganze gedauert hatte. Das Gesamtbild wurde dadurch jedoch auch nicht deutlicher, und schließlich schickte Moen Odd Sørli aus dem Haus und hinunter vor das Fenster.

»Dann bist du also hinausgeklettert. Kannst du uns das zeigen?«

Per Erik öffnete das Fenster und mühte sich furchtbar ab, um sich hindurchzuhieven. Moen registrierte, wie unbeholfen seine Motorik war. Schließlich fiel der Junge wie ein Sack heraus, und es ertönte ein schmerzverheultes Geschrei.

»Verdammt, ich hab mir den Fuß verstaucht.«
Moen schaute aus dem Fenster und sah Sørli, der dem Jungen behutsam unter die Arme griff, während er auf dem Boden herumhinkte. Dann setzte er sich hin und betastete seinen Knöchel.
Die Delegation begab sich nach draußen vors Fenster. Per Erik sah zu ihnen hoch und stand vorsichtig auf. Behutsam probierte er, mit dem Fuß aufzutreten.
»Ist wohl nichts Schlimmes passiert.«
»Kannst du versuchen, wieder zum Fenster hineinzuklettern?«
»Warum das denn?«
»Nur weil ich dich so nett darum bitte«, erwiderte Moen.
Der Junge streckte sich so weit es ging, jammerte aber wegen seines Fußes. Seine Hände reichten nicht an den unteren Fensterrahmen heran. Moen trat hinzu und fasste ihn unter den Armen.
»Ich hebe dich hoch, bis du Halt bekommst, und dann versuchst du, dich hochzuziehen. Eins, zwei, drei!«
Moen hob ihn an und Per Erik bekam Halt.
»Zieh dich hoch!«, sagte Moen und trat einen Schritt zurück.
Per Erik hielt sich fest, schaffte es aber nicht, sich auch nur einen Zentimeter hochzuhieven. Eine Hand verlor den Halt, und wie ein Blitz war Odd Sørli zur Stelle, bevor Henriksen auf den verletzten Fuß stürzen konnte. Moen setzte ob dieser pathetischen Vorstellung ein schiefes Grinsen auf und sprach ein paar Worte in das Aufnahmegerät.
Die Rekonstruktion wurde fortgesetzt. Per Erik lief um die Ecke des Souterrains herum und ging hinunter zum Panoramafenster. Er berichtete, wie er Anne Sørli gefunden hatte. Er hielt den Blick von der breiten Blutspur abgewandt und stellte sich mit dem Rücken vor die Fensteröffnung, während der Polizeidirektor die grässliche Spur untersuchte. Moen

fragte, wieso er nicht nach Hilfe gerufen oder Hilfe geholt hatte. Per Erik erwiderte, dass er nicht in sein Zimmer kommen konnte. Das einzige Telefon befand sich im Wachraum. Deswegen hatte er versucht, das Verbundglas einzuschlagen. Er war verzweifelt. Moen warf ein, dass Leute in der Nachbarschaft wohnten, nur ein paar hundert Meter entfernt. Per Erik erwiderte, dass er nachts nicht gern allein draußen sei. Er habe Angst vor der Dunkelheit.

»War es etwas Besonderes, wovor du Angst hattest? Vielleicht Tore Hakksveen?«

»Ich kenne ihn nicht.«

»Was dachtest du, als du Anne Sørli gesehen hast? Hattest du eine Vermutung, wer es vielleicht gewesen war?«

»Ich dachte, es wäre mein Kumpel Mini gewesen.«

»Hattest du Angst, dass er irgendwo hier draußen war?«

»Nein.«

»Was glaubst du, wo ging er hin?«

»Nach Hause vermutlich.«

»Wo wohnt er?«

»In Kolbu, glaube ich.«

»Bist du da gewesen?«

»Nein.«

»Warum bist du nicht zu den Leuten in einer der Dienstwohnungen gegangen?«

Per Erik schwieg und schaute hinunter. Dann antwortete er: »Ich fürchte mich vor Vampiren.«

Überall in der Küche von Lillebo saßen und standen Polizeibeamte herum.

Der Polizeidirektor wischte sich den Mund mit einer Serviette ab. Er richtete seinen Blick auf Moen.

»Wir haben heute Abend eine Pressekonferenz. Nach dieser

Demonstration kann ich nicht gerade behaupten, mich darauf zu freuen.« Er stand auf und wandte sich an die Versammlung. »Kann ich bitte ein paar Worte mit Knut Moen und Asbjørn Gihle wechseln? Die anderen können gehen.«

»Ich möchte gerne, dass Svein Solvold hierbleibt«, sagte Knut Moen.

Der Polizeidirektor nickte.

»Sie übrigens auch.« Er nickte dem Polizeirat zu.

Die überflüssig Gewordenen zogen aus der Küche ab, und der Polizeidirektor kam gleich auf den Punkt.

»Tore Hakksveen? Was glauben Sie, Hans?«

Der Polizeirat rückte näher. Er war in Gedanken versunken.

»Ich bin der gleichen Meinung wie Gihle und Solvold, leider, muss ich sagen. Es ist die Sache mit der Mordwaffe, die ursprünglich hier in einer Schublade im Haus eingeschlossen war. Die Fingerabdrücke von Jakobsen und Hakksveen waren überall, nur nicht auf der Mordwaffe.« Er lächelte unbekümmert. »Ich sage nicht, dass es unmöglich ist, ihn zu verurteilen, zumal die Mordwaffe in seinem Haus gefunden wurde. Er ist ja so ein Typ, den jede Jury nur zu gerne hinter Schloss und Riegel sehen würde. Darin liegt natürlich ein gewisser Reiz. Wie lief es denn mit Ihnen und dem Jungen?«

Moen blickte zum Polizeidirektor.

»Also, mal ganz ehrlich, wie war Ihr spontaner Eindruck?«

»Ein verdammtes Durcheinander, wenn Sie mich fragen«, erwiderte er mürrisch. »Vielleicht sind Sie so freundlich und verraten uns Ihre eigene Meinung in Bezug auf den Verdächtigen. Sie sind ja trotz allem immer noch einer der erfahrensten Ermittler in diesem Land!«

Moen ließ sich nicht provozieren. Der Ausbruch des Polizeidirektors war nicht gerechtfertigt.

»Soweit ich es beurteilen kann – und hier müssen mich die

Juristen korrigieren, wenn ich falsch liege –, können wir Per Erik aufgrund der folgenden Reihe von Fakten und Indizien verurteilen lassen: Er stahl die Schlüssel von Harald Gihle vierzehn Tage vor dem Mord. Dies machte es ihm möglich, sein samisches Messer zu einem bestimmten Zeitpunkt zu holen, es dann im Zimmer zu verstecken, zusammen mit Mini Jakobsen den Einbruch vorzubereiten, zu einem geeigneten Zeitpunkt aus dem Fenster zu springen, durch das offene Fenster ins Kellerzimmer hineinzuspringen, Anne Sørli zu erstechen, vielleicht um Arvid Jakobsen zu verteidigen, und dann Hakksveen und Jakobsen nach Hause zu folgen und mitten in der Nacht die Tatwaffe in Hakksveens Keller zu legen. Dann ist er zurück nach Lillebo gelaufen. Wir haben keine Fußspuren gefunden, aber der Boden war trocken und hart. Dann setzt er sich neben der toten Anne Sørli auf die Treppe. Das Erste, was er macht, als die Polizei am Tatort erscheint, ist, dass er gesteht. Die mangelhafte Logik seiner Handlungsweise lässt sich auf seinen mentalen Zustand zurückführen. Er ist ein Psychiatriepatient und minderjährig. Er wird verurteilt und dann in eine psychiatrische Klinik eingewiesen – er ist behandlungsbedürftig – und kommt frei, wenn er wieder gesund ist. Die Sache ist aus der Welt. Der Verdächtige fühlt sich für den Mord schuldig, zumal er an den Einbruchsplänen beteiligt war und sagt, dass er Strafe braucht.«

Moen wandte sich mit einem Lächeln an den Polizeirat.

»Was glauben Sie?«

Bevor der Polizeirat antworten konnte, mischte sich der Polizeidirektor ein.

»Ich kann mich des Gefühls nicht erwehren, dass hier eine gewisse Ironie in Ihrer Darstellung liegt. Ich hoffe, sie ist nicht gegen die Staatsanwaltschaft gerichtet. Ich glaube nicht, dass die Situation etwas Derartiges zulässt.«

Moen hob abwehrend die Hände.
»Die Ironie ist hierbei gegen mich selbst gerichtet. Vielleicht habe ich die Ermittlung vom ersten Tag an unterschätzt und muss jetzt die Verantwortung dafür tragen. Aus persönlichen Gründen habe ich mir eine rasche Klärung gewünscht, und aufgrund meiner langen Erfahrung hatte ich den festen Glauben, dass die technischen Spuren einen der beiden Verdächtigen zur Strecke bringen würden.«
»Was ist denn eigentlich das Problem?«
»Es gibt irgendwas verdammt Ausgeklügeltes an diesem Fall. Die Leute wissen gar nicht, wie selten so etwas in einem Mordfall ist. So wie sich der Verdächtige während der ganzen Ermittlung verhalten hat, weiß er überhaupt nicht, was in besagter Nacht an jenem Ort passiert ist. Er übernimmt die Verantwortung für den Einbruch und den Mord, ohne auch nur die winzigste Kleinigkeit in Verbindung mit beiden Geschehnissen erklären zu können. Wie es sich mir darstellt, wusste er nichts von den Schlüsseln im Schrank, wusste er nicht, was die Mordwaffe war oder wo sie sich befand. Sie haben den Jungen ja heute selbst gesehen. Es ist schwer zu glauben, dass er alleine auch nur eine Glühbirne einschrauben kann, ganz zu schweigen davon, solche Taten zu planen oder durchzuführen, alleine im Dunkeln. Wenn sich dieser Gedanke aber erst mal festgesetzt hat, fangen die Probleme an.«
»Wie meinen Sie das?«, fragte der Polizeidirektor mürrisch.
Im Augenwinkel sah Moen, dass Solvold ein Lächeln zu verbergen versuchte.
»Es liegen Schlüssel in seinem Schrank, die zu einem geeigneten Zeitpunkt gestohlen wurden. Wer hat sie dort hingelegt? Das samische Messer wurde aus der Schublade im Wachraum entfernt, die Scheide jedoch blieb zurück, fast als ob sie die Aufmerksamkeit auf sich ziehen sollte.

Und wer hat das Messer zu Hakksveens Räuberhöhle gebracht?«

»Und wenn Sie den Jungen unterschätzen?«, warf der Polizeirat ein.

»Wenn er denn so durchtrieben ist, warum benutzt er dann sein eigenes beschlagnahmtes Messer, mit seinen eigenen Fingerabdrücken darauf? Wir haben hier etwas, das so aussieht wie eine Impulshandlung im Zusammenhang mit einem Einbruch, und dann das.«

Moen lauschte seinen eigenen unzusammenhängenden Äußerungen ohne große Begeisterung. Das zeigte nur, was das Problem war. Er hatte nicht genügend nachgedacht und gearbeitet.

Der Polizeidirektor sah ebenfalls nicht sonderlich zufrieden aus.

»Anne Sørli gehörte zu allem Überfluss auch noch zu seinen größten Fürsprechern hier im Haus.« Moen führte seinen Gedanken weiter aus. »Das hätte mir natürlich alles gleich klar sein müssen. Ich muss Svein Solvold loben, der schon früh meinte, wir sollten nach einem Zusammenhang zwischen dem Mord und dem Einbruch am Tatort in der folgenden Nacht suchen. Wenn wir hier keine Anklage erheben und keine juristische Überprüfung der Fakten in Bezug auf den Jungen vornehmen wollen, müssen wir nach einer dritten Person suchen, jemand von den Angestellten hier im Haus oder der restlichen Institution.«

Der Polizeidirektor seufzte schwer.

»Was meinen Sie, Asbjørn? Teilen Sie Moens Ansicht? Svein Solvold muss ich ja wohl gar nicht erst fragen.«

Asbjørn Gihle setzte ein schiefes Lächeln auf.

»Ich muss Knut wohl unterstützen. Ich habe den gleichen Eindruck wie er – tut mir leid.«

»Dann fangen Sie jetzt also von vorne an? Oder haben Sie jemanden im Visier?«
»Ein oder zwei Personen müssen wir genauer unter die Lupe nehmen«, erwiderte Moen. »Wenn wir grünes Licht bekommen, fangen wir noch heute an. Das beinhaltet eine größere Mannschaft. Sechs Beamte für ein paar Tage. Oder meinen Sie, wir sollten Henriksen anklagen?«
»Eins nach dem anderen«, sagte der Polizeidirektor. »Solange Sie der Ansicht sind, dass Tore Hakksveen nicht der Täter ist, müssen wir zu seinem Status innerhalb der Ermittlungen Position beziehen. Alles Weitere regeln wir dann nach und nach. Ich habe ein bisschen Angst, dass Sie unsere Arrestzellen mit Verdächtigen vollstopfen. Ich fürchte, sowohl die Staatsanwaltschaft als auch die Öffentlichkeit würden den Eindruck bekommen, es herrsche Chaos. Lassen wir Hakksveen frei, was ist dann mit dem Jungen? Ich denke an die Presse heute Abend.«
Moen sah auf die Uhr. Es war fast zwei.
»Wenn eine dritte Person im Spiel ist, dann wäre es am besten, wenn sie glaubte, wir arbeiteten einzig und allein mit den beiden anderen.«
»Es ist unverantwortlich, Hakksveen länger festzuhalten. Er könnte es ausnutzen.« Der Polizeirat legte seine Unterlagen zusammen. »Er hat einen cleveren Anwalt.«
Moen lächelte.
»Ich habe ein Angebot, das er nicht abschlagen kann. Wenn wir die Anklage wegen Angriff auf einen Staatsbeamten fallen lassen, ist er bereit, mit uns zusammenzuarbeiten. Die Untersuchungshaft wird sowieso angerechnet, wenn er ins Gefängnis kommt.«

# 23

Moen lief in Begleitung von Svein Solvold und einer Krankenschwester über den Wirtschaftshof von Store Lundby in Richtung Schule und Verwaltungsgebäude. Oben auf der Treppe angekommen, konnte er Kjell Mannsåker sehen, der in seinem Büro saß und die Füße auf den Schreibtisch gelegt hatte. Er begab sich ins Vorzimmer, wo Solvold und die Krankenschwester auf Stühlen Platz nahmen, während er selbst auf die Bürotür zustrebte. Die Vorzimmerdame wandte sich an ihn:

»Entschuldigung, aber da drinnen findet eine Besprechung statt.«

»Ach, tatsächlich«, erwiderte Moen und zog die Tür auf.

Marita Mæhlum fuhr ruckartig herum und sah ziemlich erschrocken aus. Eine hübsche Frau mit runden Wangen und Mittelscheitel drehte sich ebenfalls um und starrte Moen erstaunt an.

Kjell Mannsåker nahm die Füße vom Schreibtisch, blickte auf die Uhr und sagte lächelnd:

»Fünf vor zwei! Wir müssen gleich ins Gefecht. Tut mir leid, Mädels, wir müssen ein andermal weitermachen.« Er wandte sich Moen zu.

»Das ist übrigens Brita Myrvoll, die die Abteilungsleitung von Lillebo übernommen hat.« Er deutete auf seine Kollegin. Sie erhob sich und nickte schüchtern. »Und das ist Knut Moen, Kommissar von der Kripo. Vielleicht können Sie uns erklären, worum es heute geht. Die Damen sind neugierig, warum sie ausgeschlossen werden.«

»Das ist eine Angelegenheit zwischen der Polizei und denjenigen, die es betrifft. So ist es wohl am besten. Wollen wir anfangen?«

»Okay. Dann müssen Sie mich entschuldigen, meine Damen.«

Er ging voran und öffnete nacheinander drei Türen, die sie in den Konferenzraum führten. Dort saßen vier Männer, die den männlichen Teil der Belegschaft von Store Lundby, Abteilung Lillebo ausmachten. Mannsåker setzte sich und deutete auf Reidar Olsby.

»Reidar kennen Sie ja schon. Der dunkle Typ da vorne, der wie ein Rockmusiker aussieht, ist Jo Henden. Er sieht so aus, weil er genau das ist, Musiker und Sozialtherapeut. Und das ist Hans Andreassen, Computerfreak und Sozialtherapeut.«

Moen dachte, dass Letzterer wie ein ausrangierter Hippie aussah.

»Und schließlich, wenngleich nicht weniger wichtig«, fuhr Mannsåker fort, »Bernhard, Anne Sørlis Kollege bei der Nachtwache. Er ist heute gekommen, obwohl er keine Anwesenheitspflicht hat. Vielleicht nicht ganz freiwillig, aber hier ist er.«

Bernhards nachtschwarze Augen starrten unter dichtem, gelocktem Haar zu Moen herüber. Sein Kopf ragte aus einem Islandpullover mit Rollkragen.

Moen stellte Solvold und die Krankenschwester vor. Die Anwesenden blickten einander fragend an.

»Krankenschwester?«, entfuhr es Reidar Olsby. »Was soll der Blödsinn?«

Svein Solvold räusperte sich.

»Manchmal ist es für die Polizei erforderlich, die losen Enden einer Ermittlung zu ordnen. Hunderte von Spuren werden untersucht, und in der Regel erweisen sie sich als irrelevant für die eigentliche Sache. Das heißt, dass ein Großteil unserer Arbeit gewissermaßen zwecklos ist, da sie uns nirgendwo

hinführt. Für uns ist es trotzdem wichtig, all das auszuschließen, was keine Bedeutung hat.« Solvold machte eine kleine Kunstpause. »Ein solch loses Ende erfordert, dass wir von den männlichen Angestellten in Lillebo eine DNA-Probe nehmen. Den Hintergrund zu dieser Angelegenheit kann ich Ihnen leider nicht verraten. Ich hoffe aber auf Ihr Verständnis und Ihre Zusammenarbeit. Die Probe selbst ist ganz einfach zu entnehmen, und es dauert nur ein paar Sekunden. Solveig wird Ihnen die Einzelheiten erklären.«
Reidar Olsby hob die Stimme:
»Dazu können Sie uns doch wohl nicht zwingen?«
Solvold lächelte.
»Wir kommen hier nicht mit irgendeiner rechtlichen Handhabe. Wir bitten um Ihre Kooperation. Sie alle waren Kollegen von Anne Sørli. Nach meiner Erfahrung sind die Zuschauer immer zur Zusammenarbeit bereit, ganz einfach weil sich alle wünschen, dass der Täter gefasst wird.«
»Sie haben doch zwei Verdächtige in Haft. Wozu soll das gut sein?« Reidar Olsby stand auf. »Das kommt überhaupt nicht infrage.«
Kjell Mannsåker schrie beinahe:
»Setz dich, Reidar. Lass uns wie zivilisierte Menschen darüber reden.«
»Halten Sie mich auf, wenn ich zur Tür hinausgehe?«, fragte Olsby an Solvold gerichtet.
»Nein, das kann ich nicht.«
Olsby setzte sich wieder und murmelte etwas Unverständliches in sich hinein.
Svein Solvold lächelte zaghaft.
»Vielleicht sollte ich erst mal den Chef fragen. Was meinen Sie, Mannsåker? Sind Sie bereit, eine Probe abzugeben?«
»Ich denke gerade darüber nach.« Er sah zu Olsby hinüber.

»Es ist ja durchaus möglich, dass es hier Bedenken gibt, rein prinzipiell gesehen. Vielleicht ist es das, was Reidar beschäftigt. Ich finde auch ganz persönlich, dass eine solche Anfrage etwas Belastendes mit sich bringt.« Mannsåker schaute zur Decke. »Aber alles in allem glaube ich, dass wir der Polizei und unserer verstorbenen Kollegin diese Zusammenarbeit schulden. Wenn es die Arbeit der Polizei erleichtert, sage ich Ja, und als euer Vorgesetzter möchte ich euch auffordern, das Gleiche zu tun.« Er blickte jeden seiner Mitarbeiter einzeln an.
»Ich möchte sogar so weit gehen und betonen, dass es Konsequenzen für euer Arbeitsverhältnis haben kann, falls ihr euch weigern solltet. Ich werde es auf alle Fälle erwägen.«
»Danke und auf Wiedersehen«, sagte Reidar Olsby. Er war auf den Beinen, bevor Mannsåker seinen Satz zu Ende geführt hatte. Svein Solvold, der im Weg stand, sprang zur Seite, und Reidar Olsby knallte die Tür hinter sich zu. Moen folgte Olsby nach draußen. Der Mann lief zielstrebig auf den Parkplatz zu. Moen lief schneller und holte Olsby ein, bevor er sein Auto erreichte.
»Lassen Sie uns kurz reden«, keuchte Moen.
»Kommen Sie bloß nicht näher und keine Tricks.«
»Ich hoffe, Sie sehen ein, dass Ihre Handlungsweise verdächtig erscheinen kann.«
»Ich weiß, in welchem Fall Sie ermitteln, und meine DNA hat nichts damit zu tun.«
»Umso unverständlicher ist mir Ihre Reaktion.«
Reidar Olsby fand keine Worte. Er setzte sich kopfschüttelnd ins Auto, und Moen konnte gerade noch sagen:
»Überlegen Sie es sich, und dann kommen wir darauf zurück.«
Olsbys Pick-up schoss davon, sodass der Dreck hochspritzte, und verschwand die Allee hinunter.

Svein Solvold legte die Beine übereinander und dankte Kjell Mannsåker für die Zusammenarbeit. Kjell Mannsåker wippte mit seinem Stuhl nach hinten und nickte nahezu gnädig.
»Das hat uns noch gefehlt. Ich bedauere das mit Olsby. Manchmal kann er wirklich eine Plage sein. Niemand weiß das so gut wie ich. Bitte, bedienen Sie sich!«
Auf seinem Schreibtisch stand eine Platte mit Kuchen und trockenen Keksen. Moen und Svein Solvold hatten sich eben etwas Pulverkaffee in Wegwerftassen angemischt. Die Tassenhalter sahen aus, als ob sie seit der Eröffnung der Einrichtung in Gebrauch waren.
Moen trank einen Schluck Kaffee, stellte die Tasse ab und lehnte sich nach vorn.
»Ich habe mich gestern mit Frau Mæhlum über Per Erik Henriksen unterhalten. Sie sagte, Sie seien skeptisch gewesen, ihn zur Behandlung aufzunehmen. Stimmt das?«
»Ja, das ist richtig. Aber ich habe mich überreden lassen. Das passiert nicht so häufig, nichtsdestotrotz hatte ich am Ende recht.«
»Wo lagen Ihre Bedenken?«
»In seiner Vorgeschichte und seinem Registereintrag, um es mit Ihren Worten auszudrücken. Unkontrolliert, furchteinflößend. Erfordernis von Abschirmung und Isolation. So etwas verursacht Schwierigkeiten in der Abteilung. Nicht nur für die Angestellten, sondern ebenso für die anderen Jugendlichen. Damit die Behandlung anschlägt, muss die Abteilung wie ein therapeutisches Milieu funktionieren. Man muss eine normale Tagesroutine einführen, Mahlzeiten, Schulbesuch, Hausaufgaben. Man muss sich kümmern und Grenzen setzen, um die persönliche Entwicklung zu fördern. Dieses Milieu ist ganzheitlich. Die Patienten kommen freiwillig, um sich behandeln zu lassen. Ein Junge wie Per Erik schafft Konflikte

innerhalb des Personals und verunsichert die anderen Jugendlichen. Viele kommen aus instabilen häuslichen Verhältnissen. Ich war immer der Meinung, dass Verhaltensauffälligkeiten in die Jugendhilfe gehören und dass sich die Psychiatrie auf das konzentrieren muss, was sie leisten kann. Ich habe keine Skrupel, jemanden zugunsten der Gesamtheit zu opfern. Einige von meinen Mitarbeitern sehen nur ›ihre‹ Jugendlichen und haben Favoriten, so wie Reidar im Hinblick auf Per Erik. Das ist ein Luxus, den ich mir nicht leisten kann. Ich muss darauf achten, dass das Ganze funktioniert.«

»Habe ich es richtig verstanden, dass es einen Konflikt zwischen Ihnen und Reidar Olsby bezüglich der Entlassung von Per Erik gegeben hat?«

Kjell Mannsåker lächelte.

»Wer hat Ihnen das erzählt? Reidar?«

»Habe ich das richtig verstanden?«, wiederholte Moen.

»Mein Konflikt mit Reidar betrifft wohl mehr als nur das. Man könnte fast sagen, dass er einen richtiggehenden Hass auf mich entwickelt hat. Es ist eine schwierige Situation für einen Vorgesetzten, der manchmal unpopuläre Entscheidungen treffen muss, wenn die Opposition so – wie soll ich sagen – persönlich wird.« Er strich sich übers Kinn und fügte hinzu: »Es ist nicht lustig, Reidar Olsby im Nacken zu haben. Zeitweilig habe ich tatsächlich gefürchtet, dass er mich tätlich angreift. Die Situation ist zu einer großen Belastung geworden. Er hat auch gegen Marita Mæhlum Hassgefühle entwickelt, sie ist hier unsere Fachverantwortliche für die Behandlung.« Mannsåker lehnte sich zurück. »Er hat vor Zeugen gesagt, dass er uns beide fertigmachen würde. Brenzliger könnte ein Konflikt innerhalb des Personals wohl kaum sein.«

»Können Sie sagen, warum es so gekommen ist?«

»Nein, eigentlich nicht. Ich kann mir nur gut vorstellen, wie

Reidar das Ganze sieht. Er hat sich Meinungen über uns gebildet, die nichts mit der Realität zu tun haben. Gegen so etwas kann man sich nur schwer verteidigen und dann noch bei Reidars Persönlichkeit. Eine Kostprobe davon durften Sie ja heute erleben. Zu seiner Entschuldigung kann ich anbringen, dass er eine schwierige Jugend hatte und sich ohne große Hilfe im Leben zurechtfinden musste. Wir vergessen oft, dass viele, die eine schwierige Kindheit haben, sich trotzdem gut durchschlagen.« Mannsåker lächelte.

Solvold mischte sich in das Gespräch:

»Können Sie uns sagen, welche Meinung Reidar Olsby über diese Sache hat?«

»Eigentlich müssten Sie ja mit Reidar selbst sprechen, wenn das für Sie von solchem Interesse ist.«

»Wir nehmen gerne mit Ihrer Version vorlieb«, warf Moen ein.

Mannsåker lehnte sich nach vorn und blickte sie mit ernstem Ausdruck an.

»Ich habe es mir zum Prinzip gemacht, mich um meine Leute zu kümmern, so weit es möglich ist. Sie machen alle einen anspruchsvollen und nicht sonderlich gut bezahlten Job. Sie arbeiten im Schichtdienst, und bezüglich dessen, was sie ausrichten können, lastet eine große Verantwortung auf ihnen. So oft es geht, erlaube ich ihnen daher, die Schicht zu wechseln, oder ich gebe ihnen ein paar Tage frei, sodass sie ihre privaten Bedürfnisse und Interessen verfolgen können. Reidar arbeitet seit über einem Jahr auf dem Besitz seiner Schwiegereltern in Lensbygda. Ein kleiner Hof, fast schon ein Kleinbetrieb. Ich habe alles in meiner Macht Stehende getan, dass Reidar dort arbeiten konnte. Außer mir wissen es nicht viele, aber Reidar plant, den Hof zu einer privaten Einrichtung der Jugendhilfe umzubauen, was ich persönlich für eine gute Sache halte, zumal Reidar viele Qualitäten besitzt, die in die Jugendhilfe passen.« Mannsåker breitete die Arme aus. »Tatsache ist, dass ich dachte, ich unterstütze ihn bei seinem Projekt. Verstehen Sie?«

»Ja, danke, wir verstehen ausgezeichnet«, erwiderte Moen.

»Das ist gut. Und jetzt kommt das Unglaubliche. Eines Tages kommt Reidar in mein Büro hereingeschossen und sagt: ›Was haben du und diese affektierte Puppe, die sich Psychologin nennt, jetzt wieder angestellt?‹ Zitat Ende. Ich war völlig verdutzt.« Er drehte sich einmal mit seinem Stuhl herum und faltete die Hände.

»Es erwies sich, dass ihm der Kredit zum weiteren Ausbau verwehrt wurde – von der Totener Sparebank –, und er behauptete, dass wir dahinterstünden, Marita und ich. Er glaubte es deswegen, weil Arve Nerseth, Maritas Mann, im Vorstand der Bank sitzt. Gemäß Reidar war der Grund, irgendwer habe Zweifel an seiner fachlichen Qualifikation geäußert, und das sollten dann eben wir gewesen sein.

Wenn ich Arve Nerseth frage, was dahintersteckt, bekomme ich eine ganz andere Geschichte zu hören: Arve Nerseth sagt, er habe wegen der Sicherheiten keinen Kredit bekommen. Der Hof gehört den Eltern der Frau. Man war der Ansicht, dass sie ihr den Hof wohl in nächster Zukunft überschreiben würden, aber dann müsste auch sie als Kreditnehmerin fungieren, und darüber herrscht wohl ein wenig Unsicherheit in der ganzen Familie. Verstehen Sie?«

Moen blickte zu Solvold. Sie grinsten sich an.

»Arve Nerseth hat wohl mit Reidar noch ein Hühnchen zu rupfen. Er sagt, er sei bei den Hells Angels in Hamar gewesen und war in ernsthafte Verbrechen verwickelt. Nennt ihn einen falschen Fünfziger. Ich weiß nicht. Vielleicht haben Sie ja was über ihn?«

# 24

Moen und Solvold saßen zusammen in Moens Auto. Vor ihnen lag das Haus von Reidar Olsby.
»Vielleicht gibt es Frost heute Nacht«, sagte Svein Solvold.
Moen antwortete nicht. Er beugte sich vor und öffnete das Handschuhfach, wo er ein kleines Taschenfernglas fand.
»Sollen wir reingehen und es noch mal versuchen?«
»Da vorne kommt ein Wagen, der mir irgendwie bekannt vorkommt«, erwiderte Moen und setzte das Fernglas vor die Augen. »So ein Mist. Das ist die *VG*. Jemand hat ihnen einen Tipp gegeben. Sehen Sie, da kommt noch ein Wagen.«
»Geben Sie mir mal das Fernglas?« Solvold streckte den Arm aus und bekam das Glas. »Den kenn ich. Wir waren zusammen auf dem Gymnasium.« Er drehte sich zu Moen. »Mannsåker hat offenkundig nicht viel Zeit verschwendet, um die Presse einzuschalten.«
»Wenn er es denn gewesen ist. Ich wüsste es gerne genau.«
»Haben Sie Zweifel?«
»Wie gesagt: Ich wüsste es gerne genau. Wie gut kennen Sie den da vorne?«
»Während der Schulzeit waren wir befreundet, aber das ist schon ein paar Jährchen her.«
»Ich will wissen, wer dieses Schmierblatt informiert hat.«
»Kein Journalist würde seine Quellen verraten.«
»Sagen Sie ihm, es wäre an der Zeit, dass auch er sich mal nützlich macht.« Moen setzte das Fernglas wieder an die Augen. »Das war ein Scherz. Versuchen Sie es heute Abend. Sa-

gen Sie, dass es wichtig für uns ist und dass wir es vertraulich behandeln. Versprechen Sie ihm irgendwas – in angemessenen Grenzen natürlich.«
Moen legte das Fernglas zurück ins Handschuhfach.
»Die machen die Tür da unten bestimmt nicht auf. Verschwinden wir, bevor die Blattläuse uns entdecken.«

Der große Versammlungsraum in der Polizeihauptwache von Gjøvik war voller Presseleute. Ganz offensichtlich »lag etwas in der Luft«. Moen und Solvold saßen auf dem Podium, der Staatsanwalt kam kurz nach ihnen. Asbjørn Gihle holte seine Frau in Gardermoen ab, doch Jenny Kammerstuen vertrat die Dienststelle des Lensmanns vorn in der ersten Reihe. Sie war in Zivil.
Der Polizeirat versuchte den Versammelten zu erklären, dass es wenig Neues in dem Fall gab, die Polizei jedoch trotzdem Fortschritte in der Ermittlung mache. Die beiden Verdächtigen befanden sich noch immer in Verwahrung. Per Erik Henriksen war nun in einer geschlossenen psychiatrischen Anstalt untergebracht, wo er unter Beobachtung des medizinischen Personals stand und eine seinen Problemen angemessene Behandlung bekam. Dies war veranlasst worden, um dem Ersuchen des Gerichts nachzukommen. Ein Journalist von der Hauptstadtpresse erhob sich.
»Es sind bald vier Wochen vergangen. Wir hatten eigentlich den Eindruck, der vorliegende Fall würde schnell aufgeklärt, zumal die Polizei gleich am ersten Tag zwei Personen gefasst hat, die eine Verbindung zum Tatort hatten. Woran hapert es denn?«
»Vielleicht möchten Sie darauf antworten?«, sagte der Polizeirat an Moen gewandt.
Moen trank einen Schluck Wasser.

»Es stimmt, dass wir auf eine rasche Aufklärung gehofft haben. Doch nun zeigt sich, dass der Tathergang und die Schuldfrage viel komplizierter sind. Ein Grund dafür, dass wir uns Zeit nehmen, ist die Tatsache, dass die Arbeit der Polizei in einigen früheren Mordfällen teilweise heftig kritisiert wurde. Ich glaube, es ist ganz angebracht, den Fall Liland zu erwähnen, denn hier gibt es Ähnlichkeiten. Beide Verdächtigen sind durch ihren Hintergrund vorbelastet, und daher ist es naheliegend, in einem von ihnen den Täter zu vermuten, zumal beide am Tatort oder in der Nähe waren. Die technischen Beweise haben uns bisher nicht eindeutig verraten können, wer das Verbrechen begangen hat. Vor dem Hintergrund dessen, was im Fall Liland dann später herausgekommen ist, möchte die Polizei vor Gericht über eine Beweisführung verfügen, an der keinerlei Zweifel besteht.«
Ein anderer Journalist sprang auf.
»*Totener Anzeiger*«, flüsterte der Polizeirat Moen zu.
»Ja, bitte.«
»Wir wissen aus sicheren Quellen, dass sich der Verdacht gegen Tore Hakksveen deutlich abgeschwächt hat. Wieso hält die Polizei ihn weiterhin in Untersuchungshaft?«
»Aus Rücksicht auf die Ermittlung. Bedenken Sie bitte, dass der Verdächtige und sein Anwalt der weiteren Haft zugestimmt haben.«
Moen hatte die Staatsanwaltschaft überreden können, die Anklage wegen Angriffs auf einen Beamten fallenzulassen, und kassierte nun die Belohnung.
»Gibt es weitere Fragen?«
Moen wappnete sich für das Unvermeidliche. Mehrere Hände gingen in die Luft. Das konnte nur eins bedeuten: *Verdens Gang* war nicht das einzige Blatt, das von Reidar Olsby wusste. Wenn sie allein gewesen wären, hätte es am nächsten Tag in

deren Zeitung gestanden, Punkt. Jetzt ergriff Moen selbst die Initiative:
»*Verdens Gang*!«
Der Journalist lächelte zufrieden, während er sich erhob.
»Wir haben gehört, dass die Polizei DNA-Proben der männlichen Angestellten aus der Abteilung nimmt, in der Anne Sørli getötet wurde. Stimmt das?«
»Das kann ich nicht abstreiten.«
»Und dass einer der Angestellten sich weigert, eine Probe abzugeben.«
»Das ist zunächst einmal richtig, aber es wäre völlig falsch, dies dahingehend zu deuten, wir ermittelten in eine andere Richtung als heute bereits erwähnt. Die Entnahme der Proben war eine von Hunderten von Routinemaßnahmen, die bei einer Ermittlung durchgeführt werden. Die meisten führen nirgendwohin. Der Test war freiwillig. Dass sich jemand aus prinzipiellen Erwägungen nicht testen lassen will, erleben wir in unserer Arbeit jeden Tag. Daran ist nichts Verdächtiges.«
Moen stellte fest, dass er im Lauf der Jahre zu einem perfekten und routinierten Lügner geworden war. Er lächelte den *VG*-Journalisten zufrieden an, der sich mit einem ironischen Grinsen revanchierte.
»Was die Presse angeht, so verfüge ich über keinerlei Macht oder Autorität, ich möchte Sie aber unbedingt zur Vorsicht mahnen. Der Betreffende wird in dem Fall nicht verdächtigt und hat Familie. Bitte denken Sie daran.«

»Wir brauchen eine rechtliche Handhabe, um Reidar Olsby eine Probe abzunehmen! Ich muss das morgen früh vorliegen haben.«
Der Staatsanwalt schüttelte resigniert den Kopf.

»Sie haben den Polizeidirektor gehört. Wir können unsere Arrestzellen nicht mit Verdächtigen vollstopfen.«
»Ich bestehe darauf, dass der Mann untersucht wird.«
»Und selbst wenn die Verstorbene von Reidar Olsby geschwängert wurde. Das war im letzten Jahrhundert vielleicht ein Mordmotiv, aber nicht in diesem.«
Knut Moen ließ nicht locker.
»Nun, sein Arbeitgeber, den er mit Hass verfolgt, erzählte uns eine Geschichte, die vielleicht ein Motiv ist. Wir haben auch sein Alibi noch nicht genau unter die Lupe genommen. Es ist höchste Zeit, die Sache aus der Welt zu schaffen – oder umgekehrt. Sie kennen die ganzen Indizien ja auch, die hier auf eine dritte Person deuten. Wir können es uns nicht leisten, die Spuren noch kälter werden zu lassen. Svein Solvold sagt die ganze Zeit, dass es etwas ungeheuer Kaltblütiges an diesem Einbruch nach der Mordnacht gibt. Reidar Olsby ist kein Angsthase. Das dürfen wir nicht übersehen. Es bringt nichts, das Ganze in die Länge zu ziehen. Wir werden morgen früh aktiv. Die Mannschaft ist bereit.«
Moens Handy klingelte. Es war Svein Solvold.
»Ich sitze hier mit meinem Freund, dem Journalisten. Er will mit Ihnen selbst eine Vereinbarung treffen. Er sagt, Sie hätten bei den Journalisten keinen guten Ruf.«
»Ach, tatsächlich. Wo sind Sie denn?«

Ein paar Minuten später saß Moen im Hotelzimmer des Journalisten. Svein Solvold hatte sich in einem Plastikbecher mit einem Tropfen aus der Reiseflasche seines Freundes versorgt und folgte den Verhandlungen. Der Journalist war äußerst skeptisch.
»Ich hab einen Kollegen angerufen, der Sie kennt. Er sagt, Sie seien nicht sonderlich kooperativ.«

»Ich weiß, was die Gerüchte über mich sagen, aber solange ich denke, dass ich es verantworten kann, arbeite ich mit der Presse zusammen. Vielleicht erwartet Ihr Kollege ja noch etwas mehr.«

»Svein Solvold hat mir erzählt, dass Sie mich dazu bringen wollen, eine Quelle preiszugeben. Wenn so etwas herauskommt, bin ich erledigt. Ich wüsste nicht, was Sie mir im Gegenzug anbieten könnten.«

»Nicht mehr, als dass wir Sie bei einem eventuellen Durchbruch favorisieren. Das würde Ihrer Karriere als Kriminalreporter sicher nicht schaden.« Moen lächelte. »Es ist das erste Mal, dass ich so tief sinke und einem Pressemenschen ein derartiges Angebot mache.«

Der Journalist grinste und rieb sich über die Stirn.

»Welche Garantie habe ich, dass mein Verrat unter uns bleibt? Meine Karriere ist völlig ruiniert, wenn das rauskommt.«

»Ihr Kollege hat Ihnen bestimmt auch erzählt, dass ich einer von diesen alten Idioten bin, die noch an einer vorsintflutlichen Berufsehre hängen. Ist das nicht eine Art Garantie für Sie? Wir von der alten Schule haben gelernt, die Klappe zu halten. Ich werde kein Sterbenswörtchen über den Namen sagen, dem ich hinterherjage. Er ist ausschließlich für meinen und Svein Solvolds Gebrauch bestimmt. Er wird in keinerlei Versammlung erwähnt und niemals zu Papier gebracht.«

»Geben Sie mir Ihr Wort darauf?«

Moen ergriff die ausgestreckte Hand.

»Dann haben wir eine Abmachung.« Der Journalist leerte sein Glas.

»Er heißt Hans Andreassen. Ein ziemlich unsympathischer Typ, der nur hinter dem Geld her ist. Übrigens ziemlich viel.« Der Journalist lachte. »Verdammt, ich hoffe, er kauft sich neue Klamotten davon.«

»Haben Sie vielen Dank.« Moen stand auf. Er war sicher, dass es Kjell Mannsåker gewesen war, doch wie es nun aussah, musste er fürchten, seine Integrität für eine Auskunft verkauft zu haben, die schlicht und ergreifend wertlos war.

# 25

Sie fuhren um sieben Uhr von der Dienststelle des Lensmanns los. Die Luftfeuchtigkeit war hoch, und die erste Frostnacht lag hinter ihnen. Die Stoppelfelder waren mit weißem Raureif bedeckt, und die Laubbäume spreizten ihre schwarzen Äste in den Himmel. Auf der kurzen Fahrt nach Kraby war beinahe kein Anzeichen von Leben zu entdecken. Sie hielten an der alten Eisenbahnstation und besprachen sich kurz miteinander. Moen blieb im Wagen sitzen. Svein Solvold und Jenny Kammerstuen liefen zu Reidar Olsbys Tür, während die anderen Beamten in respektvollem Abstand die Ecken der umstehenden Häuser sicherten. Moen bemerkte einen älteren Mann, der sie aus einem Fenster heraus beobachtete, durch das die Auffahrt der Olsbys gut zu sehen war.

Solvolds und Kammerstuens Instruktionen lauteten, Reidar Olsby zwecks DNA-Probe und Vernehmung in die Dienststelle des Lensmanns zu bringen – aus freien Stücken. Da es große Unsicherheit im Hinblick auf Reidar Olsbys guten Willen gab, waren sechs uniformierte Polizisten um das Haus herum postiert, mit einsatzbereiten Handschellen.

Moen sah, wie Svein Solvold an der Tür klingelte und eine Frau die Nase zur Tür herausstreckte, sie dann aber wieder schloss. Ein paar Sekunden später stand Reidar Olsby auf der Türschwelle und nahm ein Schreiben entgegen. Er trug wie üblich ein weißes T-Shirt und Jeans. Er las sich das Schreiben durch, nickte und sagte ein paar Worte. Solvold nickte ebenfalls und Reidar Olsby ging wieder ins Haus. Moen nahm das Fernglas und beobachtete die Szenerie. Er sah, dass Svein Solvold die Türklinke herunterdrückte und aus Leibeskräften daran rüttelte. Es bestand kein Zweifel, die Tür war abgeschlossen.

Über Funk hörte er, wie Solvold seine Kollegen alarmierte, die aus ihren Winkeln näher auf das Haus zurückten. Moen stieg aus dem Wagen und ging an dem Haus vorbei, in dem der ältere Herr wie festgeklebt an der Fensterscheibe stand.

Bis jetzt hatte dieser Morgen tot und leblos geklungen, doch nun wurde die Stille von einem heulenden Motorengeräusch zerrissen – ein Motorrad. Moen beschleunigte seine Schritte, als er sah, wie sich alle seine Beamten gleichzeitig in Bewegung setzten. Als Moen hinzukam, standen acht Beamte und Beamtinnen erstaunt vor einem Loch in der Hecke hinter dem Haus. Alle Augen folgten einem endlosen Streifen, der sich vom reifbedeckten Stoppelfeld bis hin zum angrenzenden Acker erstreckte. In der Ferne erspähte Moen Reidar Olsbys Rücken, auf einem Motorrad mit hohem hinteren Schutzblech. Im nächsten Moment war er verschwunden.

Svein Solvold war dabei, die Nachbarschaftsbefragung zu organisieren. Zwei halb große Kinder starrten mit aufgerissenen Augen auf Knut Moen und Jenny Kammerstuen, die am Eingang standen. Frau Olsby, oder eigentlich Frau Skeiten, da sie ihren Namen behalten hatte, stand – weiß im Gesicht und mit über der Brust verschränkten Armen – im Flur und verbarrikadierte gleichsam den Weg ins Wohnzimmer. Dann beugte sie sich vor und schloss die Küchentür.

»Was in Gottes Namen wollen Sie denn bloß?«

»Hat Reidar es Ihnen nicht erklärt?«, fragte Moen in förmlichstem Ton.

»Nein.«
Moen erläuterte, worum es ging. Sie biss sich ratlos auf die Unterlippe und sah ziemlich verzweifelt aus.
»Typisch Reidar. Die Füße fliegen los, und der Kopf hinkt hinterher. Hätte er es nicht wenigstens einmal wie alle anderen machen können? Ich kann ihn einfach nicht bändigen, wenn er in dieser Stimmung ist. Er kommt bestimmt wieder zur Vernunft und meldet sich.«
»Was glauben Sie denn, wo er hinfährt? Darf ich Sie das fragen?«
»Niemand weiß, wie der Hase läuft. Da brauchen Sie mich gar nicht erst zu fragen. Er kommt, wann er will, ansonsten kriegen Sie ihn sowieso nicht. Ich kann und will Ihnen dabei nicht weiterhelfen.« Sie verschränkte die Arme fester über der Brust.
»Ist das alles? Meine Kinder müssen zur Schule, und die Arbeit wartet.«
»Wir haben eine Vollmacht, Gegenstände mitzunehmen, die Reidar Olsby benutzt hat, insbesondere Kopfbedeckung und Bettwäsche.«
»Wie bitte?«
Moen zog eine Kopie des Dokuments hervor, das Reidar Olsby vorgelegt worden war.
»Ich kann es nicht glauben. Was soll das Ganze? Was soll Reidar denn eigentlich getan haben? Sie verschweigen mir etwas.«
»Es ist das Verhalten Ihres Mannes, das uns veranlasst, hier zu stehen. Was heute passiert ist, macht die Sache wirklich nicht besser.«
»Geht es um Anne Sørli, oder ist da noch was anderes?«, erwiderte sie verunsichert. »Sie kommen von der Kripo, nicht wahr?«

»Richtig.«
»Ich habe Ihnen doch gesagt, dass Reidar in jener Nacht nach Hause kam.«
»Ja, das haben Sie. Stehen Sie immer noch zu Ihrer Aussage?«
»Allerdings. Gehen Sie jetzt, und erledigen Sie, was Sie erledigen müssen. Ich habe zu tun.«
Moen räusperte sich.
»Ihr Mann wird sich bestimmt bei Ihnen melden. Sie können ihm ja ausrichten, dass es besser um ihn steht, wenn er sich so bald wie möglich bei der Polizei meldet. Jeder Tag, der verstreicht, wird den Verdacht nur erhärten, dass er etwas zu verbergen hat. Das verstehen Sie sicher.«

Ein paar Minuten später standen sie mit Plastiktüten in den Händen draußen vor Reidar Olsbys Haus. Jenny Kammerstuen blickte Moen fragend an.
»Fahren Sie mit diesen Sachen direkt ins Labor nach Oslo. Ich rufe dort an und veranlasse, dass sie gleich untersucht werden. Ist das in Ordnung für Sie, oder verschwende ich damit Ihre Zeit?«
Jenny grinste schief.
»Kann ich mir ein oder zwei Stunden für eigenen Bedarf freinehmen, wenn ich schon mal da bin?«
»Ja, selbstverständlich.«
Svein Solvold tauchte hinter einer Hausecke auf.
»Was soll ich machen?«
»Sehen Sie das alte Haus neben Olsbys? Fangen Sie dort an. Ich mach mal einen kleinen Spaziergang am Acker entlang, wo er verschwunden ist, dann fahre ich zurück zur Dienststelle. Wir müssen bereden, was wir mit Olsby machen.«

Moen ging langsam neben der Motorradspur entlang. Jetzt war es heller, doch nach hundert Metern nahm ihm der Dunst die Sicht und weckte Erinnerungen an ähnliche Tage in seiner Kindheit. Eine Minute stand er ganz still und genoss das Gefühl, dann lief er weiter über den großen Acker bis zu einer Stelle, an der die Spur an einem Kiesweg endete. Sie führte Richtung Lena. Er fuhr wohl in südliche Richtung. Moen hatte sich gerade umgewandt und wollte denselben Weg zurücklaufen, als sein Handy in der Tasche plötzlich brummte und vibrierte.

»Hier spricht Solvold. Ich sehe Sie da draußen. Haben Sie seine Spur?«

»Ja.«

»Ich schätze mal, es wäre interessant für Sie, mit dem Mann zu reden, der neben Reidar Olsby wohnt. Da, wo Sie hingezeigt haben.«

Moen dachte darüber nach, und Solvold fragte unsicher:

»Oder haben Sie es eilig?«

»Eine Minute, dann komme ich.«

Moen schaltete in eine schnellere Gangart und folgte seiner eigenen Fußspur zurück. Kurze Zeit später saß er an einem Küchentisch und betrachtete den Hauseigentümer, der Kaffee einschenkte. Durch den Türspalt sah er eine ältere Frau, die auf dem Sofa saß und strickte. Plötzlich wurde ihm bewusst, dass er seit Langem keine Stricknadeln und kein Garn mehr gesehen hatte.

»Ich kann mich gut an den Tag erinnern, wissen Sie. Es war der Freitag vor meinem Siebzigsten, und ich war ein bisschen aufgeregt. Wir sollten unten in der Pension groß feiern, mit über vierzig Gästen.«

»Elchsteak?«, fragte Moen.

»Wie, woher wissen Sie das denn?«

Moen lächelte.
»Ich durfte von den Resten probieren. Es war gut.«
»Na, ist ja lustig. Aber lassen wir das. Also, ich schlafe nicht mehr so gut, ist wohl das Alter. Es war so gegen fünf, als ich hier mit meinem Kaffee in der Küche saß und Radio hörte. Draußen war es dunkel, aber ich sah, dass Reidar mit seinem kleinen Lastwagen nach Hause kam, und hörte, wie er scharf bremste und die Autotür zuknallte. ›Jetzt weck bloß nicht die Kinder auf‹, dachte ich, als er alles aufwirbelte, und dann hab ich noch überlegt, was er eigentlich mitten in der Nacht da draußen treibt, wo er doch eine so hübsche kleine Frau zu Hause hat. Ja, er ist wirklich immer sehr nett zu seiner Frau und zu den Kindern. Aber Reidar ist ja auch bekannt dafür – wie soll ich sagen –, etwas leichtsinnig zu sein. Danach habe ich im Radio gehört, was da oben in Lundby passiert ist. Damals hab ich nicht zwei und zwei zusammengezählt. Seine Frau kam mit einem Geschenk und erzählte, Reidar sei der Erste am Tatort gewesen und furchtbar erschüttert. Das war eigentlich schon alles. Ich habe hinterher ein Weilchen darüber nachgedacht. Ich möchte den jungen Leuten ja auch keine Probleme bereiten. Es ist nur so, dass meine Frau und Anne Sørlis Mutter zusammen auf die Volksschule gegangen sind. Nun ist es gesagt. Als Sie jetzt kamen, dachte ich, ich müsste einfach erzählen, was ich gesehen habe. In der Zeitung hab ich ja auch gelesen, dass zwei andere in Haft sitzen und verdächtigt werden.«
Der Mann hielt inne und legte zwei alte, von harter Arbeit gegerbte Hände in den Schoß. Er schnitt eine schüchterne Grimasse.
»Jetzt ist er abgehauen, der Reidar. Das sieht ja nicht besonders gut aus.«
Moen zuckte mit den Schultern.

»Wie heißt dieses Gut da vorne?« Er zeigte auf den Acker, über den er eben gelaufen war.

»Slagsvoll.«

Hoppla, dachte Moen.

»Dort hat angeblich eine Schlacht stattgefunden.«

# 26

Nach einem solchen Glückstreffer hätte man vielleicht erwarten können, dass die Nachforschungen an Fahrt aufnahmen, aber so war es nicht. Es war eher wie bei einem schweren Sportboot mit vielen Pferdestärken, wenn der Motor plötzlich versagt. Es stoppt merkwürdig schnell, und dann kommt die Welle von hinten und schlägt gegen das Heck, sodass alle nach vorn fallen. Ursache war, dass die Hauptperson in dieser sich neu entwickelnden Geschichte, Reidar Olsby, verschwunden war.
Asbjørn Gihle leitete persönlich die Jagd auf den Sozialarbeiter. Da die Polizei im Hinblick auf den Fahndungshintergrund zurückhaltend war, glaubten die meisten Leute, dass die DNA-Probe Stein des Anstoßes war. Mithilfe der Polizei aus Gjøvik überwachte man natürlich seine Bankkarte und sein Handy, doch Reidar Olsby war kein verwirrter Amateur. Er beging auch nicht den Fehler, sich in der Nähe seiner vertrauten Umgebung zu zeigen.
Von den Nachbarkommunen wurden Mannschaften ausgeliehen, und es gab zahlreiche Patrouillen. Nach und nach kamen immer mehr Hinweise herein, schließlich auch aus Hadeland und Hedmark, dann sogar von Orten wie Torsby in Schweden, bis Asbjørn Gihle durch einen Tipp seiner Frau schließlich aufging, dass es zu einem Massensport geworden war, der Polizei telefonische Hinweise zu geben. Reidar Olsby war jetzt zu einer Art Volksheld geworden.
Asbjørn Gihle gab Knut Moen zu verstehen, dass diese unseriöse Haltung seiner eigenen Leute ihm sehr naheging. Darü-

ber hinaus hielt er es für geradezu ehrenrührig. Sie änderten die Vorgehensweise mehr in eine aktive Nachforschung und schickten unter anderem Jenny Kammerstuen und Odd Sørli in Zivil heraus, um so vielleicht Olsbys Netzwerk und mögliche Helfer zu identifizieren.
Das Ergebnis der DNA-Probe von Reidar Olsby bot keine Überraschungen. Reidar Olsby war zweifellos der Vater von Anne Sørlis ungeborenem Kind. Da sie wussten, dass diese Vaterschaft Reidar Olsby bezüglich seiner Ambitionen, auf dem Besitz seiner Frau eine private Einrichtung der Jugendhilfe aufzubauen, in eine ziemliche Klemme gebracht hätte, war die Arbeitshypothese in Ergänzung zum Mordverdacht dahingehend ausgeweitet worden, dass er wohl den Einbruch am Tatort in der Nacht danach begangen hatte – dass Anne Sørlis weißer Mac vielleicht Material beinhaltete, das kompromittierend für Olsby war. Svein Solvold leitete die Arbeitsgruppe mit seiner charakteristischen Gründlichkeit. Frau Olsby musste mit den Kindern zu ihren Eltern nach Lensbygda ziehen, und nach kurzer Zeit würde er sie auch dorthin verfolgen, aber davon wusste sie nichts. Asbjørn Gihle hatte ihren Eltern versichert, dass ihr Besitz nicht das Ziel polizeilicher Ermittlungen sei, wohl wissend, dass Moen dies zu einem geeigneten Zeitpunkt überprüfen würde.

Inmitten all dessen führte Moen noch weitere Verhöre mit Per Erik Henriksen durch, dieses Mal mit der Mutter als Vormund.
»Jetzt musst du die Verantwortung für das übernehmen, was du getan hast, Per Erik. Erzähl dem Polizisten, was du gemacht hast! Du musst lernen, Verantwortung für deine eigenen Handlungen zu übernehmen und deine Strafe akzeptieren. Das ist das Einzige, was dir hilft. Du weißt das.«

Moen hatte das Tonband von den Verhören mehrmals abgespielt, sowohl für sich selbst als auch für seine Kollegen. Dieser Refrain war der Beitrag der Mutter zu den Besprechungen. Moen hatte ein paarmal Angst gehabt, dass der Verteidiger des Jungen auf die Mutter losgehen würde, während Per Erik sich erstaunlich lange ruhig verhielt. Seine Gemütsruhe hielt auch während des nächsten Tages an und äußerte sich in Antworten wie: »Ja doch, Mamma. Ich mache es, so gut es geht, Mamma. Ich habe doch gesagt, wie es ist, Mamma.« Moens Meinung nach war dies den Medikamenten zuzuschreiben, die er jetzt regelmäßig nahm, und als Per Erik Henriksen schließlich »gestand«, wie er sich selbst ausdrückte, gab es nur eine Person im Raum, die davon überrascht wurde. Sie reiste am nächsten Tag nach Hause, überzeugt davon, dass sie für die Polizei getan hatte, was möglich war. Den Rest würden sie schon allein herausfinden.

Auf Verlangen seiner Mutter hatte der Sohn unter Heulen und Zähneknirschen, unter besinnungsloser Verzweiflung ein weiteres vollständiges Geständnis abgelegt. Als sie ihn schließlich beruhigen konnten und die Mutter dazu brachten, den Mund zu halten, beschrieb er die Mordwaffe. Diesmal war es das andere Messer, das Olsby beschlagnahmt hatte und das sicher verwahrt in der Schublade im Wachraum von Lillebo lag. Er habe es in den Bach unterhalb des Gartens geworfen. Um sicherzugehen, führten sie eine Suche nach dem Messer durch, fanden aber nichts.

»Arve Nerseth«, sagte der Mann und ergriff Moens Hand.

»Ich hörte, dass Sie sich gerne mit mir unterhalten würden. Ich wohne während der Woche in Hamar, daher komme ich jetzt, obwohl es Freitagabend ist.« Arve Nerseth nickte Asbjørn Gihle zu, der im Moment die Rolle des Verbindungsoffiziers spielte. Moen legte ein halb aufgegessenes Brötchen zur Seite und bat ihn, Platz zu nehmen. Arve Nerseth trug eine grüne Tweedjacke und war etwas beleibt. Leute mit seinem Äußeren werden gern als jovial bezeichnet. Bei Arve Nerseth hätte man mit einer solchen Aussage allerdings etwas gezögert. Seine Augen, die weit zurück hinter zwei großen Hautfalten lagen, waren stahlgrau und hatten wohl schon das meiste gesehen. Er starrte Moen mit einem Ausdruck an, den man beinahe als verachtend hätte deuten können.

»Legen Sie los. Die warten zu Hause auf mich.«

»Es geht um Reidar Olsby. Ich hatte eine Unterhaltung mit Kjell Mannsåker. Er hatte eine Auseinandersetzung mit Reidar Olsby, bei der es um einen Darlehensantrag bei der Sparebank in Toten ging. Ihr Name wurde in diesem Zusammenhang erwähnt. Ich möchte nur eine Bestätigung über den Inhalt dieser Unterredung, da der Bericht, den ich erhielt, stark von den Konflikten gefärbt sein könnte, die zwischen den beiden existieren. Soll ich kurz zusammenfassen, was gesagt wurde?«

»Das ist nicht nötig. Ich schildere Ihnen sowieso meine eigene Version der Angelegenheit, wenngleich es dazu eigentlich keine Berechtigung gibt. Ich bin es nicht gewohnt, vertrauliche Dinge auszuposaunen, weder als Vorstandsmitglied der Bank noch als Leiter des Gesundheitswesens.«

Moen nickte energisch.

»Ich weiß Ihre Einstellung zu schätzen, und ich sehe das in Bezug auf meinen Beruf genauso. Nun verhält es sich aber so, dass dieser Kreditantrag ein wichtiger Baustein in dem Fall sein kann. Ich muss daher darauf bestehen, Ihre Version zu hören.«

»Was ist denn so wichtig daran?«

»Das müssen wir im Hinblick auf die weiteren Nachforschungen leider für uns behalten. Das Opfer war im Gesundheitswesen angestellt, in einer Ihrer Einrichtungen. Muss ich fortfahren, oder wollen wir gleich Tacheles reden?«

Nerseth bedachte Moen mit dem Schatten eines Lächelns. »Das reicht mir schon.«

Arve Nerseth erzählte die Geschichte folgendermaßen: Die Bank hatte von Reidar Olsby einen Antrag auf ein Darlehen in Höhe von eineinhalb Millionen Kronen bekommen, mit der Absicht, damit eine private Einrichtung der Jugendhilfe aufzubauen. Reidar Olsby hatte aus Arbeit und Investitionen ein Eigenkapital von neunhunderttausend ansparen können, auf einem Konto der Sparebank Toten. Neunhunderttausend auf einem Konto und ein relativ neues Haus, das abbezahlt war! Dazu zwei relativ bescheidene Einkommen! Arve Nerseth sparte nicht mit Ausrufezeichen.

Es waren indessen die Sicherheiten, die Schwierigkeiten verursachten. Das Haus war auf seine Frau eingetragen und der Hof in Lensbygda auf den Vater. Olsbys Frau hatte dann erklärt, dass sie und die Eltern in Zukunft ihr Haus und den Hof tauschen würden. Reidar Olsby wollte einen Geschäftskredit und fragte nach, ob es andere Finanzierungsmöglichkeiten gebe. Der Sachbearbeiter versprach zu überprüfen, ob sich etwas machen ließe.

»Dann wurde ich gebeten, die Sache einzuschätzen. Und das war meine Schlussfolgerung: Erstens verfügte Olsby weder über die fachliche noch die administrative Kompetenz, um eine solche Einrichtung zu betreiben. Und zweitens haben Privatunternehmer im Gesundheitsbereich in dieser Gegend keine sonderlich rosige Zukunft. In diesem Bereich hat es in der letzten Zeit genügend unseriöse Anbieter gegeben.

Um es ganz deutlich zu sagen: Solange ich etwas im Gesundheitswesen zu sagen habe, wird er niemals einen Klienten bekommen.« Nach seinem Ausbruch lehnte Arve Nerseth sich zurück. »Das Konto machte mich ebenfalls neugierig. Ich hab einen Bekannten bei der Polizei angerufen, einen Rotary-Kollegen, ich sage es gerne offen heraus. Er sagte, dass Olsby lange Jahre im Zusammenhang mit dem Motorradgang-Milieu in Hamar beobachtet wurde. Ich habe gleich die Ablehnung des Antrags empfohlen. Und das Ende der Geschichte war dann so: Reidar Olsby war so dreist, mich zu Hause aufzusuchen. Er hatte angeblich gehört, dass ich hinter der Ablehnung stehe. Ich versuchte, ihn hinauszuwerfen, kam aber schließlich mit nach draußen. Er hatte sich an der Fachkompetenz festgebissen. Er habe zusätzliche Informationen für mich. Es wären drei Leute, die die Einrichtung betreiben würden. Ich bat ihn, das schriftlich niederzulegen und an die Bank zu schicken. Seitdem habe ich nichts mehr gehört.«

»Wer waren die beiden anderen? Kam da etwas mit der Post?«

»Ja, sicher. Aber das veränderte weder meine Ansicht noch die der Bank.«

»Um wen handelt es sich? Wissen Sie das?«

»Ja, ich kenne beide, aber das hat ja wohl nichts mit der Sache zu tun, oder?«

»Wie können Sie das wissen?«, antwortete Moen lächelnd. Arve Nerseth hob resigniert die Hände.

»Stein Hovelsrud war der eine. Sonderpädagoge. Arne Dokken hat eine Ausbildung als Kinderpädagoge und eine zusätzliche Verwaltungsausbildung. Arbeitet in der Kommune. Gute Namen, aber das machte keinen Unterschied, wenn sie nicht als Eigentümer fungierten. Die Sicherheiten waren das Entscheidende.«

Als Nerseth gegangen war, drehte sich Moen zu Gihle um.

»Hol Jenny und Odd.«

Dann rief er Svein Solvold an.

# 27

Es stellte sich heraus, dass Arne Dokken in derselben Straße von Reidar Olsby fünfhundert Meter entfernt wohnte. Der Polizeidirektor in Gjøvik tobte angesichts der wahnwitzigen Ressourcenverschwendung, doch Moen war unerbittlich.

Es wurden Leute in Kraby postiert, beim Hof der Schwiegereltern in Lensbygda sowie vor dem Haus von Stein Hovelsrud, der an einem abgeschiedenen Weg an der Grenze zum alten Kavallerielager in Starum wohnte. Dieser Ort war günstig für die Polizei, denn der Wald reichte bis dicht an das Haus, wenngleich das alte Militärlager für jemanden, der sich auf der Flucht befand, Hunderte von Möglichkeiten bereithielt.

Früher oder später würde Reidar Olsby an einem der Orte auftauchen. Moen war sich seiner Sache sicher und bekam schneller recht, als irgendjemand ahnte. Gleich am ersten Sonntag nach Beginn der Winterzeit, der aus irgendeinem Grund wie der dunkelste Sonntag des Jahres wirkte, kroch Reidar Olsby aus dem Souterrainfenster, das zu ebener Erde lag, und holte sein Motorrad aus Stein Hovelsruds Garage. Der Lehrer und seine Familie waren zu diesem Zeitpunkt nicht zu Hause. In der Zeit, die der Polizeiposten brauchte, um zum Auto zu laufen und die beiden anderen Posten zu alarmieren, war er verschwunden, doch sein Versteck war entdeckt. Man entschied sich dafür, den Ort einen weiteren Tag unter Beobachtung zu halten, bevor man zur Tat schritt. Moen war auch klar geworden, dass er für die Ergreifung von Reidar Olsby eine kampferprobte Mannschaft mobilisieren musste. Dieses Mal wollte er Leute aus dem Überfallkommando einsetzen.

Am nächsten Tag war klar, dass sich Reidar Olsbys Unterschlupf tatsächlich bei Stein Hovelsrud befand. Um 19:15 Uhr bezogen schwarz gekleidete Beamte mit tief ins Gesicht gezogenen Sturmhauben ihre Posten im Dunkeln, im selben Augenblick erlosch die Straßenbeleuchtung. Der einzige Nachbar mit Fensteraussicht auf Hovelsruds Haus wurde von einem Beamten in Zivil aufgesucht, der sich hinsetzte und mit einer verdutzten Familie die restlichen Nachrichten anschaute. Dann war die Straßenbeleuchtung wieder da, und zwei Männer standen in der Garage, wo Reidar Olsbys Motorrad abgestellt war. Zwei Beamte standen rechts und links an der Wand neben dem Fenster, das Reidar Olsby als Ein- und Ausgang benutze. Um 19:25 Uhr saß Svein Solvold in einem Streifenwagen, legte den ersten Gang ein, stellte das Blaulicht an und ließ die Sirene ein paarmal aufheulen. Er bog nach links und lenkte den Wagen auf Hovelsruds Auffahrt. Der Zeitpunkt war ein Teil des teuflischen Plans. Im selben Moment saßen die meisten ihrer Landsleute wie gebannt vor dem Fernseher und sahen die Wettervorhersage des Norwegischen Rundfunks.

Im Nachhinein betrachtet konnte man wohl annehmen, dass Reidar Olsby die Wettermeldungen an diesem Tag nicht angesehen hatte. Nur Sekunden nachdem Knut Moen aus dem Auto gestiegen war, sah er ein weißes T-Shirt auf dem Boden vor dem Souterrain, und zwei dunkle Gestalten stürmten aus der Garage. Gerade war man dabei, einem verzweifelten Häftling die Handschellen anzulegen, doch da drehte Reidar Olsby sich herum und trat mit beiden Beinen auf einen der Beamten ein, der darauf nach hinten stürzte. Olsby riss sich von dem anderen Beamten los und verschwand hinter dem Haus.

Was danach im Dunkeln geschehen war, blieb im Unklaren. Auf der anderen Seite des Hauses hatten zwei weitere Beamte gestanden. Fest stand lediglich, dass einer von ihnen buchstäblich umgerannt worden war. Der andere schwor später, er habe noch nie jemanden so schnell fliehen sehen wie Reidar Olsby an diesem Abend, und bevor sie das auch nur denken konnten, war er von der Finsternis des Starumwaldes verschluckt worden. Kaum eine Minute später hatten sie ein Motorrad gehört, das mitten in der Dunkelheit gestartet wurde und in Richtung Kapp verschwunden war, soweit sie es beurteilen konnten. Reidar Olsby hatte nicht nur – wie ein Fuchs – zwei Ausgänge, sondern auch zwei Motorräder.

Das Blaulicht drehte und drehte sich, als Stein Hovelsrud den Kopf zur Tür herausstreckte. Er kam heraus und schloss die Tür hinter sich. Moen bat Svein Solvold, das verdammte Blaulicht abzuschalten und die anderen Posten zu informieren, dass der Vogel – wieder einmal – ausgeflogen war. Er ging auf den Leiter des Einsatzkommandos zu, der neben dem Fenster stand, aus dem Olsby herausgekommen war. Der Beamte, den Olsby getreten hatte, stand mit gekrümmtem Rücken daneben und hielt die Arme um den Bauch geschlungen. Moen fragte, ob er verletzt sei. Der Beamte richtete sich auf und zog sich die Sturmhaube vom Kopf.

»Am meisten wohl in meinem Stolz.« Er schüttelte den Kopf.

»Ich hab doch deutlich gesagt, dass wir hier keine Party feiern. Er ist nun mal kein gewöhnlicher Bauernjunge.« Moen gelang es nicht, seinen Ärger zu verbergen.

»Ich fürchte, wir haben ihn unterschätzt«, sagte der Kommandoleiter. »Was machen wir jetzt?«

»Setzen Sie sich ins Auto und warten Sie. Ich muss nur etwas mit dem Hauseigentümer klären.«

An der Haustür bohrte Moen seinen Finger in die Brust von Stein Hovelsrud. »Ich weiß noch nicht richtig, was ich mit Ihnen machen soll. Sie müssen sich für einige Dinge verantworten. Soll ich Sie festnehmen oder kommen Sie morgen um neun zu mir?«

»Ich komme morgen früh. Ich verspreche es.«

Moen zog seinen Finger zurück.

»Kann ich Ihnen noch vertrauen, nach dem, was hier passiert ist?«

»Ich bin Reidars Freund, aber ich bin nicht Reidar. Darauf können Sie sich auf alle Fälle verlassen. Ich kann nicht einmal Motorrad fahren, und ich streite mich nicht, wenn es nicht unbedingt nötig ist.«

Hovelsrud rückte seine Brille zurecht. »Ich komme. Vertrauen Sie mir.«

Moen drehte sich auf dem Absatz um, sodass der Kies unter seinen Schuhen knirschte, und ging zu Svein Solvold, der mit einem unergründlichen Lächeln an das Auto gelehnt stand.

»Sie haben also doch Temperament.« Solvolds Funkgerät machte sich bemerkbar. Er drückte auf den Bestätigungsknopf und gab seine Kennung durch. Solvold lauschte angestrengt.

»Verstanden, Ende und aus.«

»Irgendwas ist los bei Frau Olsby. Die Schwiegereltern haben die Kinder abgeholt. Arne Dokken und seine Frau sind bei ihr. Sie sahen jemanden von der Rückseite des Hauses verschwinden. Er lief übers Feld.« Svein Solvold blickte Moen fragend an.

»Das kann doch wohl nicht Olsby gewesen sein? Wie spät ist es jetzt?«

Sie blickten auf ihre Uhren. 19:50. Zum ersten Mal an diesem Abend lächelte Moen.

»In guter Gesellschaft vergeht die Zeit schnell.«

»Ich heiße Knut Moen und komme von der Zentrale der Kriminalpolizei.« Er zeigte seinen Dienstausweis. »Das ist mein Kollege Svein Solvold aus Gjøvik. Wir würden gerne einen Augenblick hereinkommen.«
Ein großer Mann mit langem Bart zog die Tür auf und ließ sie eintreten.
»Sind Sie Arne Dokken?«
»Ja«, sagte der Mann leicht erstaunt, »woher wissen Sie das?«
Moen lächelte zaghaft.
»Wir haben es so verstanden, dass Sie ein Freund von Reidar Olsby sind.«
»Das bin ich. Wir sind Nachbarn, und unsere Frauen arbeiten zusammen.«
Während die Worte gewechselt wurden, hörten sie im Wohnzimmer jemanden weinen.
»Worum geht es denn? Wie Sie hören, geht es Marte gerade nicht so gut. Das wird Sie ja sicher nicht überraschen.«
»War Reidar Olsby vor Kurzem hier?«
Arne Dokken schnitt eine Grimasse.
»Das war er. Aber nicht lange. Er wollte die Kinder sehen, aber sie sind nicht hier. Marte ist – wie soll ich sagen – in einer Krise, nach allem, was geschehen ist. Sie hat ihm gesagt, er solle sich zum Teufel scheren und dass er seine Kinder niemals wiedersehen würde.«
»Wo sind die Kinder?«
»Bei den Großeltern.«
Moen schaute zu Solvold, der augenblicklich zur Tür hinausstürmte. Er wandte sich wieder an Arne Dokken.
»Ich hätte gern, dass Sie mit in die Dienststelle des Lensmanns kommen. Wir müssen uns in Ruhe unterhalten.«
»Ich wüsste nicht, wozu ich da beitragen könnte. Meine Frau und ich haben lediglich Marte und den Kindern in einer

schwierigen Situation geholfen. Das hätten wir ohnehin getan, egal was Reidar auch machen würde.«

»Reidar Olsby hätte sich ohne Mithelfer nicht so lange verstecken können. Wir haben ihn bei Stein Hovelsrud gefunden. Sein Name und Ihrer stehen auf einem Kreditantrag, zusammen mit Reidar Olsby.«

»Was ich dazu sagen kann, habe ich schon gesagt. Wir helfen Marte. Reidar weiß sehr genau, dass ich nichts mit irgendwelchen Ungesetzlichkeiten zu tun haben will. Ich habe einen Job in der Kommune und bleibe auf dem rechten Weg.«

»Dann haben Sie also keinen Kontakt mit Reidar Olsby?«

»Ich will so ehrlich sein und Ihnen sagen, dass ich mit ihm telefoniert habe, aber er hat mich angerufen. Ich habe ihn gebeten, sich zu melden. Ich wusste auch nicht, dass er bei Stein war.«

Eine Frau trat auf den Flur hinaus und starrte sie an. Arne Dokken fuhr fort:

»Wir können gerne darüber reden. Soll ich morgen früh zu Ihnen kommen? Das ist hier bei uns gerade eine ganz haarige Situation.«

»Was ist denn passiert?«

»Das ist wohl eher etwas Privates.« Dokken schaute unsicher zu seiner Frau.

Frau Dokken sah sie mit ernstem Gesicht an. Solvold kam wieder in den Flur hinein und nickte Moen kurz zu.

Frau Dokken sagte mit Nachdruck:

»Weißt du was, Arne? Ich finde, wir sollten diesen Leuten erzählen, was mit Marte passiert ist. Dass jemand versucht, Reidars Leben zu zerstören, ist das eine, aber das, was hier heute geschehen ist, ist pure Bosheit und verletzt in erster Linie Marte und die Kinder. Außerdem ist es bestimmt vollkommen ungesetzlich.«

Dokken schüttelte den Kopf.
»Was soll denn Marte von uns denken, wenn wir wildfremden Leuten den Film zeigen? Das geht wirklich zu weit.«
Frau Dokken ließ nicht locker.
»Ich nehme sie mit nach oben, und dann kannst du es ihnen zeigen. Aber stell um Gottes willen den Ton ab.«

Der Bildschirm beleuchtete Solvold, der in einer dunklen Ecke des Wohnzimmers saß. Arne Dokken wandte sich ab. Er hatte genug gesehen, wie er sagte. Moen zog einen Stuhl an den Computertisch heran und setzte sich. Svein Solvold hatte die E-Mails aufgerufen. Arne Dokken erklärte, wie die Betreffzeile der E-Mail lautete. Solvold klickte sie an, und Moen beugte sich vor und las: »Liebe Marte. Wenn du glaubst, dass Reidar unschuldig ist, dann schau dir den Anhang an.« Der Absender hatte keinen Namen.
»Die Adresse des Absenders ist irgendwie getarnt.« Solvold wandte sich an Moen, der fragte:
»Kann man sie denn auch enttarnen?«
»Ich kenne da jemanden, der so was kann.«
Solvold klickte auf den Anhang, der aus einem kurzen Videoausschnitt von vielleicht zwanzig Sekunden Länge bestand. Wie gebannt starrten sie auf Anne Sørli, die von der Hüfte abwärts nackt war. Sie stützte sich mit den Händen auf dem Schreibtisch ab, Reidar Olsby stand mit blankem Hintern hinter ihr und bestieg sie. Anders konnte man das Gesehene kaum deuten.
Svein Solvold ließ den Ausschnitt ein weiteres Mal abspielen.
»Sehen Sie den Blickwinkel? Eine Überwachungskamera an der Decke.«
Solvold wandte sich zu Moen. »Schöne Bescherung. Wie die

Dame schon sagte: reine Bosheit. Reidar Olsby steckt ohnehin schon bis zum Hals in der Scheiße, und das ist wirklich schlimm für die Frau. Im Übrigen ist es auch ziemlich dumm, die Überwachungskamera preiszugeben. Seltsam.«

»Ist es nicht verboten, so etwas zu tun?« Arne Dokken stand hinter ihnen.

»Da können Sie sicher sein«, erwiderte Svein Solvold. »Kann ich das hier mitnehmen. Dann verfolgen wir es weiter.«

»Sie haben meine Erlaubnis«. Frau Dokken trat ins Zimmer. »Irgendwer muss ja etwas tun. Ich übernehme die Verantwortung.«

Arne Dokken lächelte und schüttelte den Kopf. Er sah seine Frau liebevoll an.

»Und dann soll ich Sie von Marte grüßen und sagen, dass Reidar ein Alibi hat.«

Moen stand auf.

»Warum hat sie das nicht schon vorher gesagt?«

»Das werden Sie begreifen, wenn Sie sehen, was Reidar in der neuen Werkstatthalle auf dem Hof der Eltern versteckt hat. Das war es, was ich Ihnen ausrichten sollte. Den Rest werden Sie schon selbst herausfinden. Im Grunde genommen weiß Marte, dass Reidar ein geiler Bock ist, aber er würde niemals die Familie verraten. Diesen Film zu sehen, ist eine ganz andere Sache. Sie wird es Reidar wohl nie verzeihen können.«

»Haben Sie Leute nach Lensbygda geschickt?«, fragte Knut Moen.

Svein Solvold nickte.

»Als die Kommandoeinheit eintraf, stand Reidar Olsby vor der Treppe beim Schwiegervater, der ihn aber nicht reinließ. Der Wagen steuerte direkt auf Olsbys Motorrad zu. So wie es aussieht, wollten sie es torpedieren, doch Olsby schoss zwischen ihnen hindurch, und sie mussten scharf bremsen, um ihn nicht über den Haufen zu fahren. Der erste Beamte, der aus dem Auto stieg, bekam dann wohl den ganzen Dreck ins Gesicht, als die Räder von Olsbys Motorrad durchdrehten und er vom Hof flitzte. Da war das Rennen schon gelaufen, denn er benutzt ja keine richtigen Wege, dieser Typ.«

»Langsam wird's direkt peinlich«, murmelte Moen und seufzte. »Ich bin ziemlich erschöpft, Svein, aber auch ungeduldig. Schaffen Sie es, da hochzufahren und sich diese Werkstatthalle von Olsby anzusehen?«

# 28

Am nächsten Morgen holte Svein Solvold in der Dienststelle des Lensmanns sein Notebook hervor. Das erste Bild von der Werkstatthalle in Lensbygda erschien auf dem Schirm. Es zeigte eine Reihe alter Autos, auf den folgenden Bildern waren Traktoren, Schneefräsen, Motorräder und schließlich ein Haufen mit Baumaterialien zu sehen.

Moen rieb sich über die Stirn.

»Wonach suchen wir denn überhaupt? Geht's um den Mac von Anne Sørli? Sie hatten wohl nicht genügend Zeit, alles genau zu durchsuchen?«

»Das muss dann auf alle Fälle heute gemacht werden, und es bedeutet eine Menge Arbeit.« Svein Solvold blickte resigniert zu Moen hinüber. »Ich warte noch auf meinen Bekannten, der sich den Videoauschnitt aus Kraby genauer ansehen wollte.«

Asbjørn Gihle betrat den Raum.

»Habt ihr was gefunden?«

»Alte Autos und Baumaterialien.« Svein Solvold zuckte mit den Schultern.

»Lasst mich mal sehen«, sagte Gihle und setzte sich. Solvold ließ die Bildserie erneut durchlaufen.

»Verdammt. Das ist doch nicht möglich.« Asbjørn Gihle sprang auf und rief nach Jenny Kammerstuen, die in Habtachtstellung in der Tür erschien. Die tiefstehende Herbstsonne blendete sie, und sie trat einen Schritt zur Seite.

»Sie haben doch den Diebstahl auf der Baustelle in Kapp be-

arbeitet. War das nicht ungefähr zu der Zeit, als Anne getötet wurde?«
»Es war in derselben Nacht.«
»Gab es Spuren oder Zeugen?«
»Die Nachbarn hatten am Tag zuvor eine Motorradgang gesehen, die da in der Gegend herumkurvte. Einige meinten, es seien Hell's Angels gewesen. Wir glauben, dass sie die Baustelle vielleicht vorher ausgekundschaftet haben. Die haben so was bestimmt schon öfter gemacht, deswegen haben wir den Fall an Hamar abgegeben.«
Asbjørn Gihle überlegte eine Weile.
»Gab es technische Spuren?«
»Es gab Spuren eines Lastwagens, ansonsten nichts Besonderes. Man kann die Baustelle nicht richtig einsehen, und niemand hat etwas bemerkt.«
Gihle schüttelte den Kopf.
»Der arme Olsby. Er hat in letzter Zeit nicht viel Glück gehabt. Wenn das sein Alibi sein soll, verstehe ich, wieso er sich versteckt.« Gihle stand auf. »Sie haben doch bestimmt eine Liste von den gestohlenen Gegenständen. Nehmen Sie Odd mit und sehen Sie sich den Haufen an. Der Ort ist versiegelt. Es steht ja zu befürchten, dass Reidar die Werkstatthalle noch anzündet, so wie's aussieht.«

Knut Moen stellte sich auf den Parkplatz draußen vor dem Kiwi-Supermarkt. Er zündete sich eine Zigarette an und wartete auf Stein Hovelsrud und Arne Dokken. Punkt neun kamen sie in ihren Autos angefahren. Moen nahm sie mit über die Straße zu Kjelstads Bäckerei und fand einen Tisch ganz hinten im Geschäft, wo einst ein Raucherraum gewesen war. Nachdem sie an der Theke waren und sich etwas zu essen geholt hatten, lehnte Moen sich über den Tisch.

»Normalerweise machen wir das nicht so, aber jetzt spreche ich mit Ihnen beiden zusammen. Doch lassen Sie mich erst einmal sagen, mein lieber Herr Hovelsrud, dass ich ernsthaft in Erwägung ziehe, Sie wegen Behinderung der polizeilichen Arbeit während einer Morduntersuchung anzuzeigen. Und das ist eine ziemlich ernste Sache. Aber vielleicht lasse ich ja noch einmal Gnade vor Recht ergehen, wenn Sie von nun an mit uns zusammenarbeiten.«

Moen blickte zu Dokken.

»Ihnen kann ich im Augenblick nichts vorwerfen, aber ich hoffe, Sie merken sich, was ich gesagt habe.«

»Ich habe meine Haltung schon gestern klargemacht. Ich habe bereits vor vielen Jahren bei Reidar eine Grenze gezogen.«

»Was für eine Grenze meinen Sie?«

»Reidar ist in vielerlei Hinsicht einzigartig, und ich zähle ihn zu meinen besten Freunden, aber er hat keine Geduld. Er nimmt Abkürzungen und hat keinen Respekt für Regeln oder zeitraubende Vorgänge. Ich habe Reidar gebeten, mich herauszuhalten, wenn er irgendwas in die eigene Hand nimmt. Bis jetzt ist es gut gegangen. Bei dir sieht es schlimmer aus, Stein.«

»Er stand vor der Tür. Hätte ich Nein gesagt, dann hätte ich ihn nie wieder gesehen. Er ist kompromisslos. Entweder bist du für ihn oder gegen ihn.« Hovelsrud war zusammengesunken.

Arne Dokken blickte ein wenig spöttisch zu ihm.

»Du bist viel zu verzagt und akademisch für so eine Mafia-Logik. Ich mache da nicht mit und habe trotzdem ein gutes Verhältnis zu Reidar.«

Moen hatte sich zurückgelehnt, legte einen Arm auf die Stuhllehne und beobachtete die beiden.

»Was passiert ist, ist passiert«, erwiderte Stein Hovelsrud re-

signiert. »Ich hatte immer eine Schwäche für die einsamen Reiter.«
Arne Dokken warf ein:
»Jetzt hat er Anne Sørli den Hengst gemacht und wurde dabei auch noch gefilmt, im Wachraum von Lillebo. Marte hat gestern eine E-Mail bekommen. Du kannst dir denken, wie begeistert sie ist. Es wird nichts mit einem weiteren Ausbau in Lensbygda.«
»Wollte er deshalb nicht getestet werden? Das würde die Sache ja erklären.«
»Was hat er zu Ihnen gesagt?« Moen legte die Ellbogen auf den Tisch, bereit, das Ruder zu übernehmen.
Hovelsrud schielte zu Dokken herüber.
»Er sagte, er wolle sich von der Polizei keine DNA-Probe abnehmen lassen. Man könnte sie womöglich bezüglich alter Vorfälle gegen ihn verwenden. Das war es, was er zu mir gesagt hat.«
»Und Sie haben ihm geglaubt?«
»Ja, es gab keinen Grund, daran zu zweifeln«, erwiderte Hovelsrud mit schiefem Lächeln. »Reidar hat auch gesagt, er habe ein Alibi für die besagte Nacht, aber er nannte es ein faules Alibi.«
»Was meinte er damit?«
»Wenn er es verwenden würde, bekäme er trotzdem Ärger.«
»Hat er das näher erläutert?«
»Nein, aber ich dachte, dass es wohl um eine Frau ging.«
Moen lächelte und breitete die Hände aus.
»Sagte er noch mehr?«
»Er sagte, er würde in Deckung gehen, bis die Polizei ihren Job gemacht hätte. Sie hätten ja Anne Sørlis Mac, und auf dem würden sie schon sehen, wer sie gerne loswerden wollte.«
Moen sprang fast auf.

»Sagen Sie das noch mal.«
Hovelsrud wiederholte.
»Warum in aller Welt hat er das nicht der Polizei erzählt? Das ist ja wirklich unglaublich.« Dann erinnerte Moen sich an seinen eigenen Auftritt nach dem Einbruch am Tatort, nichts war verschwunden. Das war es, was er Reidar Olsby erzählt hatte. Arne Dokken sagte düster:
»Da hat er dann wohl gedacht, selbst etwas zu unternehmen, so wie ich Reidar kenne. Vielleicht sollten wir versuchen, ihm bei diesem Job zu helfen, bevor Reidar sich und andere in noch größere Schwierigkeiten bringt.«

Jenny Kammerstuen kam vom Hof der Schwiegereltern Olsbys zurück. Sie und Odd Sørli hatten die Werkstatthalle durchsucht, die Reidar auf dem Besitz seiner Schwiegereltern erbaut hatte. Sie konnte bestätigen, dass Reidar Olsby dort Baumaterialien aufbewahrte, die in derselben Nacht, in der auch Anne Sørli ermordet wurde, von einer Baustelle in Kapp gestohlen worden waren. So formulierte es Jenny Kammerstuen. Es gab keinen Zweifel daran, dass er dort Diebesgut aufbewahrte. Viel war es außerdem. Es musste sich um ein ordentliches Stück Arbeit gehandelt haben, die ganzen schweren Baumaterialien auf- und wieder abzuladen. Wenn Reidar Olsby also selbst am Einbruch teilgenommen hatte, dann verfügte er zweifellos über ein Alibi im Hinblick auf den Mord. Selbstverständlich konnte man nicht ausschließen, dass Olsby nur der Empfänger war und somit lediglich der Hehlerei bezichtigt werden konnte, aber niemand in der Dienststelle des Lensmanns zog diese Möglichkeit in Erwägung. Moen teilte diese Einschätzung. Selbst wenn Reidar Olsby bewiesen hatte, dass er eine Kapazität auf dem Gebiet verborgener Machenschaften war, glaubte weder Moen noch irgendwer

sonst, dass er in einer einzigen Nacht so viel hatte erledigen können.
Asbjørn Gihle und Knut Moen sahen einander an. Beide wussten, dass sie nun nicht länger nach einem dritten Mann suchten, aber vielleicht nach dem vierten. Die einzig neue Erkenntnis der Ermittlung war, dass Reidar Olsby sein Leben auf den Kopf gestellt hatte. Dazu hatte er durch seine eigenen Handlungen verstärkt beigetragen, doch irgendwas oder irgendwer hatte ihm dabei sehr geholfen.
Durch Hovelsruds Aussage war auch klar geworden, dass Anne Sørlis Mac eine Rolle in diesem Drama spielte. Gemäß Hovelsrud glaubte Olsby, dass das Mordmotiv irgendwo auf der Festplatte des weißen Macs versteckt lag. Aus gutem Grund konnte man daher annehmen, dass es einen Zusammenhang zwischen dem Mord und dem Einbruch am Tatort in der darauffolgenden Nacht gab. Hovelsrud hatte deutlich gemacht, dass Olsby den Inhalt der Festplatte kannte und wusste, wonach der Täter gesucht hatte, doch an Olsby war nicht heranzukommen. Der Verdacht gegen Olsby war jetzt weniger akut, doch Arne Dokken hatte angedeutet, dem Sozialtherapeuten sei zuzutrauen, dass er die Sache selbst in die Hand nähme. Moen entschied sich, Dokkens Warnung ernst zu nehmen, und stand auf.
»Sitzen Hovelsrud und Dokken noch da draußen und warten?«
»Sie warten«, erwiderte Jenny Kammerstuen.
»Wir beenden die Jagd auf Olsby«, sagte Moen und legte Asbjørn Gihle eine Hand auf die Schulter. »Ich muss mit Reidar Olsby ein Missverständnis klären, das die weiteren Ermittlungen behindert, auch wenn ich dabei jetzt ein paar Schleichwege gehe. Ich versuche, durch Dokken und Hovelsrud Kontakt aufzunehmen. Hast du irgendwelche Einwände? Die Verantwortung liegt ganz allein bei mir.«

»Ich teile sie gerne mit dir, wenn nötig.«
»Wo ist Svein?«
»In Lundby. Es war Hans Andreassen, der den verfluchten Film an Marte Skeiten geschickt hat. Vielleicht ist er der Mann, den wir suchen?«

»Es ist, als ob man sich durch zähen Schleim kämpft«, sagte Svein Solvold. »Hans Andreassen räumt ganz offen ein, dass er zu Hause war, asl die E-Mail an Frau Olsby, oder wie auch immer sie jetzt heißt, geschickt wurde. Er hat sie aber nicht abgesendet, sagt er. Er wirkte aufrichtig geschockt. Er passt wirklich ganz wunderbar in die lange Reihe von Leuten, die angeblich nicht kapieren, was wir in ihren Schubladen und Schränken finden. Er ließ uns freiwillig die Wohnung durchsuchen, und da fand mein Freund eine faseroptische Kamera, doch er bezweifelt, dass Hans Andreassen tatsächlich über die Ausrüstung oder Kompetenz verfügt, sie auch zu benutzen. Andreassen hat einen drahtlosen Router für seine Internetverbindung, und mein Freund meint, es wäre ganz leicht, sich in Andreassens Computer einzuhacken.«
»Er war es doch auch, der Ihrem Journalistenfreund einen Tipp gegeben hat.«
»Damit können wir ihn nicht konfrontieren, hoffe ich doch?« Svein Solvold lächelte unsicher und zog seine schwarzen Augenbrauen in die Höhe. »Oder?«
»Andreassen hatte auch kein Alibi für den Einbruch am Tatort.«
»Er ist doch sicher Kjell Mannsåkers Speichellecker.«
»Haben Sie die Position der Kamera gefunden?«
»In der Ecke am Fenster war oben in die Deckenleiste ein kleines Loch gebohrt. Es besteht kein Zweifel, dass der Wachraum elektronisch überwacht wurde.«

Moen lächelte.

»So was ist eine schwerwiegende Angelegenheit am Arbeitsplatz. Sollte sein Arbeitgeber das nicht anzeigen, sodass die Sache von der Polizei untersucht wird?«

»Mein Kumpel meint, dass ein Computerexperte so eine Anzeige bestimmt in der Luft zerreißen könnte.«

»Haben Sie nicht auch Lust zu beobachten, wie Kjell Mannsåker mit dieser Personalangelegenheit umgeht?«

»Ja, natürlich. Aber für Hans Andreassen wird es ganz schön heftig werden.«

»Ich meine mich zu erinnern, dass Sie ihn einen Taugenichts genannt haben. Haben Sie Ihre Meinung geändert?«

»Nein.«

»Dann legen Sie los.«

# 29

Am selben Abend saß Moen vom Anbruch der Dunkelheit bis tief in die Nacht in seinem Zimmer. Einen Moment lang fühlte er sich wie im Auge des Hurrikans und ging in aller Ruhe den Fall noch einmal durch, ohne ein einziges Papier in den Händen zu halten. Er hatte ein gutes Gedächtnis für Details. Im Stillen hoffte er, dass Reidar Olsby die Pension beobachtete, denn so hätte er sich vergewissern können, dass alles in Ordnung war und man ihm keine Falle gestellt hatte, doch die Nacht kam, und Moen schlief schließlich angezogen auf dem Bett ein.

Am nächsten Morgen wachte er leicht fröstelnd auf und fuhr zur Dienststelle des Lensmanns. Er erwartete beinahe, dass Olsby unter einem Busch hervorgekrochen käme und ihm zuwinkte, doch auch diesmal wurden seine Gebete nicht erhört. Beim Lensmann tauchte Arne Dokken auf und erstattete Bericht. Sie hatten ziemlich spät am Abend zuvor Kontakt mit Reidar Olsby gehabt, und Dokken war ganz sicher, dass er bereit war, mit Moen zu sprechen.

Den Rest des Tages verbrachte Moen damit, sich auf jede erdenkliche Weise erkennbar zu machen. Er lief auf der Hauptstraße umher und betrat jeden einzelnen Laden, ohne auch nur das Mindeste zu kaufen. Er machte einen Abstecher in die schöne Bibliothek und endete schließlich wieder bei Burger und Cola im *Lena Grill*. Es widersprach Moens Plänen, dass Svein Solvold sich zu ihm setzte und etwas bestellte, doch da er der Einzige war, der den Plan kannte, machte Moen gute

Miene zum bösen Spiel. Olsby würde ohnehin im Dunkeln auftauchen.

»Und, möchten Sie die neuesten Nachrichten aus Store Lundby hören?«

»Schießen Sie los.«

»Kjell Mannsåker hat sich ziemlich aufgeblasen. Es sei das Unerhörteste, was ihm in seinem Arbeitsleben untergekommen sei. Er hat mich eingehend darüber befragt, wie es der armen Frau Olsby geht. Eine tolle Vorstellung.«

»Wie viele Details haben Sie ihm verraten?«

»Das ganze Paket. Ich habe mich sozusagen im Namen der Gesellschaft entrüstet gezeigt und energisch gefragt, was das eigentlich für eine Arbeitsstelle sei, die ihre eigenen Angestellten mit Video überwache. Darauf fing Mannsåker an zu drohen, doch ich habe ihm direkt ins Gesicht gesagt, dass einige Leute der Ansicht seien, Andreassen würde in seinem Auftrag herumrennen und als eine Art Computerexperte für den Leiter der Abteilung fungieren. Er erwiderte, das wolle er nicht auf sich sitzen lassen. Wenn ich fünf Minuten warten würde, dann werde er mir schon zeigen, was er von Andreassens Aktion halte. Eine Viertelstunde später kam Hans Andreassen aus dem Büro, mit sofortiger Wirkung seines Postens enthoben. Falls er ein Zeugnis haben wollte, so sollte er bis zum nächsten Tag seine Stellung selbst schriftlich kündigen. Zum Schluss wurde ihm noch mitgeteilt, dass er innerhalb von sieben Tagen aus der Dienstwohnung ausziehen sollte. Dabei schaute Mannsåker auf seine Uhr und sagte: ›Ab jetzt!‹«

Solvold klappte seinen Burger auf und schob etwas vom Dressing an die Seite.

»Andreassen ist überhaupt nicht zu Wort gekommen. Mannsåker sagte, er habe noch zehn andere Dinge gegen Andreassen. Er sei viel zu lange nett gewesen. Mannsåker bezog sich auf Olsby, der Andreassen wohl öfter ins Gesicht gesagt hat, dass er ein Taugenichts sei. Und es sei klar, dass Andreassen sich an Olsby rächen wollte. Nun sehe auch Mannsåker ein, dass Olsby einmal recht behalten hatte. Andreassen war ein Taugenichts. Danach lehnte sich Mannsåker lächelnd auf seinem Stuhl zurück. Ich stand auf und sagte, ich würde auf eine Anzeige der Einrichtung warten. Er machte nur eine wegwerfende Handbewegung. Für ihn sei die Sache erledigt. Jetzt wolle er Ruhe in seiner Abteilung.« Solvold hob den Burger zum Mund.

»Dieser Mann nimmt mir ein bisschen den Atem. Sollen wir die Geschichte weiterverfolgen?«

Moen legte Messer und Gabel zur Seite. Im gleichen Augenblick klingelte sein Handy. Es war Asbjørn Gihle:

»Ich denke, du solltest für einen Moment hierherkommen, falls es deine Pläne nicht ruiniert.«

Moen sah auf die Uhr.

»Worum geht es?«

»Odd Sørli glaubt zu wissen, wo Reidar sich versteckt.«

»Eine Minute, dann komme ich.«

»Meine Mutter hat ihre Schwester besucht, Annes Mutter. Sie sah jemanden, der dort, wo Anne wohnte, in die Gesindestube hineinschlüpfte, und fragte, wer das sei. Sie bekam zur Antwort, es sei ein Freund von Anne, der wohnungslos wäre und dort wohnen könnte, bis er etwas gefunden habe. So ein Schlaufuchs. Ich verstehe nicht, wie er das hingekriegt hat.«

»Haben Sie überprüft, ob er es wirklich ist, Odd?«, fragte Moen. »Oder glauben Sie es nur?«

»Ich hab das Fernglas genommen und bin da ein bisschen

rumgelaufen. Es gibt keinen Zweifel. Ich weiß auch, wo er sein Motorrad hat.«
Asbjørn Gihle sah Moen fragend an.
»Was sollen wir machen?«
»Alle müssen jetzt raus und die Nacht durcharbeiten. Die Kommandoeinheit ist in Gjøvik. Sie brennen darauf, Olsby zu fassen. Wir müssen es so arrangieren, dass sie in die Gesindestube kommen, wenn Olsby draußen herumstreicht. Sørli kümmert sich um Annes Eltern. Jenny versteckt sich in der Küche von Lillebo, für den Fall dass Olsby dort auftauchen sollte. Er hat ja noch ein Hühnchen mit Mannsåker und Andreassen zu rupfen. Die anderen warten hier in der Dienststelle. Volle Bereitschaft. Asbjørn übernimmt die Koordination. Kein Funkverkehr. Wir benutzen unsere Handys.«
Asbjørn Gihle schüttelte energisch den Kopf.
»Das ist viel zu dünn mit nur einer Beamtin in Lillebo. Denk dir nur, wenn Olsby dort aufkreuzt. Das könnte man ihm zutrauen. Ich muss wirklich protestieren.«
Moen überdachte Gihles Einwand.
»Svein fährt mit. Als Erstes schafft ihr Andreassen und Mannsåker aus ihren Dienstwohnungen. Bis wir Olsby in Haft haben. Macht ihnen ordentlich Angst.«

Es war erst drei Uhr, als Moen sich aufs Bett legte. Er war erschöpft und schlief ein, wachte aber wieder auf, als sich die Tür zu seinem Zimmer öffnete und Reidar Olsby hereinschaute.
»Habe ich Sie geweckt?«
Moen grinste und stand auf.
»Das macht nichts. Danke, dass Sie gekommen sind.«
»Sind Sie der Einzige, der hier wohnt?«
»Den Gang runter wohnt ein junger Mann, aber der ist weggefahren, kurz bevor ich eingeschlafen bin. Ich glaube, wir

sind alleine hier. Ich habe die Türen der Nachbarzimmer offen stehen lassen, wie Sie bestimmt bemerkt haben. Setzen Sie sich.«

»Danke, ich stehe lieber. Schalten Sie Ihr Handy ab?«

Moen tat wie geheißen und sagte:

»Kann ich dieses Gespräch aufzeichnen?«

»Nein. Zeigen Sie mir das Aufnahmegerät.«

Moen wies auf den Tisch.

»Nehmen Sie das Tonband heraus.«

Moen nahm es heraus.

»Sie werden nicht länger des Mordes verdächtigt. Sie wissen doch sicher, was das bedeutet.«

»Ja. Stein hat mich informiert.«

»Das ist jetzt keine Angelegenheit mehr zwischen Ihnen und mir. Ich kümmere mich nur um die Morduntersuchung. Ausgehend von dem, was ich weiß, nehme ich an, dass Sie bestimmt genauso gerne den Mörder finden wollen wie wir.«

»Genauso gerne?« Reidar Olsby hatte große schwarze Ringe unter den Augen, und seine Haut spannte sich über den Wangen. »Er hat nicht nur Anne getötet, sondern mein ganzes Leben zerstört. Verstehen Sie das nicht?«

Moen unterließ es, Olsbys eigenen Beitrag zu seinem Untergang zu erwähnen. Er nickte nur und murmelte etwas Verständnisvolles.

»Können Sie mir bitte erklären, was Sie eigentlich wollen? Stein sagt, es gäbe da irgendein Missverständnis.«

Moen nickte.

»Stein Hovelsrud sagte etwas über Anne Sørlis Mac. Darauf soll es angeblich etwas geben, was ein Motiv für den Mord sein könnte und was uns verrät, wer der Mörder ist.«

»Ja. Haben Sie den Inhalt nicht überprüft?«

Moen stand auf und blickte Olsby direkt an.

»Wir haben ihn nicht. Er wurde in der Nacht nach dem Mord aus dem Wachraum gestohlen.«

Olsby riss erstaunt die Augen auf.

»Sie haben mir gesagt, dass nichts gestohlen wurde. Ich habe doch, verdammt noch mal, geglaubt, dass das stimmt. Und Sie haben also dagestanden und mich angelogen?«

»Ja. Die Polizei kann der Öffentlichkeit bei einer Ermittlung nicht immer die Wahrheit sagen. Das ist doch sicher keine Überraschung für Sie. Jetzt erzählen Sie mir lieber mal, was auf dem Computer zu finden ist.«

Reidar Olsby schaute auf den Flur hinaus und lauschte.

»Anne Sørli und ich hatten genug davon, was in der Abteilung vor sich ging. Zuerst wollten Sie Per Erik rauswerfen. Das war nicht gerechtfertigt. Und dann wollten Kjell und diese sogenannte Psychologin Arve Nerseth dazu bringen, meine Pläne bei der Bank zu blockieren. Da ist mir der Kragen geplatzt. Drei Tage vor dem Mord ist Anne Kjell und Marita gefolgt. Sie wollten zu einem Termin nach Gran. Es sollte eine Tagestour werden, doch auf dem Rückweg wurden sie so müde, dass sie eine Campinghütte bei Lygnasæter mieten und sich ausruhen mussten. Anne hat Fotos gemacht. Die Bilder waren auf dem Mac. Sie verstehen sicher, dass wir hier zwei Fliegen mit einer Klappe schlagen konnten.«

»Wie meinen Sie das?«

»Kjell hat in dieser Welt nur ein Ziel: weiterzukommen, und er nimmt auf absolut gar nichts Rücksicht, um das zu bekommen, was er will. In dieser Gegend hier bestimmt Arve Nerseth alles, was im Gesundheitswesen passiert. Marita ist seine treue Gattin. Drei auf einen Schlag. Und dann wurden wir in diesem scheiß Wachraum beobachtet. Es ist klar, dass Kjell wusste, was wir vorhatten.«

»Es war Hans Andreassen, der die E-Mail schickte.«

»Was glauben Sie, für wen der arbeitet?«
»Lassen Sie uns sagen, Mannsåker hat ein Motiv. Aber er hat ein hieb- und stichfestes Alibi. Das ist unser Problem, aber wir werden ihn natürlich genauer unter die Lupe nehmen.«
»Ihnen ist klar, dass Kjell Annes Mac hat. Oder zweifeln Sie daran?«
»Inzwischen hat er sich bestimmt davon getrennt.«
Olsby schaute wieder auf den Flur hinaus.
»Das glauben Sie? Gehen Sie doch zu ihm und überprüfen Sie es.«
»Das ist nicht so einfach, Olsby. Das wissen Sie. Es braucht Zeit.«
»Bevor ich gehe, verrate ich Ihnen noch etwas über Kjell Mannsåker, das nicht viele wissen.« Olsby hob den Finger in die Luft.
»Er ist krankhaft geizig. Viele wissen es nicht, weil er mit öffentlichen Geldern überhaupt nicht geizt. Eher umgekehrt. Auf diese Weise erkauft er sich Unterstützung. Aber privat! Er kauft nur gebrauchte Sachen oder Dinge, die im Angebot sind. Bei ihm zu Hause sieht es aus wie in einem Lager der Heilsarmee. Er gönnt sich fast nichts und würde niemals so etwas Wertvolles wie Annes Mac einfach wegwerfen. Glauben Sie mir. Er ist bestimmt irgendwo. Sie müssen ihn finden.«
Olsby schien plötzlich die Luft auszugehen. Er nahm seinen Finger herunter und sah fast nachdenklich aus. »Werden Sie es tun?«
»Ja. Auf unsere Weise. Das braucht ein bisschen. In der Zwischenzeit sollten Sie sich beim Lensmann melden und etwas Ordnung in Ihr Leben bringen, wenn Sie das können.«
»Wenn ich mein altes nicht in Ordnung bringe, beschaffe ich mir ein neues. Da brauchen Sie sich keine Gedanken zu machen.«

»Ab morgen sind Sie wieder Freiwild, nur dass Sie es wissen.«
»Ich melde mich, wenn ich bereit bin.«
Reidar Olsby schlüpfte durch die Tür, und Moen ließ ihn gehen.

# 30

Nachdem Reidar Olsby aus Moens Zimmer in der Pension verschwunden war, führte Moen zwei Telefonate. Eines davon mit Asbjørn Gihle. Im Lauf des Gesprächs erhielt Moen eine Information, die er seinen weiteren Erwägungen zugrunde legte: Hans Andreassen und Kjell Mannsåker waren gebeten worden, ihre Tage und Nächte woanders als zu Hause zu verbringen, solange Reidar Olsby sich noch auf freiem Fuß befand. Asbjørn Gihle konnte zu Moens großer Erleichterung versichern, dass beide dem Rat gefolgt waren. Jenny Kammerstuen und Svein Solvold hatten sie in ihren Autos weggebracht, bevor sie sich selbst in Lillebo postierten, wo sie vom Küchenfenster aus eine gute Aussicht auf die Dienstwohnungen hatten.

Das andere Telefonat führte Moen mit dem Mann, der im Zimmer auf dem Gang weiter unten wohnte. Der junge Mann, ein Freund von Svein Solvold, fuhr zehn Minuten später auf den Parkplatz, schloss die Tür zu seinem Zimmer auf und ließ Moen herein. Er spulte die DVD an den Punkt zurück, wo Reidar Olsby in Moens Zimmer gekommen war, und konstatierte, dass die Aufnahme perfekt gelungen war. Er demontierte die Ausrüstung, die sein Eigentum war. Moen bekam den PC und die DVD.

Im selben Moment gab Asbjørn Gihle den Befehl zur »Operation: Fasst Olsby«. Die aufgestellte Mannschaft bezog so schnell wie möglich Stellung, bevor Reidar Olsby – wie sie es bereits erlebt hatten – wieder zu einem Blitz auf zwei Rädern wurde.

Knut Moen begab sich in die Dienststelle des Lensmanns, wo Asbjørn Gihle mit der strategischen Reserve zusammensaß: zwei junge uniformierte Polizisten aus Gjøvik, die Karten spielten und sich eine Pizza teilten, während sie andächtig zum Kommissar von der Kripo hinüberschielten. Asbjørn Gihle setzte vorübergehend das Rauchverbot außer Kraft und schnorrte eine Zigarette von Moen.

Es wurden viele Zigaretten. Die Polizeiarbeit gestaltet sich häufig so: warten – zu allen möglichen und unmöglichen Tageszeiten. Stündlich bekamen sie einen Bericht vom Bauernhof in Vestre Toten und aus der Küche in Lillebo.

Es war annähernd zwanzig Uhr geworden, als Svein Solvold anrief. Jenny Kammerstuen hatte die schemenhaften Umrisse einer Person auf dem Weg zur Rückseite von Kjell Mannsåkers Dienstwohnung gesehen. Es war unmöglich, mit Sicherheit zu sagen, ob es sich dabei um Reidar Olsby handelte. Die Kleidung war dunkel, und Solvold fragte Moen, wie Olsby angezogen war. Moen erklärte, dass er eine schwarze Motorradjacke getragen hatte. Da Kjell Mannsåker nicht zu Hause war, nahmen sie an, dass es Reidar Olsby war. Diese Annahme wurde durch die Tatsache gestützt, dass im Haus kein Licht angeschaltet wurde.

Nun musste die taktische Einsatzleitung Stellung zu einer möglichen kriminellen Handlung beziehen: ein sich abzeichnender Einbruch.

In solch einem Fall lässt sich über die Pflichten der Polizei nicht diskutieren. Sie muss eingreifen. Moen entschied sich stattdessen, die Beobachtung als das zu deuten, was sie war: der Schatten eines Mannes im Dunkeln hinter dem Haus von Kjell Mannsåker. Wenn es Olsby war, so könnten Solvold und Kammerstuen ihn nicht in ihre Gewalt bringen. Moen hatte gute Gründe für seine Handlungsweise. Es war besser, dass

Olsby mit dem, was er dann eventuell bei sich hatte, in die gut präparierte Falle in Vestre Toten tappte.

Zu diesem Zeitpunkt wusste nur Moen, worauf Olsby es abgesehen hatte, nämlich Anne Sørlis Mac, und Moen hoffte, dass Olsby ihn finden und so mit in die Falle, das heißt in Moens sichere Obhut bringen würde. Da er von aufrechter lutherischer Herkunft war, blieb dies ein Geheimnis zwischen ihm und Unserem Herrn.

Um 21:12 Uhr war Svein Solvold wieder in der Leitung:

»Jenny hat Reidar Olsby gerade eben mit ihrem Nachtsichtgerät entdeckt. Er ist hinter Mannsåkers Haus verschwunden. Was zum Teufel ...? Ein Schuss! Schrotflinte. Noch ein Schuss. Was ist passiert, Jenny? Kannst du was sehen?«

In der Dienststelle des Lensmanns hörten sie die Stimmen von Jenny und Solvold:

»Warte mal, Jenny. Was machen wir jetzt?«

»Die Situation erst mal abwarten. Wir schalten auf Funk.«

Gihle wandte sich an Moen:

»Ruf Sørli an. Sie sollen eine Funkfrequenz einrichten und was das Zeug hält nach Lundby ausrücken.«

Moen tat, worum er gebeten wurde, und Gihle beauftragte einen der jungen Polizisten, einen Rettungswagen zu rufen. Dann bekam er über Funk Kontakt zu Solvold.

»Jenny ist losgelaufen. Ich muss hinterher.«

»Wir kommen alle zu euch, Ende.«

Innerhalb von fünf Minuten hatte Asbjørn Gihle alle Anwesenden bewaffnet. Er selbst griff zu einem altehrwürdigen US-Karabiner aus dem Zweiten Weltkrieg. Sie stürmten in die Dunkelheit hinaus und warfen sich in einen Streifenwagen, dann ging es mit vollem Sirenengeheul die Hauptstraße 244 hinauf und in die Herbstnacht hinein.

Von diesem Moment an nahm Knut Moen selbst an dem Drama teil, das sich in Store Lundby abspielte. Als der Wagen abbremste, fiel das Scheinwerferlicht auf die Giebelwand von Mannsåkers Dienstwohnung. Im Halogenlicht war zu sehen, dass Jenny Kammerstuen auf den Knien lag und sich über eine reglose Gestalt beugte. Es war nicht erkennbar, um wen es sich handelte. Svein Solvold stand eng an die Hauswand gedrückt und winkte sie zu sich. Asbjørn Gihle lief mit dem Karabiner in den Händen voraus, die beiden Polizisten zogen ihre Dienstrevolver und folgten ihm dicht auf den Fersen.

Moen lief rasch zu Jenny hinüber, die ihr Gesicht in den Händen verborgen hatte. Er sah hinunter auf die Gestalt am Boden. Reidar Olsby war von zwei schrecklichen Schusswunden zerrissen worden, und seine Augen starrten leer und erstaunt zu ihnen auf. Moens ganzer Körper fing an zu kribbeln. Von weiter unten in der Allee her hörte er eine Kakofonie aus Sirenen und der Stimme von Asbjørn Gihle, der irgendetwas rief. Eine andere Stimme antwortete.

Asbjørn Gihle rief:

»Werfen Sie die Waffe aus dem Fenster!«

Dieses Mal konnten alle hören, was er sagte, doch nicht, was die Stimme im Haus erwiderte. Asbjørn Gihle feuerte drei Schüsse mit seinem Karabiner ab. Knut Moen zog seinen Dienstrevolver. Als er die Hausecke erreicht hatte, wo sich die Beamten zusammendrängten, stand Asbjørn Gihle unterhalb eines zerschossenen Fensters und blickte zu einer Schrotflinte empor, die mit dem Kolben voran aus dem Fenster geschoben wurde. Asbjørn Gihle ergriff die Waffe und warf sie weit von sich.

»Kommen Sie mit erhobenen Händen heraus, und ein bisschen plötzlich! Ich hab hier noch ein paar Schuss übrig.«

Die Polizisten aus Gjøvik verließen ihre Deckung und pressten sich rechts und links neben der Küchentür an die Wand.

Im nächsten Augenblick lag Kjell Mannsåker auf dem Bauch, hatte die Hände auf dem Rücken und bekam Handschellen angelegt. Moen hörte, wie Mannsåker irgendetwas sagte. Asbjørn Gihle beugte sich hinunter und drückte sein Gesicht mit der flachen Hand auf den Boden. Als Mannsåker den Kopf wieder hob, war sein Gesicht blutverschmiert, und erst jetzt sah Moen die Blutlache, die Reidar Olsby auf dem Kies unter dem Fenster hinterlassen hatte.

Drei Stunden später standen Knut Moen und Svein Solvold im Wohnzimmer von Kjell Mannsåker. Sie schauten sich um. Beide waren durch die Aufregung leichenblass. Draußen war es dunkel und wieder still. Aus der Küche unten in Lillebo schien Licht herüber.

»Ich hab schon lange vermutet, dass wir hier enden würden«, sagte Svein Solvold leise. »Der Mistkerl hat sich zurückgeschlichen und mit der Schrotflinte hier gewartet. Es war die reinste Hinrichtung. Ich wette, das Küchenfenster war angelehnt.«

Moen antwortete nicht. Der Schock saß immer noch in ihm. Er schaffte es nicht, die professionelle Distanz aufzubieten, solange er selbst eine Rolle in diesem Drama spielte. Das Resultat war letztlich durch seine eigenen Entscheidungen beeinflusst.

Svein Solvold schien Moens Gemütsverfassung wahrzunehmen und schwieg für eine Weile. Dann sagte er:

»Ich bleibe heute Nacht hier. Diesmal wird es kein Unglück geben. Ich möchte gleich hier und jetzt anfangen. Gehen Sie nach Hause und ruhen Sie sich aus, dann knöpfen wir uns Mannsåker morgen vor.«

»Das klingt gut. Ich bin Ihnen sehr dankbar.«

Moen schlenderte im Dunkeln hinunter nach Lillebo und betrat die Küche, wo acht Beamte zusammengepfercht waren. Im Aufenthaltsraum lag Jenny Kammerstuen auf dem Sofa, hatte eine Hand an die Stirn gelegt und starrte an die Decke. Ihr Overall war mit geronnenem Blut verschmiert. Asbjørn Gihle stand neben ihr und sah sie bekümmert an. Als Moen hereinkam, blickte Asbjørn Gihle auf und schüttelte den Kopf.

»Wirklich schlimm mit der armen Jenny. Sie war es, die Reidar Olsby vom Fenster weggezogen hat. Da lebte er noch.« Er schaute Moen forschend an. »Du siehst auch nicht besonders gut aus. Jennys Auto steht draußen. Kannst du sie nicht nach Hause fahren und dir dann den Abend freinehmen? Ich erledige heute Nacht den Rest.«

Gihle half Jenny Kammerstuen auf die Beine, und gemeinsam brachten sie sie zum Auto. Moen nahm die Schlüssel und startete den Motor. Ohne ein Wort zu reden, fuhren sie im Dunkeln die Allee hinunter. Als sie nach Lena kamen, fragte Moen, wo sie wohnte, doch sie gab keine Antwort und starrte nur ausdruckslos vor sich hin. Moen fuhr weiter und manövrierte den Wagen vorsichtig über die Holperschwellen auf der Hauptstraße. Er hielt erst an, als sie die Pension erreicht hatten. Dort half er der Schlafwandlerin aus dem Auto, ins Haus hinein und die Treppe hinauf in sein Zimmer. Er half ihr mit dem Overall und legte ihn in eine Plastiktüte. Wie ein schlaffer Sack stand sie da in Hemd und Unterhose. Schließlich fand er eine Jogginghose, zog eines seiner Hemden aus dem Schrank und setzte sie auf einen Stuhl.

Er kramte zwei Dosen Bier hervor. Dann goss er Aquavit in ein Wasserglas und sagte zu Jenny:

»Trinken Sie!«

Sie gehorchte wie ein Automat. Ihr ganzer Körper schüttelte sich, und sie musste aufstoßen, konnte aber den Schnaps bei sich behalten. Dann kamen die Tränen.

»Er hat in meinen Armen gezittert und gebebt. Ich dachte, es würde kein Ende nehmen. Er wollte nicht sterben, und plötzlich sagte er, dass er nur eine leere Hülle sei.« Jenny schluchzte und weinte noch ein bisschen mehr.

»Kann man jemals über so ein Erlebnis hinwegkommen?«

»Nehmen Sie noch einen Schluck, dann unterhalten wir uns darüber.«

# 31

Am nächsten Tag betrat Knut Moen mit einem kleinen Lächeln auf den Lippen die Polizeihauptwache in Gjøvik. Es hatte ein gewisses Interesse bei der Bedienung hervorgerufen, als Knut Moen mit einer jungen Dame in einem Herrenhemd zum Frühstück heruntergekommen war. Jenny Kammerstuen kicherte, als sie begriff, was sich um sie herum abspielte, und das war ein großer Fortschritt im Vergleich zum Abend davor.

Auf dem Weg zum Gericht war das Lächeln verschwunden. Der Polizeidirektor verlangte eine komplette Untersuchung der Umstände, die zur Erschießung von Reidar Olsby geführt hatten. Eine Zeit lang war Moen im Zweifel, ob sie vor Gericht mit einer Anklage wegen vorsätzlichen Mordes durchkommen würden, doch der Polizeirat unterstützte ihn.

Vor dem Untersuchungsgericht präsentierte die Staatsanwaltschaft den Fall. Knut Moen sagte nichts über das Zusammentreffen mit Reidar Olsby kurz vor den Schüssen, erklärte jedoch, dass sie Olsbys Versteck gefunden und dass vier Beamte auf der Lauer gelegen hatten, um ihn festzunehmen. Die Polizei habe Kenntnis von dem stark gespannten Verhältnis zwischen dem Beschuldigten und dem Opfer gehabt und hatte daher den Beschuldigten aufgefordert, sein Zuhause zu verlassen, bis Reidar Olsby sich in Verwahrung befand. Mannsåker hatte zugestimmt. Als zusätzliche Sicherheitsmaßnahme hatten zwei Beamte Mannsåkers Wohnung im Auge behalten, sofern Olsby dort auftauchte. Beide seien

Zeugen gewesen, dass Mannsåker in seinem eigenen Wagen davongefahren war.
Es gab eine gewisse Unsicherheit, ob sie Jenny Kammerstuens Beobachtung eine Stunde vor den Schüssen vielleicht besser unerwähnt lassen sollten, doch Moen meinte, sie müssten alle Karten auf den Tisch legen. Natürlich wurde er dann eingehend befragt, wieso sie nicht zu diesem Zeitpunkt schon eingegriffen hatten, wenn sie glaubten, es handelte sich um Olsby. Moen gab seine Einschätzung ab und hätte überdies noch den Leiter des Überfallkommandos als Zeugen anführen können, doch der vorsitzende Richter wollte in der Sache weiterkommen.
Moen gab eine kurze Zusammenfassung des Mordes ab. Das Küchenfenster war angelehnt gewesen. Olsby war hineingeklettert und der erste Schuss hatte sich gelöst, dabei war die Scheibe zerstört worden. Der zweite Schuss war abgefeuert worden, als Olsby hilflos vor dem Fenster auf dem Boden gelegen hatte. Moen hob Jenny Kammerstuens beispielhaften Versuch hervor, den Angeschossenen in Sicherheit zu bringen, und präzisierte schließlich, dass laut Aussage des Arztes, der Olsby untersucht hatte, beide Schüsse tödlich gewesen waren.
Der Verteidiger, ein profilierter Prominentenanwalt, erhob im Namen seines Klienten unter Hinweis auf den Notwehrparagrafen Einspruch gegen die Untersuchungshaft. Sein Mandant habe sich bedroht gefühlt und um sein Leben gefürchtet, wobei die Anklagebehörde eine rühmenswerte Erklärung im Hinblick auf die Bedrohung abgegeben hätte, der der Beschuldigte ausgesetzt war. Die Polizei selbst habe eingeräumt, dass sie den Verstorbenen nicht in der Gewalt hatte. Sein Mandant habe seine Wohnung auf Anraten der Polizei verlassen, doch später beschlossen, nach Hause zurückzufahren. Für ihn sei

es eine Frage des Prinzips, sich nicht wie ein Tier durch die Gegend jagen zu lassen. Als er nach Hause gekommen sei, habe er sich zur Vorderseite begeben, wo die Polizei nach eigenen Angaben das Haus unter Beobachtung hielt, ohne dass irgendeine Reaktion erfolgt sei. Er habe den Schluss gezogen, allein zu sein, und aus Sicherheitsgründen sein Jagdgewehr bereit gemacht, wobei es sich um eine registrierte Waffe handelte. Eine Stunde später habe er gehört, wie das Küchenfenster eingeschlagen wurde. Da Reidar Olsby ein berüchtigter Kampfsportler war, der sich rühmte, Menschen mit bloßen Händen umbringen zu können, habe sich sein Mandant genötigt gefühlt, die tödlichen Schüsse abzufeuern.

Während das Plädoyer der Verteidigung gehalten wurde, beobachtete Moen Mannsåker. Er war eiskalt und folgte der Verhandlung mit einem in den Augenwinkeln lauernden kleinen Lächeln. Er nickte und blickte im Saal umher, als der Verteidiger endete:

»Lassen Sie mich abschließend feststellen, dass es meinen Mandanten sehr überrascht, wegen einer derart ernsthaften Beschuldigung wie vorsätzlichen Mordes vor Gericht zu stehen, wenn selbst die Polizei den Verstorbenen als Bedrohung seines Lebens und seiner Gesundheit betrachtete und es nicht geschafft hat, ihn zu beschützen.«

Der Vorsitzende nickte und dankte den Ausführungen des Verteidigers. Er schaute Kjell Mannsåker besonders lange an und fragte, ob die Anklage noch etwas hinzuzufügen habe. Der Polizeirat wandte sich zu Moen, der sich mit Svein Solvold beriet.

Moen erhob sich.

»Ich möchte gern folgende Tatsachen anführen: Zwei Beamte haben sich bei der Beobachtung abgelöst. Mannsåkers Haustür war demnach unter ständiger Beobachtung. Beide Beamten sahen Mannsåker in seinem Wagen davonfahren, und das Gericht sollte bitte zur Kenntnis nehmen, dass Mannsåkers Wagen heute Morgen auf dem Parkplatz der Volksbibliothek von Østre Toten gefunden wurde. So kann das Gericht fragen, warum er nicht mit seinem Wagen zurückfuhr und ihn an seinem üblichen Platz abstellte. Zweitens zeigen die Untersuchungen am Tatort, dass das Fenster nicht von außen eingeschlagen wurde. Der erste Schuss zerstörte die Scheibe, und die Glasscherben liegen draußen auf dem Boden. Der Fenstergriff stand offen. Und drittens zeigen die Pulverspuren, dass der zweite Schuss aus der Fensteröffnung heraus abgegeben wurde, das heißt nachdem Reidar Olsby herunterstürzte.«

Der Vorsitzende nickte.

»Aber stimmt es etwa nicht, wie der Verteidiger vorgebracht hat, dass Olsby ein gefährlicher Mann war? Durch die Presse hat man den Eindruck bekommen, dass er als Verdächtiger für den ungelösten Mord an Anne Sørli gejagt wurde.«

Moen schüttelte den Kopf.

»Reidar Olsby wurde in diesem Fall zu keinem Zeitpunkt beschuldigt. Er stand für einen kurzen Zeitraum unter Verdacht, da sein erstes Alibi falsch war. Etwas später fand die Polizei heraus, dass es ein Alibi gab, das der Verstorbene nicht angeben wollte, da es ihn in einer anderen Angelegenheit kompromittierte, die keine Relevanz für die Aufklärung dieses Falls hat.«

»Aber Sie geben zu, dass Reidar Olsby eine tatsächliche Gefahr für den Beschuldigten darstellte?«

»Ja, und ich habe mich auch zu den Maßnahmen geäußert, die getroffen wurden. Ich bitte den Herrn Vorsitzenden, zu berücksichtigen, dass, wenn Mannsåker sich an die polizeilichen Anordnungen gehalten hätte, er außerhalb jedweder Gefahr gewesen wäre. Reidar Olsby wäre noch am Leben und würde sich in diesem Augenblick in polizeilicher Untersuchungshaft befinden. Wir deuten die Fakten so, dass Mannsåker Olsby nach dem Leben trachtete und ihm eine Falle gestellt hat. Alle Beamten, und dabei handelt es sich um erfahrene Kollegen, die schon viel gesehen haben, betrachten das Geschehnis als eine glatte Hinrichtung.«

»Wenn diese Fakten zutreffen, was wäre dann die Begründung für eine längere Untersuchungshaft mit Brief- und Besuchsverbot?«

»Wir schätzen die Gefahr für die Vernichtung von Beweismaterial und die Beeinflussung von Zeugen als sehr hoch ein.«

Der Vorsitzende lehnte sich nach vorn.

»Das Gericht ist natürlich neugierig, ob dieser Vorfall hier in Verbindung mit den Mordermittlungen in Store Lundby steht.«

Der Polizeirat sprang auf.

»Die Staatsanwaltschaft möchte betonen, dass diese Sache unabhängig von den laufenden Ermittlungen in Store Lundby untersucht wird. Die Anklage hat sich noch nicht dazu geäußert, ob die Ermittlungen im Zusammenhang mit dem vorliegenden Mord stehen.«

Der Vorsitzende lächelte leicht ironisch, und niemand im Saal schien von diesem Dementi sonderlich beeindruckt zu sein. Der Richter überlegte eine Weile. Die Stimmung im Saal war gespannt, und sowohl Mannsåker als auch sein Verteidiger sahen ziemlich optimistisch aus. Der Vorsitzende nahm seine Lesebrille ab und verkündete, dass er dem Begehren der Anklage folgendermaßen nachkommen werde: vier Wochen mit Brief- und Besuchsverbot. Moen war überrascht, da seine Erklärung bezüglich der Vernichtung von Beweisen und der Beeinflussung von Zeugen sich selbst für ihn recht dürftig angehört hatte.

»Was hätten wir gemacht, wenn er freigekommen wäre?«, fragte Solvold, als sie später im Vestibül standen.
Moen atmete erleichtert auf.
»Darüber denken wir besser nicht nach. Gott segne den Richter.«
»Aus irgendwelchen Gründen wirken Sie heute ungewöhnlich vertrauenerweckend. Ich hab's schon im Saal bemerkt.«
»Sie meinen sicher: aus fraglichen Gründen?« Moen ließ seiner Bemerkung ein Lächeln folgen. »Ich habe ja des Öfteren schon mir selbst und vor anderen wiederholt, dass man einen Mann nicht einfach verdächtigen kann, nur weil er widerlich ist. Jetzt fangen wir wieder von vorne an, mit einem Mann, der anscheinend ein einwandfreies Alibi hat. Zuallererst besorgen Sie sich jetzt Material aus der Überwachungskamera im Hotel.«
Solvold nickte und grinste.
»Das hab ich schon getan. Sie haben ja gesagt, ich könne tun, was ich wollte, solange das in meiner Freizeit passiert. Kommen Sie mit«, sagte er und ging auf den Ausgang zu.
Svein Solvold wohnte allein in einer neuen Dreizimmerwohnung mit Aussicht auf den Mjøsa-See. Moen schaute sich neugierig in der Wohnung um, während Solvold Kaffee kochte. Moen war es gewohnt, dass vielbeschäftigte Polizisten ihre Privatsphäre vernachlässigten, doch Svein Solvold war nicht nur ordnungsliebend, sondern schien auch gern ein schönes Zuhause zu haben. In einem der Zimmer sah Moen einen Computer mit zwei großen Flachbildschirmen stehen. Er bewunderte die Aussicht, als Solvold mit dem Kaffee kam und ihn in den Computerraum führte.
»Ich habe viel Zeit mit den betreffenden Überwachungskameras verschwendet, aber alles Interessante ist auf einer DVD. Mit Punkt eins will ich Sie nicht groß langweilen.

Kjell Mannsåker fuhr in Begleitung von Marita Mæhlum nach Oslo, und sie fuhren zusammen wieder zurück, doch Mannsåkers Auto stand keine Sekunde in der Hotelgarage.«

»Sie meinen, dass er gar nicht im Hotel war?«

»So einfach ist das nicht. Sehen Sie mal hier.« Solvold schob eine DVD ins Laufwerk und spielte sie ab. »Hier kommt Mannsåker.«

Moen sah, wie Kjell Mannsåker eincheckte, und merkte sich, wie er angezogen war. Dunkler Blazer aus Leder, helle Hose und keine Kopfbedeckung. Eine kleine Reisetasche. Es war ungefähr neunzehn Uhr.

Dann kam eine Sequenz, in der ein Mann den Empfang durchquerte und zum Haupteingang hinausging. Er bewegte sich zielbewusst und sah sich nicht um. Er trug einen kittfarbenen klassischen Trenchcoat und hatte sich einen Schlapphut tief über die Augen gezogen. Dunkle Hose. Kein Gepäck. Es war circa ein Uhr zwanzig.

»Er ist nie zurückgekommen«, kommentierte Solvold.

Die nächste Sequenz zeigte Kjell Mannsåker, der gegen acht Uhr am nächsten Morgen in das Vestibül hereinkam, in Begleitung einer jungen, recht großen und schlanken Frau mit hellem Haar. Eine weitere Kamera zeigte sie ein paar Minuten später im Frühstücksraum des Hotels. Eine halbe Stunde später gingen sie zum Aufzug. Um viertel nach neun checkte Mannsåker aus, und die Frau verschwand durch die Schwingtür nach draußen.

»Ich glaube, der Mann im Mantel ist Mannsåker.«

Solvold spulte zurück und ließ die Sequenz in langsamem Tempo ablaufen.

»Ich habe mir Mannsåkers Gangart genau angesehen. Das Wichtigste ist, dass so ein Mantel an Mannsåkers Garderobe hing. Ein teures Stück, ein Burberry. Ich bin ziemlich überzeugt, dass er es ist. Und es ist eine Tatsache, dass Mannsåker am Abend nicht mehr hinausgeht, am nächsten Morgen aber wieder zurückkommt. Es gibt nicht eine einzige Überwachungskamera, die Mannsåker zwischen diesen beiden Zeitpunkten eingefangen hat. Was glauben Sie?«

»Dafür können wir ihn nicht hängen. Das mit dem Auto ist interessant. Was ist, wenn er die ganze Nacht mit Marita Mæhlum zusammen war? Ich habe übrigens auch eine DVD.«

Er zog eine Scheibe hervor, und Solvold schob sie in den Computer.

Sie schauten sich die Aufnahme von Moen und Reidar Olsby an. Olsby berichtete von Kjell Mannsåker und Marita Mæhlum.

»Hm, tja«, sagte Svein Solvold. »Dann kann Frau Mæhlum ihm vielleicht ein Alibi geben. Aber wer ist das Mädchen?«

Die Pressekonferenz war beinahe eine Wiederholung der Vorstellung im Untersuchungsgericht. Dieselben Fragen wurden mit denselben Antworten bedacht. Moen war genauso überzeugend, wie er es im Gericht gewesen war, bis hin zu der Frage, ob es einen Zusammenhang mit den beiden Todesfällen in Store Lundby gab. Natürlich war Moen nicht so kategorisch wie der Polizeirat vor Gericht. Er formulierte es so:

»Die Polizei schließt einen solchen Zusammenhang nicht aus. Niemand hier im Saal würde mir glauben, wenn ich etwas anderes sagte, aber es stehen noch einige Untersuchungen aus, die ganz entscheidend sind. Es kann noch ein par Tage dauern, bis ich Ihnen eine definitive Antwort auf diese Frage geben kann.«

Der Vertreter von *Dagbladet* stand auf.

»Was ist mit den beiden, die bereits in Haft sind?«

»Tore Hakksveen wird in Erwartung eines bevorstehenden Verfahrens freigelassen, bei dem es um andere Dinge geht, die während der Ermittlung gegen ihn zum Vorschein kamen. Der Junge ist immer noch in Verwahrung, aber das ist eine Formsache. Die Erziehungsberechtigten und er selbst möchten sichergehen, dass er in ein beschütztes Umfeld mit Betreuung und Behandlung entlassen wird. Beide werden in dieser Angelegenheit nicht länger verdächtigt.«

Der Journalist von *Dagbladet* blieb stehen.

»Ist das nicht eine Bankrotterklärung, wenn die Polizei drei Verdächtige in Haft hat und einer nach dem anderen wieder herauskommt? Der Letzte wurde als Leiche freigesprochen. Sie haben doch selbst angenommen, der Fall würde in kürzester Zeit geklärt sein, das haben Sie öffentlich verkündet. Wir von der Presse und die Leser fragen sich natürlich: Was ist los in dieser Sache? Wurde sie von Anfang an unterschätzt, oder ist es die Arbeit der Polizei, die nicht ausreichend ist, um es einmal so auszudrücken?«

Nach einer schrecklichen Nacht und einem anstrengenden Tag taumelte Moen fast ein bisschen vor Müdigkeit, richtete sich jedoch wieder auf, um dieser Breitseite des kritischen Journalismus entgegenzutreten.

»Die beiden, die jetzt freigelassen werden oder es bereits sind, waren so eng mit dem ersten Verbrechen verknüpft, dass eine unachtsame Anklagevertretung beide hätte anklagen können und sie vielleicht verurteilt worden wären. Eine große Anzahl von Polizeibeamten hat nach einer gewissenhaften Ermittlung keine weiteren Verdachtsmomente gegen die beiden vorzubringen. Ich sehe keinen Grund, der Polizei oder der Staatsanwaltschaft und deren Vorgehensweise dies anzulasten. Eher ganz im Gegenteil.

Was den Mord an Reidar Olsby betrifft, der für einige Tage im

Zentrum der polizeilichen Ermittlungen stand, so gilt hier das Gleiche: Wenn der Täter mit der Polizei zusammengearbeitet und sich nach den polizeilichen Empfehlungen gerichtet hätte, so wäre das alles nicht geschehen. Der Täter – und leider auch sein Opfer – muss die volle Verantwortung für seine Handlungsweise übernehmen.«

Moen hielt einen Augenblick inne.

»Um ihren kritischen Fragen gleich zuvorzukommen, möchte ich es lieber so ausdrücken: Während der Ermittlung haben sich Tatsachen ergeben, die auf einen überaus geschickten Täter schließen lassen, und ich befürchte, dass die weiteren Ermittlungen schwierig werden können. Doch die Angelegenheit zieht sich nicht deshalb in die Länge, weil die Polizei sie unterschätzt hat, sondern weil sie sich als äußerst kompliziert erweist. Doch das macht es für die Presse ja nicht weniger interessant.«

Die Versammelten lachten gutmütig, und die Stimmung veränderte sich. Moen merkte es an den wenigen Fragen, die noch gestellt wurden, dann war die Vorstellung vorüber. Auf dem Weg zur Tür nahm Moen sich anders als sonst genügend Zeit und beantwortete die Fragen der Journalisten am Ausgang und im Flur geduldig. Der Vertreter von *VG* zog ihn an die Seite und erinnerte ihn an Verbindlichkeiten, die noch nicht eingelöst waren.

»Gehen Sie zu Svein Solvold. Er kann Ihnen etwas erzählen.«

Als er sich ins Auto setzte, war Moen so erschöpft, dass er überlegte, in einem Hotel in Gjøvik zu bleiben, doch schließlich schob er den Gedanken wieder an die Seite. Er steckte den Schlüssel ins Zündschloss und steuerte auf sein zweites Zuhause zu.

# 32

Am nächsten Morgen stand Moen mit Asbjørn Gihle vor der Polizeihauptwache in Gjøvik. Sie sollten dem Polizeidirektor Rede und Antwort stehen. Gihle hielt Moen am Kragen seiner Jacke fest.

»Ich möchte, dass du dir über eines im Klaren bist: Arve Nerseth und der Polizeidirektor sind alte Bekannte. Sie treffen sich im Rotary-Klub. Ich weiß es, weil ich dort auch Mitglied bin. Das kommt einfach so mit dem Job. Es ist selbstverständlich für Nerseth nicht besonders toll, wenn die Angestellten in einer seiner Einrichtungen wie die Fliegen sterben, doch damit nicht genug, seine Frau arbeitet dort auch. Wenn sich der Direktor etwas anders verhält, als du es vielleicht erwartest, so kann das daran liegen. So ist es eben in kleinen Orten wie diesem«, sagte er entschuldigend und klopfte Moen auf die Schulter. »Jetzt bist du gewarnt.«

Moen hatte solche Äußerungen schon früher gehört und war jedes Mal überrascht, wenn die Leute glaubten, dass es an »größeren« Orten anders war, doch diese irrige Annahme war weit verbreitet. Es gibt Unterschiede zwischen großen und kleinen Orten, doch die Menschen sind dieselben. So lautete Moens Philosophie, doch er war kein Missionar, und nun war er ein wenig gereizt, weil sie Zeit aufwenden mussten, um sich den Fragen des Polizeidirektors zu stellen, wo es ihnen doch eigentlich in den Fingern juckte, die Ermittlungen wieder aufzunehmen.

Solvold war schon da und schäumte auch nicht gerade über

vor guter Laune. Er hatte sein Notebook bei sich. Der Polizeirat traf gleich nach ihnen ein und wirkte ebenfalls nicht glücklich. Auf dem Tisch des Polizeidirektors lag eine Ausgabe des *Dagbladet*. Ausnahmsweise hatte Moen die Zeitungen gelesen. *VG* hatte eine ungewöhnlich gut dokumentierte Übersicht der Fakten zusammengestellt sowie ein fast rührendes Porträt und Interview mit Jenny Kammerstuen, samt einem unscharfen Bild aus Solvolds Handykamera, das Jenny über die Leiche von Reidar Olsby gebeugt zeigte. Das Ganze rief auf erfrischende Weise den Eindruck hervor, dass *VG* Zeuge des Geschehens war.

Der Reporter von *Dagbladet* trat als kritischer Journalist auf, ohne jedoch über tatsächliche Fakten zu verfügen, die seine Kritik untermauern konnten. Moen waren einzelne Reporter schon des Öfteren aufgefallen, insbesondere in den Fernsehnachrichten, wo sie Meldungen verlasen, die andere zusammengestellt hatten. Wenn in einem Interview deutlich wurde, dass sie keine eigenen Kenntnisse über einen Sachverhalt hatten, wurden sie häufig auf aggressive Art moralisch: Wer trug eigentlich die Schuld, dass dieser Fall nicht aufgeklärt wurde? Wer hatte eigentlich Schuld an diesem Unglück? Wer trug eigentlich die Verantwortung dafür, dass nichts passierte?

*Dagbladet* brachte ein ganzseitiges Interview mit Mannsåkers Verteidiger. Eine lange und indignierte Verteidigungsrede über das Recht des Bürgers, das Gesetz in die eigenen Hände zu nehmen, so wie es dieser Anwalt schon unzählige Male zuvor getan hatte. In den letzten Jahren war er Moen manchmal vollkommen verrückt vorgekommen. Der Polizeidirektor entschied sich, den Faden an dieser Stelle aufzunehmen. Wer trug die Schuld dafür, dass alles so gekommen war? Hätte Moen den Handlungsverlauf nicht ändern können, wenn er früher interveniert hätte? War er davon überzeugt, dass die beiden Freigelassenen nicht die Schuldigen waren? Moen gab keinen Fußbreit nach und verteidigte seine Entscheidungen, so wie er es vor dem Untersuchungsgericht getan hatte. Schließlich kam der Polizeidirektor zu seinem eigentlichen Anliegen.

»Sie haben ja praktisch angekündigt, dass Kjell Mannsåker wegen des Mordes an Anne Sørli eingehender untersucht wird. Ein Mann mit einem verantwortungsvollen Posten im Gesundheitswesen und dazu mit einem wasserdichten Alibi.«

Der Direktor klopfte mit dem Zeigefinger auf die Tischplatte.

»Es steht einem Beamten nicht zu, Beschlüsse darüber zu fassen, was untersucht werden soll. Diese Entscheidung wird hier getroffen. Die Leute rufen mich schon an und wollen wissen, was hier überhaupt vorgeht.«

Asbjørn Gihle beugte sich vor und sagte mit ruhiger Stimme:

»Es war nicht zufällig Arve Nerseth, der angerufen hat?«

»Mit dieser Unterstellung wollen wir uns erst gar nicht weiter befassen. Der Polizeirat sagt, dass kein anderer ihm bekannter Richter Kjell Mannsåker drei Monate mit Brief- und Besuchsverbot verordnet hätte, wenn der Tatbestand einmal feststeht.«

Moen ergriff das Wort.

»Tatsächlich haben wir vier Wochen bekommen, um den Verdacht wegen des Mordes an Anne Sørli zu untermauern. Warum, weiß ich nicht. Für uns, die wir in der Sache ermitteln, hat Kjell Mannsåker einen Status als Verdächtiger in der Mordsache Anne Sørli. Wir haben einen Job zu erledigen.«

Die Augen des Polizeidirektors waren schmal.

»Haben Sie noch etwas anderes als Spekulationen?«

Moen nickte Svein Solvold zu, der die DVD mit Knut Moen und Reidar Olsby abspielte. Der Polizeidirektor zuckte zusammen, als Marita Mæhlum der Untreue bezichtigt wurde.

»Zu den legalen Aspekten dieser Aufnahme komme ich später. Haben Sie sonst noch etwas vorzubringen? Reidar Olsby ist mit seinem Lebenslauf nicht unbedingt der perfekte Vertreter der Wahrheit.«

»Das Ganze deutet aber auf ein Motiv. Ich nehme an, dass es Arve Nerseth übel aufstoßen würde, wenn er davon erführe. Kjell Mannsåkers Karriere würde leiden, über Nerseths Ehe will ich mich nicht äußern. Die Dokumentation liegt auf Anne Sørlis Mac. Den beabsichtigen wir zu finden. Außerdem wissen wir, dass irgendjemand, wahrscheinlich Kjell Mannsåker, Reidar Olsby und Anne Sørli gefilmt und abgehört hat. Das bedeutet, dass Mannsåker von ihren Plänen wusste. Was das Alibi betrifft, so hat Svein Solvold die Videos aus den Überwachungskameras des Hotels analysiert. Es bestehen Zweifel daran, dass Mannsåker in dieser Nacht im Hotel war. Da Marita Mæhlum zur gleichen Zeit in der Stadt war, kann sie ihm dann vielleicht ein Alibi geben? Das wäre die erste Vernehmung, die wir durchführen wollen. Soll ich fortfahren? Es gibt noch viel mehr.«

»Ich denke, wir hören hier auf«, sagte Asbjørn Gihle und stand auf. »Sie verstehen doch sicher, dass Sie hierbei befangen sind. Es wäre gut, die Angelegenheit jemand anderem zu übertragen. Beispielsweise Andersen.« Er deutete auf den Polizeirat. Der Polizeidirektor erhob sich angesichts dieser Herausforderung ebenfalls, doch Asbjørn Gihle war ziemlich aufgebracht und hob den Finger.

»Bevor Sie sich dazu äußern, sollten Sie wissen, dass ich mich in dieser Angelegenheit gegebenenfalls an die höchsten Stellen wende. Ich nehme keine Rücksicht, da ich nichts zu verlieren habe. Ich bin mit meiner Karriere so weit gekommen, wie es möglich ist. Wie sieht es bei Ihnen aus?«

Draußen war es dunkel, und die Dunkelheit war aufgrund einer dichten Wolkendecke noch undurchdringlicher als gewöhnlich. Moens kleine Gruppe plante den nächsten Schritt in der Ermittlung. Mannsåkers Haus sollte durchsucht werden, und man wollte seine Personalakte durchgehen und überprüfen, ob man etwas über seine Vergangenheit herausfinden konnte, also Eltern, Ehefrauen/Partnerinnen und eventuelle Kinder oder was er sonst noch im Nordwesten des Landes, genauer gesagt in Molde, hinter sich gelassen hatte. Ein Team von der Kripo und die örtliche Polizeidirektion von Molde sollten sie dabei unterstützen. Auf diese Weise konnten sich Moen und Solvold auf Mannsåkers Alibi und Anne Sørlis Mac konzentrieren.

Um siebzehn Uhr klopfte es an der Tür zum Besprechungsraum, und Jenny Kammerstuen schaute herein.

»Sie ist jetzt da.«

Moen und Solvold standen auf und folgten Jenny in einen Vernehmungsraum, wo Marita Mæhlum stand und sich nervös umblickte.

»Bitte setzen Sie sich«, sagte Moen und lächelte beruhigend.

Jenny Kammerstuen startete das Aufnahmegerät und verlas die Formalitäten.

Sie blickte fragend zu Marita Mæhlum, die Namen und Geburtsdatum angab.

Moen schaute sie einen Augenblick prüfend an. Sie war unruhig und warf ihren Kopf zurück, sodass ihr dunkles, gerade geschnittenes Haar hin- und herfiel. Sie war sorgfältig geschminkt und versuchte ohne großen Erfolg, eine leicht arrogante Pose einzunehmen.

»Nun, worüber möchten Sie mit mir sprechen?« Marita Mæhlum konnte nicht länger warten.

»Es geht um Kjell Mannsåker. Wie Sie sicher wissen, sitzt er wegen vorsätzlichen Mordes an Ihrem Kollegen Reidar Olsby in Untersuchungshaft.«

»Es gibt viele, die Reidar kannten und meinen, dass Kjell unschuldig ist. Unter anderem ich.«

»Und vielleicht auch Ihr Mann?«

»Ja, auch er.«

»Sind Sie dann vielleicht der Auffassung, dass Reidar Olsby es verdient hatte, erschossen zu werden?«

Jenny Kammerstuen und Svein Solvold blickten fragend zu Moen und schienen etwas überrascht angesichts der Wendung, die das Gespräch nahm.

»Warum sagen Sie so etwas? Es muss doch erlaubt sein zu sagen, dass Reidar Olsby sich bei sich selbst bedanken kann, so wie er es getrieben hat.«

Moen richtete sich auf und legte die Arme auf den Tisch.

»Bevor wir mit dieser Unterhaltung fortfahren, möchte ich Folgendes sagen: Die Anklagebehörde betrachtet die Ermordung Reidar Olsbys als kaltblütige Hinrichtung. Die Polizei hatte Maßnahmen ergriffen, um Kjell Mannsåker zu schützen, und war kurz davor, Olsby zu verhaften. Wir gehen von der Hypothese aus, dass Mannsåker einen lästigen Zeugen loswerden wollte.«

»Einen Zeugen wofür?«

»Darauf komme ich noch zurück. Punkt zwei ist, dass Kjell Mannsåker nun des Mordes an Anne Sørli verdächtigt wird.«

»Das ist ja vollkommen lächerlich. Kjell und ich waren die ganze Nacht in Oslo.«

»Sie können ihm ein Alibi für die ganze Nacht geben?«

Svein Solvold konnte fast nicht mehr still sitzen. Er massierte seine Wangen so fest, dass sein Gesicht ganz verzerrt aussah. Marita Mæhlum wurde rot.

»Nein, also wissen Sie was. Das geht wirklich zu weit.«
Moen lächelte hauchzart.
»Ich möchte nicht unverschämt sein, Frau Mæhlum. Ich veranschauliche lediglich, was es tatsächlich bedeutet, jemandem ein Alibi zu geben. Bevor wir weitermachen, muss ich Sie bitten, die Anklagepunkte gegen Kjell Mannsåker zu überdenken. Sie sind überaus ernst. Hier geht es nicht darum, was Sie über Reidar Olsby denken. Ich sage dies auch, weil es Usus ist, in so einer ernsten Strafsache mit der Polizei so gut es geht zusammenzuarbeiten, auch wenn es für einen selbst peinlich ist. Es ist ebenfalls sehr ernst, eine falsche Aussage zu machen oder sich zu weigern, der Polizei gegenüber eine Aussage abzugeben.«
Marita Mæhlum blickte umher und schüttelte resigniert den Kopf. Moen fasste zusammen:
»Ich möchte hier nur verdeutlichen, wie ernst der Vorfall ist, über den wir reden, und ich will präzisieren, dass es Konsequenzen für Sie selbst haben kann, wenn sie die Polizei bei einer Ermittlung wissentlich irreführen. Ich möchte nicht, dass Sie diese Unterhaltung in dem Glauben fortsetzen, dass wir uns hier für oder gegen Reidar Olsby aussprechen. Wir reden von Kjell Mannsåker und Ihrem Verhältnis zu ihm. Ich habe Ihre Aussage vorhin so verstanden, dass Sie bezeugen können, dass Kjell Mannsåker während der ganzen Nacht, in der Anne Sørli in Lillebo niedergestochen und ermordet wurde, in Oslo war. Können Sie diese Aussage bestätigen? Sie müssen Sie möglicherweise vor Gericht wiederholen.«
»Nein, ich kann es nicht persönlich bezeugen, dass er die ganze Nacht in Oslo war.«
»Können Sie für uns die Fahrt rekapitulieren, die Sie und Kjell Mannsåker nach Oslo unternommen haben, einschließlich der Zeitangaben?«

Marita Mæhlum nahm sich Zeit, bevor sie gesprächiger wurde. Ein paarmal rutschte sie auf dem Stuhl hin und her und fühlte sich sichtlich unwohl. Etwas zögernd erklärte sie, dass Mannsåker sie gegen drei nach Oslo gefahren hatte. Er hatte sie am Hauptbahnhof abgesetzt, danach hatte sie den Zug nach Sandvika genommen, wo ihre Freundin, Else Marie Nerseth, sie in ihrer Wohnung gegenüber dem Einkaufszentrum Sandvika erwartete. Nach einer Einkaufstour im Shoppingcenter gingen sie nach Hause und danach ins Restaurant *Egon*, wo sie Pizza aßen und ein paar Gläser Weißwein tranken. Sie hatten sich früh schlafen gelegt, da ihre Freundin am nächsten Tag arbeiten musste und sie selbst zusammen mit Mannsåker zu einer Besprechung wollte. Das war die Nacht, in der Anne Sørli ermordet worden war.

»Das von vorhin tut mir leid. Ich war nur so überrascht. Kjell wollte doch im Hotel *Opera* einchecken. Übrigens ist Else Marie Arves Schwester. Wir sind zusammen aufs Gymnasium gegangen, so habe ich Arve kennengelernt. Wir sind sozusagen Freunde und Verwandte.«

Moen lächelte.

»Ach, tatsächlich. Gut, das war es schon, was wir wissen wollten. Können Sie Solvold Else Maries Telefonnummer geben? Nicht dass ich an Ihrer Geschichte zweifle, aber so arbeiten wir nun einmal. Wir überprüfen alles zweimal.«

Marita Mæhlum schrieb die Nummer auf einen Zettel. Es war kein Zögern und keine Nervosität zu spüren.

»Schalten Sie doch mal kurz ab, Jenny. Dann kann Svein eben telefonieren.«

»Sind wir dann fertig?«

»Es gibt noch zwei Dinge. Möchten Sie in der Zwischenzeit eine Tasse Kaffee und etwas essen?«

Dann ging es weiter. Nun war klar, dass Marita Mæhlum nicht die geringste Ahnung hatte, was Kjell Mannsåker in der Mordnacht unternommen hatte. Das war zwar gut für sie, aber weniger gut für Mannsåker. Solvold war froh und erleichtert. Es stand ihm ins Gesicht geschrieben. Moen nickte Jenny zu, die das Gerät wieder anstellte.

»Bei was für einer Besprechung waren Sie mit Kjell Mannsåker?«

»Betrifft das diesen Fall?«

»Das entscheiden wir dann. Sind mit dieser Frage irgendwelche Schwierigkeiten verbunden?«

Marita Mæhlum wand sich.

»Erfährt Arve davon oder bleibt das hier vertraulich? Es hat nichts mit dem Mord zu tun. Es geht um eine berufliche Angelegenheit.«

»Wenn es die Sache nicht betrifft, wird es auch nicht öffentlich, aber wir können erst dann entscheiden, ob es relevant ist oder nicht, wenn wir Ihre Aussage gehört haben.«

Sie überlegte einen Moment.

»Arve ist ein – wie soll ich es sagen – etwas dominanter Mann, und er hat sehr großen Einfluss auf Entscheidungen im Gesundheitswesen unserer Region, nicht zuletzt bei Personalfragen. Kjell und ich arbeiten fachlich sehr gut zusammen, und beide haben wir Ambitionen – in beruflicher Hinsicht, wohlgemerkt. Es ist kein großes Geheimnis, dass Store Lundby geschlossen wird, womöglich schon im nächsten Jahr.« Ihr Blick bewegte sich unruhig hin und her. »Langer Rede kurzer Sinn: Wir haben erzählt, dass wir uns wegen eines Projekts, das wir zusammen im Kompetenzzentrum des Reichshospitals machen, beraten lassen wollten. Doch tatsächlich waren wir bei einem Vorstellungsgespräch im Zentralkrankenhaus in Akershus, wo demnächst eine neue jugendpsychiatrische Abteilung eröffnet wird. Wir standen nicht auf der öffentlichen Bewerberliste.« Sie hielt einen Augenblick inne. »Nun, wir haben es so geregelt, dass Arve nichts davon erfahren würde. Das ist die Stelle, die wir am liebsten hätten, und besonders ich hatte Angst, dass er andere Pläne für mich geschmiedet hat.«

Moen lächelte.

»Mit anderen Worten, ein bisschen Frauenemanzipation.«

Marita Mæhlum lächelte dankbar.

»Ja, ganz richtig.«

»Kann ich einen Namen haben, damit wir das überprüfen können?«

Sie schrieb ihn bereitwillig auf.

Moen lehnte sich zurück.

»Wie würden Sie Ihr Verhältnis zu Kjell Mannsåker charakterisieren?«

»Es ist sehr gut. Wir arbeiten seit fast drei Jahren zusammen. Die Chemie stimmt. Ich habe viele Ideen, und Kjell ist sehr gut, wenn es darum geht, Dinge umzusetzen.«

Moen nickte.

»Es ist ja oft so, dass man sich in solchen Arbeitsverhältnissen auch privat etwas näherkommt, über persönliche Dinge spricht oder sich privat kennenlernt. Können Sie dazu etwas sagen?«

Marita Mæhlum sah ihn forschend an.

»Unterstellen Sie uns, dass wir eine Beziehung haben?«

»Ich bitte Sie lediglich, so auf die Frage zu antworten, wie sie gestellt wurde. Soll ich es wiederholen?«

»Kjell Mannsåker ist ein Freund des Hauses. Ja, mein Mann und ich haben auch privaten Umgang mit ihm. Schon seit Langem. Daher könnte man sagen, dass wir ein persönliches Verhältnis haben. Ja.«

»Hat sich dieses Verhältnis so weit entwickelt, dass es auch physisch geworden ist?«

»Also wissen Sie, ich habe keine Lust, auf so eine Frage zu antworten.«

»Sagen Sie Ja oder Nein.«

»Nein, ich habe keine Beziehung mit Kjell Mannsåker.«

Moen deutete auf das Aufnahmegerät.

»Schalten Sie mal ab, Jenny.« Er faltete die Hände auf der Tischplatte zusammen. »Ich sage es ganz inoffiziell, so können Sie es sich überlegen. Ich verschone niemanden in so einer ernsten Strafsache. Als Per Erik Henriksen in Ihr Haus eingedrungen ist, kam Kjell Mannsåker, der Freund des Hauses, um auf Sie aufzupassen – und auf die Kinder.

Als ich zurückkam, um Ihnen zu erzählen, dass Per Erik gefasst worden war, sagte Kjell Mannsåker, dass Sie und die Kinder oben im ersten Stock wären. Sie kamen mit nassen Haaren und rosigen Wangen die Treppe herunter, im Bademantel. Als ich dann hinausging und mich ins Auto setzte, sah ich eine Frau über den Schulhof der weiterführenden Schule kommen, zusammen mit Ihren Kindern, die sich angeblich oben im ersten Stock Ihres Hauses befinden sollten. Sie sind nun einmal nicht vorsichtiger gewesen, also gibt es keinen Grund sich aufzublasen, wenn ich Sie frage, ob Sie eine Beziehung zu Mannsåker haben.« Moen blickte sie an und wartete auf eine Antwort, doch sie blieb stumm, und er fuhr fort: »Soll ich das auf Band wiederholen, sodass es offiziell wird, oder wollen wir den Schaden begrenzen?«

Marita Mæhlum sagte noch immer kein Wort, und Moen gab Jenny wieder ein Zeichen. Jenny saß einen Moment lang mit offenem Mund da, bevor sie reagierte. Alle im Raum hatten einen glänzenden Schweißfilm auf dem Gesicht. In dem kleinen Raum war es sehr warm geworden.

»Es hat nichts mit dem Mord zu tun, aber Arve wird mich umbringen. Er ist so eifersüchtig, dass er sich sonst was einfallen lässt. Er ruft jedes Mal seine Schwester an, wenn ich bei ihr bin, und fragt sie aus, was ich getan habe und wo ich gewesen bin. Sie haben ja keine Ahnung, was Sie da von mir verlangen.«

»Ich zeige Ihnen, worum es geht.« Er drehte sich zu Svein Solvold um.

»Spielen Sie die Unterhaltung mit Reidar Olsby ab.«

Moen stand auf und lief ein paar Runden hin und her, während ein toter Mann die letzten Worte wiederholte, die er in diesem Leben geäußert hatte.

Marita Mæhlum war wie hypnotisiert. Als Svein Solvold den PC abstellte, stand sie auf. Ihre Wimperntusche war verlaufen. Moen sagte ruhig:

»Wir haben über das Alibi gesprochen. Hierbei geht es um das Motiv. Was würde Ihr Mann sagen, wenn er wüsste, was wir wissen?«

»Ich will nichts mehr davon hören. Sie können mich hier nicht festhalten. Glauben Sie ja nicht, ich wüsste nicht, dass ich nichts sagen muss. Ich will Ihr verdammtes blödes Gesicht nicht mehr sehen, es sei denn in Anwesenheit eines Anwalts. Versuchen Sie nicht, mich aufzuhalten.«

Marita Mæhlum langte tatsächlich zu einem Schlag aus, sodass Moen einen Schritt zurücktreten musste. Dann verschwand sie durch die Tür.

Jenny Kammerstuen blickte Moen fragend an. Er schüttelte den Kopf.

»Lasst sie gehen.«

»Ich wusste gar nicht, dass Sie so sein können«, erwiderte Jenny Kammerstuen erstaunt.

»Ich bin wie das Phantom. Gut zu den Guten und schrecklich

zu den Schrecklichen.« Moen lächelte und sah Svein Solvold an.

»Beim nächsten Mal sind Sie dran. Dann geben Sie den guten Polizisten und ich den bösen.«

## 33

Kjell Mannsåker wurde in Gjøvik fortwährend vernommen. Ohne etwas zu bereuen, hielt er an seiner Verteidigungslinie fest. Knut Moen und Svein Solvold verbrachten die Tage in Store Lundby. Weitere Beamte pflückten Mannsåkers Dienstwohnung auseinander. Bekleidung und Schuhe wurden zur Analyse gesandt, einschließlich des Mantels, der Svein Solvold aufgefallen war.

Sie stürzten sich auch auf Kjell Mannsåkers Personalakte. Seine Karriere war in den ersten Jahren von einer langen Reihe relativ kurzfristiger Arbeitsverhältnisse in Jugendheimen im Nordwesten des Landes geprägt gewesen. Trotz seiner Unstetigkeit hatte er von vielen seiner Arbeitgeber auffallend gute Zeugnisse bekommen. Die Karriere war vor fünf Jahren unterbrochen worden, als er sich offenbar an der Hochschule in Stavanger weiter hatte ausbilden lassen und einen Mastergrad erworben hatte. Die Examensurkunde war in der Mappe nicht zu übersehen. Die Bescheinigungen ließen eine Unterbrechung der beruflichen Karriere für einen Zeitraum von circa zwei Jahren erkennen. Svein Solvold stutzte über diesen Umstand. Er fand es merkwürdig, dass Kjell Mannsåker während seines Studiums nicht weitergearbeitet hatte. Seine nächste Stelle war die Leitungsposition in Lillebo, die er jetzt seit drei Jahren innehatte.

Durch die örtliche Polizei seines Heimatorts fand man heraus, dass er Vater zweier Kinder war, beides Jungen, von verschiedenen Müttern geboren. Er bezahlte über die offiziellen Verwaltungswege keinen Unterhalt. Sicherlich hatte er mit beiden Frauen eine private Vereinbarung getroffen. Von seinen Eltern lebte nur noch der Vater. Er hatte seinen Sohn in diesem Jahr einmal gesehen, Ende Oktober. Mannsåker war also nach der Ermordung Anne Sørlis in seinem Heimatort gewesen.

Auch die junge Frau, die Mannsåker im Hotel getroffen hatte, wurde identifiziert. Sie zeigten der kommissarischen Abteilungsleiterin von Lillebo ein Foto von ihr. Es handelte sich um Cathrine Ziegler, die Praktikantin, die Per Erik Henriksen überfallen hatte. Die Abteilungsleiterin konnte mit zwei weiteren Informationen aufwarten. Erstens war Kjell Mannsåker der Praxisanleiter der jungen Frau, zweitens war Frau Ziegler gerade dabei, in die Wohnung einzuziehen, die Hans Andreassen verlassen musste, und sollte als seine Stellvertreterin arbeiten.

Als sie Cathrine Ziegler befragten, erklärte sie Moen und Solvold leicht errötend, dass sie sich am Morgen im Hotel *Opera* getroffen hätten. Sie hatte Kjell Mannsåker entdeckt, als er draußen vor dem Eingang stand und rauchte, was ihr etwas komisch vorgekommen sei, da sie ihn noch nie habe rauchen sehen. Dann hatten sie gemeinsam gefrühstückt. Danach sei sie mit Mannsåker in seinem Zimmer gewesen – zwecks Praxisanleitung. Die Gesichtsröte war ziemlich auffallend, und Frau Ziegler war sich dessen eindeutig bewusst.

Bei dieser Vernehmung legte Moen verglichen mit der Behandlung Frau Mæhlums großes Taktgefühl an den Tag. Er erklärte Frau Ziegler, dass es nicht darum gehe, in ihrem Privatleben herumzuschnüffeln. Aber wenn sie schon einmal im Zimmer war, konnte sie sich vielleicht erinnern, wie das Bett ausgesehen hatte? Hatte jemand darin geschlafen oder war es unberührt? Frau Ziegler überlegte einen Moment, doch nicht sehr lange.

»Das Bett war unberührt. Ich erinnere mich daran, weil ich die Tagesdecke abgezogen habe.« Frau Ziegler legte die Hand über den Mund und sagte: »Ups!«
Die Unterhaltung wurde in angenehmer und zivilisierter Form fortgeführt, brachte jedoch keine weiteren Aufschlüsse, die die Ermittlung weitergebracht hätten.

Es war einer dieser Tage, an denen man sich wundert, dass der Winter tatsächlich gekommen ist. Nach dem Gespräch mit Frau Ziegler lief Moen bei strahlendem Sonnenschein in Store Lundby herum. Der erste Schnee stand im Begriff zu verschwinden und ließ erkennen, dass der Hausmeister das Laubfegen vernachlässigt hatte. Seit Langem war dies der erste Tag, an dem Moen das Tageslicht sah. Ein winzig kleines Frühlingsgefühl schlich sich in sein Bewusstsein, doch er scheuchte es weg. Der lange Winter lag noch vor ihnen, und die Ermittlung stand still. Sie konnten Zweifel am Alibi anmelden und hatten die Umrisse eines Motivs. Im Wachraum war gefilmt worden, doch allen Informationen nach zu urteilen, konnte Kjell Mannsåker diese Technologie nicht bedienen. Eine Ausrüstung war ebenfalls nicht gefunden worden.
Moen sollte eines Tages im Gerichtssaal stehen und den Nachweis erbringen, dass Kjell Mannsåker sich aus dem Hotel *Opera* geschlichen hatte und mit seinem Wagen zurück nach Østre Toten gefahren war, eine Strecke, die circa zwei Stunden beanspruchte. Im Vorhinein hatte er das samische Messer aus der Schublade genommen und die Messerscheide liegen gelassen. Mannsåker selbst hatte im Voraus Harald Gihles Schlüssel in Per Erik Henriksens Schrank gelegt. Solvold meinte, dass im Folgenden dann Per Erik die Schuld bekommen sollte, und dass Mannsåker, der draußen in den Büschen wartete, dann improvisierte, als der Einbruch den ursprünglichen Plan

durcheinanderbrachte. Er musste den Einbrechern gefolgt sein und hatte die Waffe dann dort hinterlassen. Bingo – drei Verdächtige. Da Per Erik sich in der Abteilung aufhielt, konnte er Anne Sørlis Mac erst in der folgenden Nacht holen.

Solvolds Logik war in gewisser Weise einwandfrei. Ausgehend von den Fakten und Indizien, hatte Mannsåker sowohl ein Motiv als auch die Gelegenheit. Moen zweifelte nicht daran, dass Mannsåker der Mörder Anne Sørlis war. Die kaltblütige Erschießung Reidar Olsbys hatte den letzten Zweifel beseitigt. Doch was würde dagegen im Gerichtssaal passieren, mit einer unsicheren Jury? Moen betrachtete es tief im Innern als eine ziemlich hoffnungslose Aufgabe, sich vor einen Richter zu stellen und eine norwegische Jury davon zu überzeugen, dass der Leiter einer norwegischen Psychiatrieeinrichtung – mit einem anscheinend makellosen Lebenslauf – ein solches Verbrechen geplant und begangen haben sollte. Er wusste sehr gut, was ein scharfsinniger Verteidiger beispielsweise mit einer Zeugenaussage wie der von Reidar Olsby anstellen könnte. Wo waren die Bilder? Wo war die Abhörausrüstung? Anne Sørlis Kamera? Gestohlen, als sie sich im Gewahrsam der Polizei befand und so weiter. Es gab unzählige Möglichkeiten.

Als Moen zurück in den Konferenzraum in Store Lundby kam, war Solvold nicht da. Sein Handy, das er auf dem Tisch liegen gelassen hatte, klingelte. Moen schaute auf das Telefon. Es gab drei nicht angenommene Anrufe, alle von derselben Nummer. Im gleichen Moment kam Solvold herein.

Moen reichte ihm das Handy.

»Ah, Mist«, sagte Solvold. »Das ist die Hochschule in Stavanger. Setzen Sie sich. Es wird spannend.«

Solvold rief die Nummer zurück.

»Ja, hier ist Solvold. Wir haben vorhin schon miteinander gesprochen.«

Fünf Minuten später saßen Moen und Solvold da und glotzten einander an. Sie hatten in Erfahrung gebracht, dass Kjell Mannsåker dort niemals einen Mastergrad erworben hatte. Nicht an der Hochschule in Stavanger. Allerdings hatten sie ihn in der Kartei gefunden. Er hatte die Prüfung nach einem halbjährigen Seminar in öffentlicher Verwaltung abgelegt. Moen atmete erleichtert auf.

»Ein Nagel für Mannsåkers Sarg. Gute Arbeit, Svein. Wie sind Sie darauf gekommen, sein Zeugnis zu überprüfen?

»Da stand irgendwo das Thema von seiner Abschlussarbeit. Solche Sachen sind normalerweise im Internet zugänglich. Ich hab sie dort nicht gefunden und wurde neugierig. Sollte ich nicht nach Stavanger fahren, um zu prüfen, ob sich noch mehr finden lässt?«

»Unbedingt.«

»Was machen Sie denn jetzt?«

»Ich fahre nach Molde. Ich habe schon ein Ticket gebucht.«

»Wonach suchen Sie?«

»Wir müssen es wohl einen Strohhalm nennen.«

# 34

Moen stand im Wohnzimmer eines kleinen Reihenhauses außerhalb von Molde. Er drehte sich zur Hausherrin um, die mit einer Kaffeekanne und einem Teller mit Gebäck aus der Küche hereinkam.

»Ihre Aussicht ist wirklich beneidenswert.«

»Sie ist mir in schweren Stunden ein Trost gewesen«, erwiderte sie und lächelte vorsichtig.

»Danke, dass Sie sich die Zeit nehmen, mit mir zu sprechen. Ich war schon bei einer anderen Expartnerin. Sie weigert sich, mit mir zu reden.«

»Ja, die Ärmste. Es war wohl ein richtiger Knacks für sie. Lebt hinter zugezogenen Gardinen. Ihr Sohn tut mir leid.«

»Wie geht es Ihnen?«

Die Hausherrin war blond und feingliedrig – ziemlich attraktiv, in Moens Augen. Er fühlte sich in ihrer Gesellschaft gleich wohl.

Er entdeckte die Schatten schmerzlicher Erinnerungen in ihren Augen, als sie sagte:

»Danke, gut. Ich lebe immer noch von einer halben Berufsunfähigkeitsrente, doch ich habe eine Halbtagsstelle beim Jazzfestival bekommen. Das bedeutet mir sehr viel. Auch mein Sohn bedeutet mir viel. Abgesehen von einem Punkt ist er überhaupt nicht wie sein Vater. Er ist Computerfreak. Das ist Kjell auch, aber das wissen Sie ja bestimmt?«

»Können Sie ein bisschen mehr davon erzählen?«

»Gleich mit Beginn der Computerrevolution war Kjell an

vorderster Front. Er war bestimmt der Erste, der hier im Land einen PC besaß. Er hat alles Mögliche an Computermagazinen gelesen.« Sie schaute Moen mit weit geöffneten blauen Augen an. »Eigentlich komisch, wenn ich jetzt darüber nachdenke. Wieso hat er nichts in der Computerbranche gemacht? Damit hätte er ziemlich reich werden können.«

Moen nickte zustimmend, und sie fuhr fort:

»Sie haben übrigens noch gar nicht gesagt, wieso Sie über Kjell reden möchten. Was hat er eigentlich angestellt?«

Moen erklärte es ihr.

»In Gottes Namen! Er ist es? Ich habe ja in den Zeitungen davon gelesen. Da kann ich ja nur froh sein, dass ich ihm lebendig entkommen bin. Womit kann ich Ihnen helfen?«

»Wenn es Ihnen recht ist, können Sie mir etwas mehr über Ihr Zusammenleben erzählen?«

Es war ihr recht. Es war eine Geschichte über heftiges Verliebtsein, stürmische Erotik und einen Mann, der sie genauso schnell wieder leid wurde. Mannsåkers intensives Werben wurde von zunehmender Gleichgültigkeit abgelöst, gefolgt von Wutanfällen, um nur die geringsten Vorfälle zu nennen.

So wie Kjell Mannsåker es gesehen hatte, hatte sie die Verantwortung für diese Entwicklung selbst zu tragen. Er erklärte ihr eingehend, welche Seiten an ihr es verursachten, dass er das Interesse verlor. Dabei ging es um Einkäufe, die Zubereitung der Mahlzeiten, die Art, mit der sie das Kind behandelte, die Kleidung und intimere Angelegenheiten.

Er hatte niemals nachgegeben, bevor sie nicht ihre Fehler und Mängel selbst einräumte und anerkannte. Um seinen Wutanfällen zu entkommen, musste sie öfter und öfter in sich gehen, wie Kjell es nannte, und ihm gegenüber eingestehen, dass er im Recht war. Zum Schluss hatte er sie verlassen – sie lebten ohne Trauschein zusammen, da Kjell ein Gegner der Ehe war – und war nach Stavanger gezogen, um dort zu studieren. Da hatte sie nun also gesessen, mit einem Selbstbewusstsein wie dem eines Regenwurms – so formulierte sie es – und mit der Überzeugung, sie habe das Scheitern der Beziehung sich selbst und ihren Fehlern zu verdanken. Schließlich lächelte sie gekränkt und sagte:

»Es hat mich einige Jahre Therapie gekostet, bevor ich begriff, was er mit mir gemacht hatte. Ich war tatsächlich davon überzeugt, dass ich es vermasselt hatte.«

»Gab es Ihrerseits seitdem Kontakt zu ihm?«

»Kaum.«

»Besucht er denn seinen Sohn nicht?«

»Ganz sporadisch. Kjell ist manchmal bei seinem Vater, und dann besucht unser Sohn ihn dort.«

»Zahlt er Unterhalt?«

Sie schüttelte den Kopf.

»Wie hat er denn geschafft, das zu umgehen?«

Sie schlug die Hände vors Gesicht.

»Ich weiß gar nicht, ob ich Ihnen das erzählen kann.«

Moen wartete geduldig.

»Haben Sie eine Zigarette?«

Moen zog ein Päckchen hervor und bot ihr etwas zu rauchen an.

»Wegen des Jungen rauche ich normalerweise nicht zu Hause, aber ich glaube, jetzt brauch ich eine.«

Er gab ihr Feuer, und sie zog gierig an der Zigarette.

»Ich brachte die Angelegenheit vors Familiengericht und Kjell wurde Unterhalt abgefordert. Kurz danach fand ich in der Post einen Brief, darin lag ein Bild von mir in einer intimen Situation. Es stellte sich heraus, dass er in aller Heimlichkeit in unserem Schlafzimmer Filmaufnahmen gemacht hatte, ohne dass ich es wusste.«

Sie schüttelte den Kopf und blies Rauch aus.
»Mehr möchte ich darüber nicht sagen. Er sagte, er würde die Aufnahme ins Internet stellen. Ich wusste zu dieser Zeit noch nicht einmal, was Internet überhaupt war, doch ich fragte einen Freund, der es mir zeigte. In der folgenden Woche ging ich wieder zum Familiengericht und zog die Forderung zurück. Ich sagte, wir hätten uns privat geeinigt. Danach bin ich beinahe völlig zusammengebrochen. Ich vertraute mich einer Freundin an, und die sagte mir, dass ich Hilfe bräuchte, um das alles zu bewältigen. Das war der beste Rat, den ich je bekommen habe.«
»Hat er denn überhaupt kein Interesse an Ihrem Jungen gezeigt? Ich denke da an Weihnachten und Geburtstage und so etwas.«
Moen hatte die Bemerkung fallen lassen, wie es jeder andere mitfühlende Mensch getan hätte.
»Komisch, dass Sie gerade das erwähnen. Die meisten wissen es nicht, aber Kjell ist krankhaft geizig. Er selbst nennt es natürlich Sparsamkeit, und das ist ja eine Tugend, besonders hier im Nordwesten. Jedes Jahr kommt ein Geschenk, aber es war immer unglaublich billiges Zeug. Abgesehen von diesem Herbst. Geir hatte vor drei Wochen Geburtstag und kam von seinem Großvater mit einem Computer zurück, der zweifellos ziemlich teuer und gut ist. Wir konnten es nicht glauben, als wir nachsahen, was der wohl gekostet haben mochte.« Zum ersten Mal lächelte sie.
»Geir meinte, er wäre sicher gebraucht, und da sagte ich, dass er bestimmt gestohlen war.« Sie starrte eine Weile vor sich hin. »Herrje, in Gottes Namen. Ist er gestohlen? Sind Sie deshalb hier?«
Moen erhob sich. Es kribbelte ihn im Nacken.
»Kann ich ihn mal sehen?«

Sie stand auf und lief vor ihm die Treppe in den ersten Stock hinauf. Dort öffnete sie die Tür zum Zimmer des Jungen.
»Mit dem Aufräumen hapert's bei ihm«, sagte sie, während Moen auf den weißen Mac glotzte, der mit aufgeklapptem Bildschirm auf einem Schreibtisch vor dem Fenster stand.
Eine Viertelstunde später saß Moen in ihrem Wagen, geradezu überwältigt von seinem Glück.
»Sie warten am besten hier. Ich bin eine der Wenigen, die sie über ihre Türschwelle lässt.«
Fast wie in einem Traum sah Moen sie um die Hausecke verschwinden. Er nickte tatsächlich ein paar Minuten ein, und als eine weitere Viertelstunde verstrichen war, sah er Kjell Mannsåkers Exfreundin mit einer Schachtel in den Händen auf das Auto zukommen. Sie war in Weihnachtspapier eingewickelt. Sie reichte ihm den Karton.
»Das kam zur selben Zeit. Sie wollte es ihrem Sohn überhaupt nicht geben, wusste aber auch nicht, was sie damit anfangen sollte.«
Ohne zu antworten riss Moen das Papier herunter und öffnete die Schachtel. Dieses Mal war er nicht überrascht. Es war eine Digitalkamera.
Er musste ausgesehen haben wie ein Kind zu Heiligabend, denn sie lächelte ihn strahlend an. Ihre Blicke trafen sich. Eine Weile saßen sie so da, und plötzlich wurde Moen von dem unbändigen Drang ergriffen, sich auf sie zu werfen. Er spürte auch das deutliche Gefühl, dass sie nichts dagegen eingewendet hätte. Bei Moen wurden natürlich das Schamgefühl und die Selbstkontrolle aktiviert, die die Zivilisation ihm auferlegt hatte. Er senkte seinen Blick, schaute auf die Digitalkamera in der Schachtel hinunter und dachte an die wartenden Ermittler.
Sie fragte, ob er noch bis zum nächsten Tag in der Stadt bliebe. Wahrheitsgemäß antwortete Moen, dass sein Flieger in zwei

Stunden starte. Sie bot ihm an, ihn zum Flughafen zu fahren, doch Moen war über sich selbst und die ganze Situation so deprimiert, dass er dankend ablehnte und ein Taxi nahm.

Moen fuhr im Dunkeln durch zehn Zentimeter tiefen Schneematsch von Gardermoen weg, durch Feiring hindurch und in den schmalen Engpass hinein, der Toten von der Provinz Akershus trennt. Er dachte an den Sturm der Gefühle, den er in Molde hinterlassen hatte und der niemals zum Ausdruck gekommen war. Es war lange her, dass er etwas Derartiges gefühlt hatte, und er konnte nicht aufhören, daran zu denken. Er besann sich erst, als er mit siebzig Sachen durch das dicht besiedelte Skreia fuhr. Der Schneematsch spritzte zu allen Kanten hoch, doch die Totener waren vernünftige Leute. Bei diesem Scheißwetter blieben sie zu Hause. Als er in sein Zimmer kam, schlief er ein, sobald sein Kopf das Kissen berührt hatte.

Am nächsten Morgen fuhr er mit einem Metallkoffer, der Weihnachtsgeschenke für alle enthielt, zur Dienststelle des Lensmanns. Svein Solvold berichtete lang und ausführlich von seiner Fahrt nach Stavanger. Er hatte Kjell Mannsåkers Arbeitsstelle gefunden und erzählte mit leuchtenden Augen, dass Mannsåker, damit er freiwillig kündigte, ein Zeugnis über seine abgeleistete Dienstzeit sowie Lohn für weitere drei Monate erhalten hatte. Dieses Zeugnis hatte er klugerweise zurückgehalten.

»Wieso denn?«, fragte Jenny ganz unnötig. Solvold ließ sich jedoch ohnehin nicht aufhalten.

»Bei einem Konflikt innerhalb der Belegschaft hatten einige Kollegen den Verdacht, dass er mehr wusste als er wissen sollte. Seine Widersacher stellten fest, dass er den Inhalt vertraulicher Gespräche kannte. Erst dachte man, dass es einen Verräter unter ihnen gab, bis ein kluger Kopf ihm eine Falle stellte, wodurch bewiesen wurde, dass Mannsåker einen Raum abgehört hatte. Er bekam ein Angebot, das er nicht ausschlagen konnte und ist gegangen.«

»Aber wo, zum Teufel, ist seine Ausrüstung?«, fragte Asbjørn Gihle ungeduldig. »Ich hätte sie gerne auf meinem Tisch gesehen, bevor wir vor Gericht gehen. Es sind nur noch zwei Tage.« Er drehte sich zu Moen, dem gerade theatralisch zumute war. Er antwortete, dass er gut und gern warten könne, bis Solvold fertig sei.

»Ich bin fertig. Mir fällt gerade auf, dass unser Kommissar außergewöhnlich zufrieden aussieht, oder hat er womöglich eine Nummer geschoben?« Er deutete mit dem Zeigefinger auf Jenny.

»Warst du es, Jenny?«

Sie kicherte und sagte:

»Ja, das wüsstest du wohl gerne.«

Moen legte den Metallkoffer auf den Tisch und öffnete ihn. Er stellte den weißen Mac und die Schachtel, in der sich die Kamera befand, in die Mitte und den Koffer auf den Boden. Alle standen auf und sahen in die Schachtel.

»Holy Shit«, sagte Odd Sørli, der Totener.

Moen lächelte sie der Reihe nach an.

»Das waren Kjell Mannsåkers Weihnachtsgeschenke an seine Söhne. Können Sie die Quittungen von Anne Sørli besorgen und die Gegenstände überprüfen?«

Während Odd Sørli herausfand, dass die Sachen Anne Sørli gehört hatten, lief Solvold die Hauptstraße hinunter, um Batterien zu kaufen. Er stopfte sie in die Kamera und klappte sie zu. Eine Weile fummelte er an den Knöpfen herum. »Er hat natürlich alles gelöscht. Nein, Augenblick. Darauf habe ich gehofft. Was ist das?«

Moen schaute ihm über die Schulter. Es war nicht einfach zu erkennen, was man da sah. Der kleine Kamerabildschirm zeigte etwas, das wie ein breiter schwarzer Rahmen um ein leuchtendes Viereck aussah.
Solvold nahm behutsam ein Kabel aus dem Karton und schloss die Kamera an seinen eigenen Laptop an. Die Bildbearbeitung öffnete sich. Svein Solvold ließ hektische Aktivität an den Tasten erkennen. Moen saß daneben und blickte auf das Bild, das nach und nach schärfer wurde.
»Es ist ein Fenster. Sie hat es im Dunkeln aufgenommen. Sehen Sie den Schatten in der Scheibe?«
Moen konnte deutlich sehen, dass es eine Person war, aber das Bild war unscharf. Solvold blickte verwundert auf die Aufnahme. »Wollen wir doch mal sehen, wann es aufgenommen wurde. 22:55:37 – und das Datum?« Solvold drehte sich zu Moen.
»Es wurde fünf Minuten bevor sie zur Arbeit kam aufgenommen! Da hatte sie noch anderthalb Stunden zu leben. Wo ist das bloß aufgenommen worden?«
Moen stand auf. Er wusste, wo es war.
»Asbjørn, ruf deinen Bruder an und bitte ihn, uns in Lillebo zu treffen.«

»Halten Sie hier an!« Er stieg aus und Solvold folgte ihm.
»Hier stand sie, als sie die Aufnahme machte. Sie stand da, wo sie das Auto abgestellt hat.«
Lange sah Moen prüfend zu Mannsåkers Dienstwohnung und dem Nebenhäuschen hinüber, in dem Hans Andreassen gewohnt hatte. An der zu Mannsåkers Wohnung gerichteten Seite gab es unter dem Giebeldreieck des Häuschens ein einzelnes Fenster.
Ruhig und zielbewusst ging Moen auf das Häuschen zu.

Schnell fand er heraus, dass es eine separate Treppe zu dem Zimmer gab, das offenbar hinter dem Fenster lag. Er lief die Treppe hinauf und stellte fest, dass es sich gar nicht um ein bewohnbares Zimmer handelte. Dort befand sich eine Tür mit einem neuen und ziemlich schweren Vorhängeschloss.
Als sie Harald Gihle das Schloss zeigten, sagte er lakonisch:
»Ich hab das nicht angebracht.«
»Wann waren Sie zuletzt da drin?«
Gihle kratzte sich am Kopf.
»Seit ein paar Jahren nicht mehr.«
»Was ist das für ein Zimmer?«
»Es war die Werkstatt des Hausmeisters, als er in der Dienstwohnung wohnte. Das war vor meiner Zeit, als es hier noch einen richtigen Wirtschaftsbetrieb gab. Danach hat ein Künstler darin gearbeitet. Er hat es eine Zeit lang als Atelier benutzt. Seitdem war es immer verschlossen.«
»Holen Sie Ihren Winkelschleifer«, sagte Moen zu Gihle.
»Toll, dann kann er auch gleich an meinen Winkeln rumschleifen, wenn er schon dabei ist«, sagte Svein Solvold.
Moen war nicht in Stimmung für schlechte Witze und erwiderte nichts. Er wartete geduldig, bis Harald Gihle sich an dem teuren Schloss zu schaffen machte. Die Funken flogen, und die Trennscheibe fraß sich durch den Bügel des Schlosses. Harald Gihle fegte sich die Funken mit seinen Arbeitshandschuhen von der Hose.
»Das war's. Bitte schön.«
Alle drei blieben gleich hinter der Tür stehen und blickten umher. Moen trat zum Fenster, das einen perfekten Beobachtungsposten für die Vorgänge in Lillebo darstellte. Er drehte sich zu Gihle.
»Wissen Sie noch, wie es hier aussah, als sie zum letzten Mal hier gewesen sind?«

»Nein, dazu kann ich nichts Wirkliches sagen.«

Moen drehte sich zu Solvold, der schon wie ein Jagdhund herumstöberte. Der Kollege war gerade dabei, einen alten, verstaubten Überseekoffer zu öffnen. Er klappte ihn auf und gab ein vielsagendes Pfeifen von sich. Er zog zwei Einmalhandschuhe aus seiner Jackentasche, hob zwei Aluminiumkästen aus dem Koffer und stellte sie auf den Boden. Solvold blickte umher und entdeckte einen Hammer. Er war bereit, auf die Vorhängeschlösser loszugehen, als Moen sagte:

»Warten Sie mal.«

Moen zog eine kleine Stahlfeder hervor und öffnete die Schlösser in zwei Sekunden.

»Sie sind ein Mann mit vielen Talenten«, sagte Solvold.

Moen nahm die Schlösser ab, dann stand er erwartungsvoll auf.

Einige Minuten später fasste Solvold zusammen:

»Was der kleine Spion so braucht. Alles neueste Technologie. Nachtsichtgerät. Computerausrüstung für sehr viel Geld.« Solvold blickte zu Moen empor. »Geschickt versteckt auf neutralem Boden. Er versucht, es auf den Taugenichts abzuschieben, der hier im Gebäude wohnte.«

»Es gibt doch bestimmt Fingerabdrücke«, sagte Moen zuversichtlich.

»Er hat sie sicher abgewischt.«

»Wir werden sehen. Eines trifft auf unsere Psychopathenfreunde immer zu. Sie unterschätzen ihre Mitmenschen in der Regel.« Moen wandte sich an Gihle. »Vielen Dank für die Hilfe.« Zu Solvold sagte er: »Durchsuchen Sie den Raum ganz genau. Ich nehme die Kästen mit in die Dienststelle und probiere die Schlüssel, die wir bei Mannsåker beschlagnahmt haben, an den Schlössern aus.«

Moen und Odd Sørli verteilten den Inhalt der Kästen auf dem Tisch im Besprechungsraum. Zwei Laptops und ein großes seltsames Ding, das wie eine Antenne aussah. Moen fragte Sørli, was das sein könne. Sørli meinte, es könne sich um einen Empfänger für Funksignale handeln. Drei Mikrokameras, passend zu der, die sie bei Andreassen gefunden hatten. Drahtlose Mikrofone. Ein großer Monitor. Nachtsichtgerät. Wegwerfhandschuhe. Diverses Computerzubehör wie Router und ein Scanner.

Moen holte ein Kistchen mit Schlüsseln, die bei Mannsåker zu Hause gefunden worden waren, hervor und fand recht schnell einen kleinen Schlüssel, der mit demselben Firmenzeichen wie auf dem aufgebrochenen Vorhängeschloss versehen war. Klick. Das Schloss öffnete sich, und Moen grinste zufrieden. Mannsåker hatte den Schlüssel zur Werkstatt.

Sørli fotografierte den Inhalt der Kästen und wollte gerade nach Fingerabdrücken suchen, als Asbjørn Gihle hereinkam und sich setzte.

»Donnerstags treffen wir uns manchmal bei mir zu Hause. Ich finde, heute wäre ein passender Tag. Es gibt Kohl mit Hammel und bestimmt noch was anderes.« Er grinste Moen erleichtert an. »Sieht so aus, als ob wir bald am Ziel sind. Noch vor zwei Tagen hätte ich das nicht gedacht.«

Draußen im Eingangsbereich knallte eine Tür zu. Sie hörten einen Mann, der herumbrüllte, sowie Jenny Kammerstuen, die zu antworten versuchte. Asbjørn Gihle stand auf und sagte:

»Hört sich nach Arve Nerseth an.«

# 35

Arve Nerseths Gesichtsfarbe verhieß nichts Gutes. Hinter ihm stand ein großer dünner Mann mit Brille. Nerseth blaffte Gihle an:

»Was haben Sie bloß mit meiner Frau gemacht, verdammt noch mal. Sie kommt nach Hause und berichtet von Beschuldigungen, die ganz und gar unerhört sind. Wo ist dieser verfluchte Typ aus Oslo …«

»Hier«, sagte Moen und ging vom Besprechungsraum in den Eingangsbereich hinaus. »Was kann ich für Sie tun?«

»Das werde ich Ihnen zeigen«, sagte Nerseth und hob die Faust zum Schlag, während er auf Moen losstürzte. »Ich werde Sie in Stücke reißen, verflucht noch mal.«

Der große dünne Mann versuchte erschreckt, Arve Nerseth an der Jacke festzuhalten, doch er war nicht zu stoppen.

Asbjørn Gihle packte die zum Zuschlagen bereite Faust, während Moen ruhig einen Schritt beiseite ging. Gihle verdrehte Nerseth die Arme auf dem Rücken und drückte ihn auf die Knie herunter. Er rief:

»Odd! Handschellen!«

Sørli fesselte Nerseth, und sie zogen ihn hoch. Nerseth spuckte und fauchte.

»Schaff ihn in die Zelle. Jenny, du hilfst ihm. Haltet ein Auge auf ihn, falls er einen Herzanfall bekommt.«

Sie manövrierten Nerseth durch die Tür hinaus, und Gihle sagte brüsk: »Und wer sind Sie?«

»Ich bin Nerseths Anwalt.«

»Na, das passt ja«, sagte Gihle. »Der Angriff auf einen Polizeibeamten ist kein Witz, doch er wird bestimmt vor Wut platzen, bevor er auch nur in die Nähe eines Gerichtssaals kommt.«

»Ist es nicht ein bisschen unnötig, die Dinge so auf die Spitze zu treiben? Arve ist, glaube ich, mit Recht verärgert über die gegen seine Frau gerichteten Anschuldigungen. Es ist kein Spaß, in einen Doppelmord verwickelt zu werden, wenn man vielleicht ganz unschuldig ist. Außerdem bin ich in erster Linie im Auftrag seiner Frau hier.«

»Warum kommen Sie dann nicht zusammen mit Frau Mæhlum hierher, wenn Sie sie vertreten?«, fragte Moen ruhig.

Der Anwalt schnitt eine Grimasse.

»Arve bestand darauf, es auf diese Weise zu machen. Er meinte, er habe das Recht, das Band von der Vernehmung seiner Frau anzuhören.«

»Sie wissen ja wohl selbst sehr gut, dass er das nicht hat.«

»Arve Nerseth ist vielleicht nicht der beste Zuhörer unter uns. Ich habe allerdings eine Abschrift der Vernehmung von Frau Mæhlum erhalten, und das hört sich wirklich recht fragwürdig an. Etwas grob, wenn ich das richtig verstanden habe. Beschuldigungen, die von einem Mann stammen, der vor der Polizei auf der Flucht war. Wenn ich sie vertreten soll, wäre es vorteilhaft, wenn die Polizei mich ein wenig in die Sache einweihen könnte.«

Moen grinste breit.

»Vielleicht ist das eine gute Idee, Asbjørn? Eine Generalprobe bevor Kjell Mannsåker offiziell wegen Mordes an Anne Sørli angeklagt wird.«

Asbjørn Gihle sah auf die Uhr. Svein Solvold betrat den Eingangsbereich und blickte erstaunt in die Runde.

»Hatte er tatsächlich seine Examenspapiere gefälscht?«, fragte der Anwalt zum Schluss, als ob dies das schlimmste Verbrechen wäre.

Moen antwortete nicht, sondern fuhr fort:

»Jetzt kennen Sie den Hintergrund der Vernehmung von Marita Mæhlum. Ich spiele Ihnen noch die Aufnahme vor.«

Moen brachte das Aufnahmegerät in Gang, lehnte sich zurück und hörte zu.

Nach einer Weile räusperte sich der Anwalt. Moen hielt das Band an.

»Kann ich erfahren, was Sie zu Frau Mæhlum gesagt haben?«

»Mit Vergnügen.« Moen wiederholte die Worte, die er – off record – zu Marita Mæhlum gesagt hatte. Dann spielte er den Rest ab.

»Möchten Sie auch Reidar Olsby sehen? Die Anschuldigung?«

»Gerne.«

Svein Solvold spielte den Film auf seinem PC ab. Die Lautstärke war hoch, doch Moen dachte, es sei passend.

Reidar Olsby erschien auf dem Podium und hielt seinen Zeigefinger in die Luft. Der Anwalt saß da wie gebannt.

»Kjell hat in dieser Welt nur ein Ziel: weiterzukommen, und er nimmt auf absolut gar nichts Rücksicht, um das zu bekommen, was er will. In dieser Gegend hier bestimmt Arve Nerseth alles, was im Gesundheitswesen passiert. Marita ist seine treue Gattin. Drei auf einen Schlag. Und dann wurden wir in diesem scheiß Wachraum beobachtet. Es ist klar, dass Kjell wusste, was wir vorhatten.«

Moen beugte sich zu dem Anwalt hinüber.

»Was glauben Sie, was unser Freund, der hier heute aufgetaucht ist und jetzt in der Zelle sitzt, getan hätte, wenn Reidar

Olsby die Wahrheit sagt? Glauben Sie, Mannsåker hätte noch weiter Karriere machen können? Und was wäre mit Frau Mæhlum? Sie verstehen doch, dass dies ein wichtiges Glied in der Kette ist und dass Ihre Mandantin nicht entkommen kann.«

Moen machte eine Pause.

»Nun verhält es sich so, dass wir Anne Sørlis Mac gefunden haben. Er ist jetzt in Kongsberg, wo Fachleute versuchen, den ursprünglichen Inhalt auf der Festplatte wieder zugänglich zu machen. Sie haben mit Sicherheit schon etwas gefunden.«

Die Wahrheit sah ein bisschen anders aus. Mannsåker kannte sich mit Computern aus, und tief im Innern war Moen nicht überzeugt, ein Ergebnis zu erhalten. Er sagte jedoch:

»Da die Antwort im Computer liegt, sind wir auf Frau Mæhlums Zeugenaussage nicht länger angewiesen. Dennoch! Sollte Frau Mæhlum uns noch heute eine Antwort geben und Bereitschaft zur Zusammenarbeit erkennen lassen, sind wir bereit, alles Mögliche zu tun, um den Schaden zu begrenzen. Sollte Sie uns nicht entgegenkommen, könnten wir es möglicherweise so auslegen, dass sie tiefer in die Sache verstrickt ist. Wusste sie zum Beispiel von diesen Bildern, oder wusste sie es nicht? Muss ich mehr sagen?«

Der Anwalt erhob sich.

»Nein, nicht nötig. Ich werde meine Mandantin gleich aufsuchen und ihr raten, die Karten auf den Tisch zu legen, was es auch sein sollte. Passt es gleich, oder …?«

Marita Mæhlum legte die Karten auf den Tisch und trug zu Reidar Olsbys Rehabilitation bei. Sie hatte eine Beziehung zu Kjell Mannsåker, es war so, wie Reidar es gesagt hatte. Sie hatten am besagten Tag bei Lygnasæter Rast gemacht und miteinander geschlafen. Sie unterschrieb ihre Aussage und ging mit dem Anwalt hinaus. Fast unnötig zu erwähnen, dass sie ziemlich beschämt war. Moen war während des Gesprächs wohlwollend gestimmt. Er bekam, was er haben wollte. Sie hatten das Motiv.

Danach sagte Asbjørn Gihle philosophisch:

»Dieser Reidar hatte ja viele Fehler, aber ein Lügner war er nicht.«

»Ich hätte mir fast in die Hose gemacht, als ich da eben Reidars Stimme hörte«, sagte Odd Sørli plötzlich. Jenny Kammerstuen äußerte sich ähnlich. »Als ob er im Raum gewesen wäre.«

Asbjørn Gihle sagte trocken:

»Ja, ja. Reidar hat bekommen, was er wollte. Drei auf einen Schlag.« Er stand auf. »Manchmal kostet es einen das Leben, um recht zu behalten. Ich hoffe, dass es Reidar die Sache wert ist, wo immer er sich jetzt auch befindet.«

»Gott, ja«, entfuhr es Svein Solvold. »Eine Zeit lang dachte ich, wir stünden dem perfekten Verbrechen gegenüber. Ich kann fast nicht glauben, dass wir am Ziel sind.«

Moen, der von Kohl mit Hammel und Gamle Oppland geträumt hatte, wachte mit einem Ruck auf.

»Habe ich nicht gesagt, dass unsere lieben Psychopathen ihre Mitmenschen meist unterschätzen?«

»Das haben Sie«, erwiderte Svein Solvold und lächelte.

»Kjell Mannsåker plante das perfekte Verbrechen, übersah jedoch eine Wahrheit, die sich alle Menschen zu Herzen nehmen sollten, wenn sie in ihrem Leben oder dem Leben anderer den lieben Gott spielen.«

»Und welche Wahrheit wäre das?«

Moen stand auf und breitete die Arme aus.

»Nur Gott ist perfekt.«